ve WoN WoRLD BesT

Hye Won World Best

Hye Won World Best 84

춘향전 외

惠園出版社

일러두기

1. 이 책은, 원문은 현대적 감각에 맞게 의역한 곳도 있으나, 국문본을 참조하여 가능한 원문에 가깝도록 노력하였다.

2. 뜻은 같되 음이 다른 한자는 [ ]로 묶어 표시했다.

3. 원문에 충실하였으며, 명백한 오자는 현행 맞춤법에 따랐고, 방언이나 속언은 그대로 살렸다.

4. 대화체의 부호는 " "으로, 속말·인용 등은 ' '의 문장 부호로 통일하였다.

5. 각주(脚註)는 독자의 편의를 위하여 한자어, 인명, 지명, 고사 등 어려운 낱말을 장마다 일련 번호로 표시하여, 즉시 찾아볼 수 있도록 본문 하단에 자세하게 뜻풀이 하여 제시했다.

차 례

.

.

.

춘 향 전
(春香傳)

춘향전

숙종대왕(肅宗大王) 즉위 초에 성덕이 넓으시사 성자성손(聖子聖孫)은 계계승승하고, 금고옥촉(金膏玉燭)은 요순(堯舜) 시절을 말하는 듯하다. 의관과 문물은 우(禹) 임금과 탕(湯) 임금의 평화 시절과 버금가는 듯하다. 좌우에서 보필하는 신하들은 모두 주석(柱石)이 될 만한 신하들이요, 용양호위(龍驤虎衛)[1] 간성(干城)의 장수들이다. 조정에 흐르는 덕화, 향곡(鄕曲)에 퍼졌으니 사해의 굳은 기운이 원근에 어려 있다. 충신은 조정에 가득하고 효자와 열녀는 집집마다 있다. 아름답고 아름답다. 우순풍조하니 배불리 먹고 배를 두드리며 즐겁게 사는 백성들이 곳곳에서 격양가(擊壤歌)[2]를 부른다.

이때 전라도 남원부(南原府)에 월매(月梅)라 하는 기생이 있으니, 삼남(三南)의 명기로서 일찍 퇴기(退妓)하여 성씨(成氏)라는 양반과 세월을 지냈다. 그러나 나이 사십이 넘었으나 일점 혈육이 없는 것이 한이 되어 장탄수심(長嘆愁心)에 병이 되었다.

하루는 크게 깨쳐 옛사람을 생각하고 남편을 불러들여 공손히 말했

---

1) 용양호위(龍驤虎衛) — 조선 시대 때의 군대 편제를 비유한 말.
2) 격양가(擊壤歌) — 풍년이 들어서 농부가 태평한 세월을 부르는 노래. 중국 당요 때 늙은 농부가 태평한 생활을 즐거워하여 격양하면서 부른 노래라고 함.

다.

"들으시오, 전생에 무슨 은혜를 끼쳤던지 이생에서 부부가 되어, 창기
행실 다 버리고 예모도 숭상하고 길쌈도 힘썼건만 무슨 죄가 그리 많은
지 일점 혈육이 없으니, 육친무족(六親無族) 우리 신세 선영향화(先塋香
火)3) 누가 하며, 죽은 뒤의 감장(勘葬)을 어찌할까. 명산대찰(名山大刹)
에 불공이나 드리어 남녀간 낳기만 하면 평생의 한을 풀 것 같은데 당
신의 뜻은 어떠십니까."

성참판이 월매의 말에 대답하였다.

"일생 신세 생각하면 자네 말이 옳으나, 빌어서 자식을 낳는다면 자
식 없을 사람이 누가 있겠는가."

이에 월매가 대답하였다.

"천하 대성(大聖) 공자님도 이구산(尼丘山)에 빌으시고, 정(鄭)나라
정자산(鄭子産)4)은 우성산에 빌어서 낳았으며, 우리 동방의 강산으로
말할 것 같으면 명산대천이 없겠는가. 경상도 웅천(熊川)의 주천의(朱天
儀)는 늙도록 자녀가 없어 최고봉에서 빌었더니 대명천자(大明天子) 나
계셔 대명천지 밝았으니, 우리도 정성이나 들여 봅시다. 공든 탑이 무너
지며 심은 나무가 꺾이겠습니까."

이날부터 목욕재계를 정성스럽게 하고 명산승지를 찾아갈 때, 오작교
(烏鵲橋)에 나서서 좌우 산천을 둘러보니, 서북의 교룡산(蛟龍山)은 서
북방을 막아 놓고, 동으로는 장림(長林) 수풀 깊은 곳에 선원사(禪院寺)
가 은은히 보였다. 남으로는 지리산이 웅장한데, 그 가운데 요천수(蓼川
水)는 일대 장강 푸른 물이 되어 동남으로 둘렀으니 별유건곤(別有乾坤)
이 여기로다. 푸른 숲을 붙잡고 산수를 밟아 들어가니 지리산이 여기로

---

3) 선영향화(先塋香火) ― 선산(先山)에 제사를 지내는 것.
4) 정자산(鄭子産) ― 춘추 시대 정(鄭)나라의 대부(大夫).

구나. 반야봉(般若峰)에 올라서서 사면을 둘러보니 명산대천이 완연하다. 상봉에 단(壇)을 모아 재물을 차려 놓고 단 아래 엎드려서 천신만고 빌었더니, 산신님의 덕이신지 이때가 오월 오일 갑자시였다.

월매의 꿈 속에 상서로운 기운이 감돌면서 오색이 영롱하더니 한 선녀가 청학을 타고 오는데, 머리에는 화관을 쓰고 몸에는 고운 옷을 입고 있었다. 월패(月佩)5) 소리 쟁쟁하고, 손에는 계화(桂花) 한 가지를 들고 당에 오르며 손을 들어 인사를 하며 공손히 말하였다.

"낙포(洛浦)의 딸이었는데 하늘 복숭아를 바치려고 옥경(玉京)에 나아갔다가 광한전에서 적송자(赤松子)를 만나 정회를 다 풀지 못하고 있을 즈음, 때에 늦었음이 죄가 되어 옥황상제께서 크게 노하셔서 인간 세계로 내쫓으시니, 갈 바를 모르고 있던 중에 두류산(頭流山) 신령께서 부인 댁으로 지시하기에 왔으니 어여삐 여기소서."
하고 품으로 달려들었다.

학의 높은 울음 소리는 그의 목이 긴 까닭이다. 학의 울음에 놀라서 깨니, 남가일몽(南柯一夢)이 분명하였다.

황홀한 정신을 진정한 후 바깥 양반에게 꿈 이야기를 말하고, 천행으로 남자가 태어날까 기다렸더니 과연 그 달부터 태기가 있어 열 달이 찼다. 하루는 향기가 방 안에 가득하고 오색 구름이 빛나는데 혼미한 가운데 아기를 낳으니 구슬 같은 딸이었다. 월매의 일구월심 그리던 마음에 아들은 아니지만 그만한 대로 소원을 이룬 셈이었다.

그 부부가 아이를 사랑함을 어찌 다 형언하리오. 이름을 춘향(春香)이라 부르면서, 손에 잡은 보옥같이 길러 내니 효행이 비길 데 없고 어질고 착하기가 기린과 같았다. 칠팔 세가 되자 글읽기에 마음을 붙여 예모정절(禮貌貞節)을 일삼으니, 남원읍에 춘향의 효행을 칭송하지 않는 사

---

5) 월패(月佩) — 달 모양의 노리개.

람이 없었다.

이때 삼청동(三淸洞)에는 이한림(李翰林)[6]이라 하는 양반이 살고 있었는데, 세대의 명가요 충신의 후손이었다. 하루는 전하께서 충효록(忠孝錄)을 올려 보시고, 충신과 효자를 가려내어 임명하시는데, 이한림에게 과천(果川) 현감에서 금산(錦山) 군수로 제수하시었다가 다시 남원부사(南原府使)를 제수하셨다. 이한림이 사은(謝恩)하여 절하며 임금께 하직하고 치행(治行)[7]을 차려 남원부에 도임(到任)하여 민정을 잘 살피니, 사방에 일이 없고 지방의 백성들은 더디 옴을 칭송하였다. 태평 세월을 노래하는 노랫가락이 들리어 오고 시화연풍(時和年豊)하고 백성이 효도하니 옛날 중국의 요순 시절 때와 같았다.

이때가 어느 땐가 하면 놀기 좋은 화창한 봄날이었다. 제비와 새들은 서로 수작하고 짝을 지어 쌍쌍이 날아들어 온갖 춘정을 다투고, 남산에 꽃이 피니 북산도 붉어졌다. 천사만사의 수양버들 가지에서 꾀꼬리는 벗을 부른다. 나무와 나무는 숲을 이루고 두견새 접동새 다 지나가니 일년 중 가장 아름다운 계절이었다.

이때 사또 자제 이 도령의 나이는 이팔이요, 풍채는 당나라의 잘생긴 시인 두목지(杜牧之)[8]와 같고, 도량은 푸른 바다 같고, 지혜는 활달하고, 문장은 이백(李白)이요, 글씨는 왕희지(王羲之)와 같았다.

하루는 방자(房子)[9]를 불러 말하였다.

"이 고을에 경치 좋은 곳이 어디냐? 시흥(詩興)과 춘흥(春興)이 도도하니 절승 경치를 안내하여라."

"글 공부하시는 도련님이 경치를 찾음은 부질없습니다."

---

6) 한림(翰林) — 조선 시대 예문관 검열의 별칭.
7) 치행(治行) — 길 떠날 행장을 차림.
8) 두목지(杜牧之) — 당·촉의 경조인. 시인. 호는 번천.
9) 방자(房子) — 지방 관아에서 심부름을 하는 종을 일컬음.

이 도령이 말하였다.

"그건 네가 잘 몰라서 하는 말이다. 옛날부터 문장재사가 절승한 강산을 구경하는 것은 풍월과 글을 짓는 데 근본이 된다. 신선도 두루 돌아다니며 널리 보니 어이하여 부당하냐? 사마장경(司馬長卿) 같은 인물은 남으로 강회(江淮)에 떴다가 큰 강을 거슬러 올라갈 때 광랑성파(狂浪盛波)에 음풍이 노호하여 예로부터 가르치니 천지간 만물의 변화가 놀랍고 반갑고 아름다운 것이 글 아닌 게 없다. 시중천자(詩中天子) 이태백은 채석강에서 놀고 있으며, 적벽강(赤壁江) 추야월에는 소동파(蘇東坡)가 놀고 있고, 심양강 달 밝은 밤에는 백낙천(白樂天)이 놀고 있으며, 보은 속리산 문장대에 세조대왕(世祖大王)이 노셨으니 아니 놀지는 못하겠다."

이때 방자는 이 도령의 뜻을 받아 사방 경치를 말하였다.

"서울로 말할 것 같으면 자문(紫門) 밖에 내달아 칠성암, 청련암, 세검정과 평양의 연광정, 대동루, 모란봉, 양양의 낙산대, 보은의 속리 문장대, 안의 수승대 진주의 촉석루, 밀양의 영남루가 어떠한지 모르오나 전라도를 이를 것 같으면 태인의 피향정, 무주의 한풍루, 전주의 한벽루가 좋사오나, 남원의 경치 들어보십시오. 동문 밖에 나가오면 장림숲, 천은사 좋사옵고, 서문 밖에 나가오면 관왕묘는 천고 부용 꽃이 빼어나 괴팍하게 우뚝 섰으니 기암 둥실 교룡산성 좋사오니 처분대로 가사이다."

이 도령이 말하였다.

"애야, 네 말을 들어보니 광한루와 오작교가 절경인 것 같구나. 그리로 구경이나 가자."

이 도령은 사또 전에 들어가서 공손히 여쭈었다.

"오늘 날씨가 화창하오니 잠시 나가서 풍월이나 읊으며 시의 운(韻)

을 생각하고자 하오니, 성이나 한바퀴 돌아보고 오겠습니다."

사또 매우 기쁘게 여기며 분부하였다.

"남주(南州) 풍물을 구경하고 돌아오되 시제(詩題)를 생각하여라."

"아버님 가르치시는 대로 하겠습니다."

이 도령은 물러나와 방자를 불렀다.

"방자야, 나귀 안장 지어라."

방자가 분부를 듣고 나귀의 안장을 얹었다. 나귀의 안장을 얹을 때 붉은 실로 만든 굴레와 좋은 채찍과 좋은 안장, 아름다운 언치10), 황금으로 만든 자갈, 청홍사 고운 굴레며 주먹 상모(象毛)를 듬뿍 달아 층층다래 은잎 등자 호피(虎皮) 돋음의 전후걸이 줄방울을 염불법사(念佛法師) 염주 매듯 하여 놓고는,

"나귀 대령하였소."

이 도령 거동을 보면, 옥안선풍(玉顏仙風) 고운 얼굴, 전판(剪板)11) 같은 채머리를 곱게 빗어 밀기름에 잠재워 궁초댕기 석황 물려 맵시 있게 잡아 땋고, 성천수주(成川水紬) 접동배, 세백저(細白苧) 상침바지, 극상세목(極上細木) 겹버선에 남갑사 대님 치고, 육사단(六紗緞) 겹배자 밀화(蜜花) 단추 달아 입고 통행전을 무릎 아래 넌지시 매고, 영초단(英綃緞) 허리띠, 모초단(毛綃緞) 도리낭을 당팔사(唐八絲) 갖은 매듭 고를 내어 넌짓 매고, 쌍문초(雙紋綃) 긴 동정, 중치막12)에 도포 받쳐 흑사띠를 가슴 위로 눌러 매고 육분당혜(肉粉唐鞋)를 끌었다.

"나귀를 붙들어라!"

등자 딛고 선뜻 올라 뒤를 싸고 나오실 때 통인(通引)13) 하나 뒤를

---

10) 언치 — 말이나 소의 등에 덮어 주는 방석이나 담요.

11) 전판(剪板) — 종이를 도련할 때 쓰는 얇고 좁은 긴 나무 조각.

12) 중치막 — 지난날 벼슬하지 않은 선비가 입던 웃옷의 한 가지. 길이가 길고 소매가 넓으며 앞은 두 자락, 뒤는 한 자락이며 옆은 무가 없이 터져 있음.

따라 삼문 밖 나올 적에 금물 올린 호당선(胡唐扇)으로 햇빛을 가리고, 관도성남(官道城南) 넓은 길에 생기 있게 나갈 때, 취하여 양주에 오던 두목지의 풍채런가. 시시오불(時時誤拂)하던 주랑(周郎)의 고음이라, 향가자맥(香街紫陌)은 춘성(春城) 안이요, 성 안 백성 보는 자 누가 아니 사랑하겠는가.

광한루에 얼른 올라 사면을 살펴보니 경치가 장치 좋다. 적성(赤城) 아침 날에 늦은 안개 끼어 있고, 녹수(綠樹)에 저문 봄은 화류동풍(花柳東風) 둘러 있다. 붉은 누각에 해 비치고 벽방(壁房)과 금전(錦殿)이 서로 영롱하여 임고대(臨高臺)를 일러 있고, 다락 마루가 드높음은 광한루를 두고 하는 말이다. 악양루(岳陽樓) 고소대(姑蘇臺)와 오초(吳楚)의 동남수(東南水)는 동정호(洞庭湖)로 흘러가고 연자(燕子) 서북에 팽택(彭澤)이 완연한데, 또 한 곳을 바라보니 백백홍홍 난만한 속에서 앵무, 공작이 날아들고 산천 경치 둘러보니, 굽어 있는 송솔 떡갈잎은 아주 춘평을 못 이기어 흐늘흐늘, 폭포 유수 시냇가에 계변화(溪邊花)는 빵긋빵긋, 낙락장송은 울창하고 녹음과 향기로운 잡초가 봄꽃보다 나을 때로구나. 계수나무, 자단(紫檀) 모란, 벽도(碧桃)에 취한 산색, 장강(長江) 요천(蓼川)에 풍덩실 잠겨 있고, 또 한 곳을 바라보니, 웬 여인이 봄새 울음과 같은 자태로 온갖 춘정을 이기지 못하여 두견화 질끈 꺾어 머리에 꽂아보며, 함박꽃도 질끈 꺾어 입에 함쑥 물어보고, 옥수 나삼(羅衫) 반만 걷어 청산유수 맑은 물에 손도 씻고 발도 씻고 물 머금어 양치하며 조약돌 덥석 쥐어 버들가지 꾀꼬리를 희롱하니, 꾀꼬리를 깨워 일으킨다는 옛 시가 이 아니냐. 버들잎도 주루룩 훑어, 물에 훨훨 띄워보고 백설 같은 흰 나비 웅봉자접(雄蜂雌蝶)은 꽃수염 물고 너울너울 춤을 춘다. 황금 같은 꾀꼬리는 숲숲에 날아든다.

---

13) 통인(通引) — 수령(守令)의 심부름을 하던 이속.

광한 진경 좋지만 오작교가 더욱 좋다. 바야흐로 이르되, 호남(湖南)의 제일성(第一城)이라 하겠다. 오작교가 분명하면 견우직녀 어디 있나? 이런 승지에 풍월이 없겠느냐. 이 도령이 글 두 귀를 지었으니,

드높고 밝은 오작의 배에
광한루 옥섬돌 고운 다락이라.
누구냐, 하늘 위의 직녀란 별은
홍 내가 오늘의 견우일세.

이때 내아(內衙)에서 잡술 상이 나오거늘, 한 잔 술 먹은 후에, 통인 방자에게 물려주고 취흥이 도도하여 담배 피워 입에다 물고 이리저리 거닐 적에, 경처(景處)에 흥을 겨워 충청도 곰산, 수영(水營), 보련암(寶蓮菴)을 자랑댔자 이곳 경치에 당할 수 있겠는가. 붉은 단(丹), 푸를 청(靑), 흰 백(白), 붉은 홍(紅), 고물고물이 단청(丹靑), 버드나무 꾀꼬리가 짝을 부르는 소리는 내 춘흥(春興)을 도와준다. 노랑 벌, 흰 나비, 왕나비도 향기 찾는 거동이다. 날아가고 날아오니 춘성(春城)의 안이요, 영주는 바야흐로 봉래산(蓬萊山)이 눈 아래 가까우니, 물은 본시 은하수요, 경치도 천상 옥경(玉京)과 같다. 옥경이 분명하면 월궁(月宮)의 항아(姮娥)가 없을쏘냐.

이때는 춘삼월이라 말했으나 오월 단오일로 일 년 가운데 제일 좋은 시절이다. 월매 딸 춘향이도 시서음률(詩書音律)에 능통하니 천중절(天中節)14)을 모르겠느냐. 그네를 뛰려고 향단(香丹)이 앞세우고 내려올 때, 난초같이 고운 머리 두 귀를 눌러 곱게 땋아 금봉 비녀를 바로 꽂고 비단치마 두른 허리 다 피지 아니한 버들들이 힘없이 드리운 듯, 아름답

---

14) 천중절(天中節) — 단오(端午).

고 고운 태도로 아장거려 흐늘거리며 가만가만 다닐 적에 장림(長林) 속으로 들어가니, 녹음방초(綠陰芳草) 우거져 금잔디 좌르륵 깔린 황금 같은 꾀꼬리는 쌍쌍이 오고간다. 무성한 버들 백 자 길이로 높이 매고 그네를 뛰려할 때 수화문의 초록 장옷, 남방사 홑단 치마 훨훨 벗어 걸어 두고, 자주 영초 수당혜(繡唐鞋)를 썩썩 벗어 던져두고, 백방사 진솔 속곳 턱 밑에 훨씬 추고 연숙마 그넷줄을 섬섬옥수 넌지시 들어 양손에 갈라 잡고, 백릉 버선 두 발길로 살짝 올라 발을 구를 때, 세류 같은 고운 몸이 단정히 노니는데 뒷단장 옥비녀, 은죽절(銀竹節)[15]과 앞치레의 밀화장도(蜜花粧刀), 옥장도며 광월사 겹저고리에 제색 고름이 모양 난다.

"향단아, 밀어라!"

한 번 굴러 힘을 주며 두 번 굴러 힘을 주니 발 밑의 가는 티끌, 바람 따라 펄펄 앞뒤 점점 멀어 가니 머리 위의 나뭇잎은 몸을 따라 흔들흔들, 오고갈 때, 살펴보니 녹음 속에 붉은 치맛자락이 바람결에 내비친다. 구만장천(九萬長天) 흰 구름 속에 번갯불이 비치는 듯, 문득 보면 앞에 있더니 다시 뒤에 있네. 앞에 얼른 하는 양은 가벼운 저 제비가 도화일 점(桃花一點) 떨어질 때 차려 하고 쫓아가듯, 뒤로 번듯하는 양은 광풍에 놀란 나비가 짝을 잃고 날아가다 돌 치는 듯, 무산선녀(巫山仙女) 구름 타고 양대(陽臺) 위에 내리는 듯, 나뭇잎도 물어보고 꽃도 질끈 꺾어 머리에다 실근 실근하며,

"애, 향단아! 그네 바람이 독해서 정신이 어질어질하다. 그넷줄 붙들 어라."

붙들려고 무수히 진퇴하며 한창 이렇게 노닐 적에, 시냇가 반석 위로 옥비녀가 떨어져 쨍그렁 소리가 났다.

---

15) 은죽절(銀竹節) — 은으로 대마디같이 만든, 여자의 쪽에 꽂는 장식품.

"비녀, 비녀!"

하는 소리는 산호채를 들어 옥반을 깨는 듯, 그 태도와 그 모습은 세상 인물이 아니로다.

제비는 삼춘(三春)에 날아오고 날아가고, 이 도령은 마음이 울적하고 정신이 어쩔하여 별 생각이 다 났다. 혼잣말로 중얼거리며,

"오호(五湖)에 편주 타고 범소백(范小伯)[16]을 좇았으니, 서시(西施)[17]도 올 리 없고, 해성(垓城) 달밤에 슬픈 노래로 초패왕(楚覇王)을 이별하던 우미인(虞美人)[18]도 올 리 없고, 단봉궐(丹鳳闕) 하직하고 백룡퇴로 간 연후에 독류청총(獨留靑塚)하였으니 왕소군(王昭君)도 올 리 없고, 장신궁(長信宮) 깊이 닫고 백두음(白頭吟)을 읊었으니 반첩여(班婕妤)도 올 리 없고, 소양궁(昭陽宮) 아침 날에 시중들고 돌아오니 조비연(趙飛燕)도 올 리 없고, 낙포(洛浦)의 선녀인가 무산(巫山)의 선녀인가."

이 도령은 혼이 중천에 날아 일신이 고단하다. 진실로 장가를 가지 않은 총각이었음을 어이하랴.

"통인(通引)아!"

"예."

"저 건너 화류 중에 오락가락 희뜩희뜩 얼른얼른 하는 것이 무엇인지 자세히 보아라."

통인이 살펴보더니 말하였다.

"다른 무엇이 아니오라, 이 고을 기생 월매의 딸 춘향이란 계집이옵니다."

이 도령이 엉겁결에 말하였다.

"장히 보기 좋다, 훌륭하다."

---

16) 범소백(范小伯) — 중국 춘추 시대 월·초나라의 삼호지인(三戶之人).

17) 서시(西施) — 중국 월나라의 미인.

18) 우미인(虞美人) — 초나라 항우의 총희.

통인이 말하였다.

"제 어미는 기생이오나 춘향이는 도도하여 기생 구실 마다하고 백화초엽(百花草葉)에 글자도 생각하고, 여공재질(女工才質)이며 문장을 겸비하여 여염집 처자와 다름이 없습니다."

이 도령이 허허 웃으며 방자를 불러 분부하였다.

"들으니 기생의 딸이구나, 어서 가 불러오너라."

방자가 대답하였다.

"흰 눈 같은 살결에 꽃 같은 얼굴이 남방(南方)에 유명하여 방첨사(方僉使), 병부사(兵府使), 군수, 현감, 관장(官長)님네 엄지발가락이 두 뼘 가웃씩 되는 양반 오입쟁이들도 무수히 보려 했으나, 장강(莊姜)19)의 색과 임사(任姒)20)의 덕행이며, 이두(李杜)의 문필이며 태사(太姒)의 화순하는 마음과 이비(二妃)의 정절을 품었으니, 금천하의 절색이요, 만고 여자 중의 군자이오니 황송하온 말씀이나 함부로 다루기 어렵습니다."

이 도령이 크게 웃으며 말했다.

"방자야, 너는 물건에는 각각 주인이 있음을 모르느냐? 형산(荊山)의 백옥(白玉)과 여수(麗水)의 황금에도 임자가 각각 있느니라. 잔말 말고 어서 불러오너라."

방자가 이 도령의 분부를 듣고 춘향에게 건너갈 때에, 맵시 있는 방자 녀석 서왕모(西王母) 요지의 잔치에 편지 전하던 청조(靑鳥)같이 이리 저리 건너가서,

"여봐라, 애 춘향아!"

하고 부르는 소리에 춘향이 깜짝 놀라,

---

19) 장강(莊姜) — 춘추 시대 위장공의 부인.
20) 임사(任姒) — 주나라 문왕의 어머니인 태임과 무왕의 어머니 태사. 모두 현모였음.

"무슨 소리를 그 따위로 질러 사람의 정신을 놀라게 하느냐?"

"애야, 말 말아라. 일 났다."

"일이라니 무슨 일?"

"사또 자제 도련님이 광한루에 오셨다가 너 노는 모양 보고 불러오란 명령이 났다."

그 말에 춘향이 화를 내며 말했다.

"네가 정신 나간 놈이지 도련님이 어찌 나를 알아서 부른단 말이냐? 이 자식 네가 내 말을 '종달새 열씨 까듯21)' 하였나 보구나."

"아니다. 내가 네 말을 할 리가 있겠느냐. 그리고 네가 그르지 내가 그르냐. 네가 그른 내력을 들어보겠느냐. 계집아이 행실로 그네를 뛸 양이면 네 집 후원 담장 안에 줄을 매고, 남이 알까 모를까 은근히 매고 그네를 뛰는 게 도리에 합당하다. 광한루 멀지 않고 또한 이곳을 말할 것 같으면 녹음방초 승화시라, 방초는 푸르른데 앞내 버들은 초록장 두르고 뒷내 버들은 유록장 둘러 한 가지 늘어지고 또 한 가지 펑퍼져 광풍에 겨워 흐늘흐늘 춤을 추는데 광한루 구경처에 그네를 매고 네가 뛸 때, 외씨 같은 두 발길로 백운 간에 노닐 적에 홍상자락이 펄펄, 백방사(白紡絲) 속곳 가래 동남풍에 펄렁펄렁, 박 속 같은 네 살결이 백운 간에 희뜩희뜩하니, 도련님이 이를 보시고 너를 부르시지 내가 무슨 말을 하였단 말이냐. 잔말 말고 건너가자."

춘향이 대답하였다.

"네 말이 당연하나 오늘은 단오일이다. 비단 나뿐이겠느냐. 다른 집 처자들도 예와 함께 그네를 뛰었으며 그럴 뿐 아니라, 설혹 내 말을 할지라도 내가 기적에 있는 사람도 아니거늘 여염집 사람을 함부로 부를

---

21) 종달새 열씨 까듯 — 종달새가 대마의 씨앗을 까먹을 때 나는 시끄러운 소리처럼, 소문을 내어 떠들었다는 말.

일도 없고, 부른대도 갈 리 없다. 당초에 네가 말을 잘못 들은 모양이구나."

방자 광한루로 다시 돌아와 이 도령에게 여쭈오니 그 말을 듣고, 이 도령이 말하였다.

"기특한 사람이로구나. 말인즉 바른말인데 다시 가서 말을 전하되 이리이리 하여 보아라."

방자 이 도령의 전갈을 듣고 춘향에게 건너가니 그 사이에 춘향은 제 집으로 돌아갔다. 춘향의 집을 찾아가니 모녀간에 마주앉아 점심을 한창 먹고 있는 중이었다. 방자가 들어가니 춘향이 말하였다.

"너 왜 또 왔느냐?"

"황송타, 도련님이 다시 전갈하시더라. '내가 너를 기생으로 아는 것이 아니라, 들으니 네가 글을 잘한다기에 청하는 것이다. 여염집에 있는 처녀 불러오는 것이 소문에 괴이하기는 하나, 험으로 여기지 말고 잠깐 와 다녀가라' 하시더라."

춘향의 도량한 뜻이 연분이 되려고 그랬는지, 홀연히 생각하니 갈 마음이 났으나, 모친의 뜻을 몰라 한참 말 않고 앉았더니, 춘향의 어미가 앞으로 나앉으며 말하였다.

"꿈이라 하는 것은 전혀 허사가 아닌 모양이구나. 간밤에 꿈을 꾸니 난데없는 청룡 한 마리가 벽도지(碧桃池)에 잠겨 보이기에 무슨 좋은 일이 있을까 하였더니, 우연한 일이 아니다. 또한 들으니 사또 자제 도련님의 이름이 몽룡(夢龍)이라 하니 '꿈 몽'자, '용 용' 자를 신통하게 맞추었다. 그러나저러나 양반이 부르시는데 아니 갈 수 있겠느냐. 잠시 다녀오너라."

춘향이가 그제야 못 이기는 체하고 겨우 일어나 광한루로 건너갈 때, 대명전 대들보에 명매기22) 걸음으로, 양지 마당에 씨암탉 걸음으로, 백

모래 밭에 금자라 걸음으로, 월태화용(月態花容) 고운 태도 완보(緩步)로 건너갈 때, 흐늘흐늘 월나라의 서시(西施)가 토성습보(土城習步)23)하던 걸음으로 흐늘거리며 건너올 때, 이 도령 난간에 절반만 비껴 서서 폈다 굽혔다 하며 바라보니 춘향이가 건너오는데, 광한루에 가까워진지라, 이 도령 좋아라 하며 자세히 살펴보니 요요정정(嬈嬈婷婷)하여 월태화용이 세상에 무쌍이라. 얼굴이 조촐하니 청강에 노는 학이 설월(雪月)에 비친 것 같고 붉은 입술과 흰 이가 반쯤 열리니 별 같기도 하고 구슬 같기도 하다. 연지를 품은 듯 아래 위로 고운 맵시 어린 안개 석양에 비치운 듯, 푸른 치마 아롱지니 무늬는 은하수의 물결과 같다. 연보(蓮步)를 정히 옮겨 천연히 다락에 올라 부끄러이 서 있거늘 이 도령이 통인을 불러 일렀다.

"앉으라고 일러라."

춘향이 고운 태도 얼굴을 단정히 하여 앉는 모습 자세히 살펴보니, 백석(白石) 창파 새로 내린 비 뒤에 목욕하고 앉은 제비 사람을 보고 놀라는 듯, 단장한 일 없이 천연한 국색(國色)24)이었다. 옥안을 바라보니 구름 사이의 명월과 같고, 붉은 입술을 반쯤 여니 수중의 연꽃과도 흡사하다. 신선을 내 알 수 없으나 영주에서 놀던 선녀가 남원에 귀양을 와 사니, 월궁에 모여서 놀던 선녀가 벗 하나를 잃었구나. 네 얼굴 네 태도는 세상 인물이 아니로다.

이때 춘향이 추파를 잠깐 들어 이 도령을 바라보니, 이 세상의 호걸이요 진세(眞世)의 기남자(奇男子)25)였다. 이마가 높으니 소년 공명할 것

---

22) 명매기 — 칼새. 네 개의 발가락이 모두 앞쪽을 향한 것이 특징이며, 날개가 길고 뾰족하여 칼 모양임.
23) 토성습보(土城習步) — 월왕 구천이 서시를 오왕 부차에게 바칠 때 예의범절을 가르치면서 토성(土城)에서 걸음걸이를 가르침.
24) 국색(國色) — 나라 안에서 가장 아름다운 여자.
25) 기남자(奇男子) — 재주가 남달리 뛰어난 사나이.

이요, 이마와 턱과 코와 좌우의 광대가 조화를 이루었으니 보국(輔國) 충신될 인물이었다. 마음에 흠모하여 아미를 숙이고 무릎을 여미며 단정히 앉을 뿐이었다. 이 도령이 입을 열었다.

"성현도 성이 같으면 장가가지 않는다 하였는데, 네 성은 무엇이며 나이는 몇 살이냐?"

"성은 성씨이옵고 나이는 열여섯이옵니다."

"허허 그 말 참 반갑구나. 네 나이 들어보니 나와 동갑 이팔이요, 성씨를 들어보니 나와 천생연분이 분명하구나. 이성지합(二姓之合) 좋은 연분 평생 동락하여 보자. 네 부모 다 계시냐?"

"편모 슬하입니다."

"몇 형제나 되느냐?"

"육십 당년 나의 모친 무남독녀 나 하나요."

"너도 남의 집 귀한 딸이로구나. 하늘이 정한 연분으로 우리 둘이 만났으니, 만년락(萬年樂)을 이루어 보자."

춘향이 눈썹을 쫑그리며 붉은 입을 반쯤 열어, 가는 목 겨우 열고 옥성(玉聲)으로 말하는 것이었다.

"충신은 두 임금을 섬기지 아니하고 열녀는 두 지아비를 바꾸지 않는다는데, 도련님은 귀공지요 소녀는 천첩이온지라, 한번 정을 맡긴 연후에 버리시면 일편단심 이내 마음 독수공방에 홀로 누워 우는 한은 이내 신세 아니면 누가 알리오, 그런 분부 다시는 마옵소서."

이 도령이 말하였다.

"네 말을 들어보니 기특하구나. 우리 둘이 인연 맺을 때 금석(金石) 맹약 맺으리라. 네 집이 어디냐?"

춘향이 여쭈었다.

"방자 불러 물으소서."

이 도령이 허허 웃으며 말했다.

"내 너에게 묻는 말이 허황하구나. 방자야!"

"예!"

"춘향이 집을 네가 일러라."

방자가 손을 넌지시 들어 가리켰다.

"저기 저 건너, 동산은 무성하고 연못은 청청한데, 양어생풍(養魚生風)하고 그 가운데 기화요초(琪花瑤草) 난만하여 나무에 앉은 새는 호사를 자랑하고, 바위 위의 굽은 솔은 청풍이 건듯 부니 늙은 용이 꿈틀거리는 듯, 집 앞의 버드나무 유사무사(有絲無絲) 같은 양류 가지요, 들쭉, 측백, 전나무며, 그 가운데 은행나무는 음양을 따라 마주 서고, 초당 문전에 오동, 대추나무, 깊은 산 속 물푸레나무, 포도, 다래, 으름 덩굴 휘휘친친 감겨 담장 밖에 우뚝 솟았고 송정(松亭) 죽림 두 사이로 은은히 보이는 것이 춘향의 집이옵니다."

이 도령이 말하였다.

"장원(牆苑)이 정결하고 송죽이 빽빽하니 여자의 절개 행실을 가히 알 만하겠다."

춘향이 일어나며 부끄러이 말하였다.

"시속 인심 고약하니 그만 놀고 가겠습니다."

도련님이 그 말을 듣고 말하였다.

"기특하다, 그럴 듯한 일이다. 오늘 밤 퇴령한 후에 너의 집에 갈 것이니 괄시나 부디 하지 말아라."

춘향이 대답하였다.

"나는 몰라요."

"네가 모르면 쓰겠느냐. 잘 가거라, 오늘 밤에 만나자."

춘향이 누각에서 내려와 내려가니 춘향 어미가 마중 나와 있었다.

"애고 내 딸 다녀오냐. 도련님이 무엇이라 하시더냐?"

"무엇이라 하여요. 조금 앉았다가 가겠노라 하고 일어나니, 오늘 밤에 우리 집에 오겠다고 합니다."

"그래 어찌 대답하였느냐?"

"모른다 하였지요."

"잘하였다."

이때 도련님은 춘향을 애연히 보낸 후에 잊을 수가 없어 책방으로 돌아와도 만사에 뜻이 없고 온통 춘향이 생각뿐이었다. 말소리가 귀에 쟁쟁하고 고운 태도 눈에 삼삼해 해가 지기만을 기다리다 방자를 불렀다.

"해가 어느 때나 되었느냐?"

"동쪽에 이제 아귀26) 트나이다."

이 도령이 크게 노하였다.

"이 괘씸한 놈, 서쪽으로 지는 해가 동쪽으로 도로 가랴. 다시 살펴보아라."

이윽고 방자가 여쭈었다.

"해는 떨어져 함지(咸池)27)에 황혼이 되고 달은 동령에 솟습니다."

이 도령이 저녁밥이 맛이 없어 전전반측(輾轉反側) 어이하리.

"퇴령을 기다려라."

하고 서책을 보려 할 때, 책상을 앞에 놓고 서책을 읽어가는데 중용, 대학, 논어, 맹자, 시전, 주역이며 고문진보, 통사략(通史略)과 이백, 두시(杜詩), 천자까지 내어놓고 글을 읽는데 시전(詩傳)이었다.

"서로 소리를 바꾸어 우는 정경이 새는 물가에서 노니는도다. 아름다운 여인은 군자의 좋은 짝이로다. 아서라, 이 글도 못 읽겠다."

---

26) 아귀 — 입. 틈이 벌어지는 것. 처음 벌어져 나오는 것을 아귀 튼다고 함.

27) 함지(咸池) — 해가 떨어진다고 하는 큰 못.

대학을 읽는데,

"대학의 길은 명명한 덕에 있으며 신민(新民)에게 있으며 춘향에게도 있도다. 이 글도 못 읽겠고."

주역을 읽는데,

"원(元)은 형(亨)코 정(貞)코 춘향이 코는 딱 댄 코 좋고 하니라. 그 글도 못 읽겠다."

등왕각(滕王閣)이라,

"남창(南昌)은 고군(故郡)이요, 홍도(洪都)는 신부(新府)로다. 옳다, 그 글 되었다."

맹자를 읽는데,

"맹자께서 양혜왕(梁惠王)을 보실 때 왕왈 수(叟) 천리를 마다 않고 온다 하시니 춘향이 모시려 오십니까?"

사략을 읽으면서,

"태고라 천황씨도 이(以) 쑥떡으로 왕하여 세기섭제(歲起攝提)하니 무위이화(無爲而化)하시다 하여 형제 십일 인이 각각 일만 팔천 세를 누리시다."

방자가 또 말하기를,

"천황씨가 목덕(木德)으로 왕이란 말은 들었으나 쑥떡으로 왕이란 말은 금시 초문입니다."

"이 자식 너는 모른다. 천황씨는 일만 팔천 세를 살던 양반이라 이가 단단하여 목덕을 잘 자셨는데 시속의 선비들은 목떡을 먹겠느냐? 공자께서 후생을 생각하시어 명륜당에 현몽하고 '시속 선비들은 이가 부실하여 목떡을 못 먹으니 물씬물씬한 쑥떡으로 하라' 하여 삼백 육십주 향교에 통문(通文)하고 쑥떡으로 고쳤느니라."

방자가 듣고 있다가 말하였다.

24

"도련님, 하느님이 들으시면 깜짝 놀라실 거짓말도 듣겠습니다."

또 적벽부(赤壁賦)를 들여놓고,

"임술지추 칠월 기망에 소자(蘇子)가 객과 더불어 적벽 아래에 배를 띄워 놀 때 청풍은 서서히 불고 물결은 일지 않더라. 아서라, 그 글도 못 읽겠다."

천자를 읽는데,

"하늘 천(天), 따 지(地)."

방자가 듣고 있다가,

"여보 도련님, 점잖은 분이 천자는 웬일이옵니까?"

"천자라 하는 글은 칠서(七書)의 본문이라, 양나라 주사봉(周捨奉) 주흥사(周興嗣)가 하룻밤에 이 글을 짓고 머리가 희었다고 하여 책 이름을 백수문(白首文)이라 하였다. 낱낱이 새겨 보면 뼈똥 쌀 일이 많으니라."

"소인놈도 천자 속은 압니다."

"네가 안단 말이냐?"

"알다 뿐이겠습니까?"

"안다 하니 어디 읽어 봐라."

"예, 들으시오. 높고 높은 하늘 천(天), 깊고 깊은 따 지(地), 홰홰 친친 가물 현(玄), 불타졌다 누를 황(黃)."

"예 이놈, 네가 상놈은 분명하구나. 어디서 장타령하는 놈의 말을 듣고 안다 하느냐. 내 읽을 테니 들어보아라. 하늘이 자시에 열려 하늘을 나으니 태극이 광대(廣大) 하늘 천(天), 땅이 축시에 개벽하니 오행과 팔괘로 따 지(地), 삼십삼천 공(空)은 다시 공인 인심지시(人心指示) 가물 현(玄), 이십팔숙(二十八宿) 금목수화토(金木水火土)의 정색(正色) 누를 황(黃), 우주일월중화(宇宙日月重華)하니 옥우쟁영(玉宇崢嶸) 집우(宇), 연대국도 홍성쇠(年代國都興盛衰), 옛은 가고 이제는 오니 집 주(宙), 우치홍수(禹治洪水) 기자추에 홍범구주(洪範九疇) 넓을 홍(洪), 삼황오제(三皇五帝) 붕(崩)하신 후 난신적자(亂臣賊子) 거칠 황(荒), 동방이 장차 계명키로 고고천변(杲杲天邊) 일륜홍(日輪紅) 번듯 솟아날 일(日), 억조창생 격양가에 강구연월(康衢烟月)의 달 월(月), 한심미월(寒心微月) 때때로 불어나 삼오일야(三五日夜)에 찰 영(盈), 세상만사 생각하니 달빛과 같은지라 십오야 밝은 달이 기망(旣望)부터 기울 측(昃), 이십팔숙부터 하도낙서(河圖洛書) 버린 법(法) 일월성신 별 진(辰), 가련금야숙창가(可憐今夜宿娼家)라 원앙금침의 잘 숙(宿), 절대가인 좋은 풍류 나열춘추(羅列春秋)의 버릴 열(列), 의의월색(依依月色) 야삼경의 만단정회(萬端情懷) 베풀 장(張), 오늘 찬 바람이 소슬히 불어 오니 침실에 들어라 찰 한(寒), 베개가 높거든 내 팔을 베러 이만큼 오너라 올 래(來), 에라 후리쳐 질끈 안고 품에 드니 설한풍에도 더울 서(署), 침실이 덥거든 음풍(陰風)을 취하여 이리저리 갈 왕(往), 불한불열(不寒不熱) 어느 때냐 엽낙 오동 가을 추(秋), 백발이 장차 우거지니 소변 풍도를 거둘 수(收), 낙목한풍(落木寒風) 찬 바람 백운 강산의 겨울 동(冬), 자나깨나 잊지 못할 우리 사랑 규중심처에 감출 장(藏), 부용(芙蓉)이 지난 밤의 가는 비에 광윤유태(光潤有態) 부를 윤(潤), 이러한 고운 태도 평생을 보고도 남을 여(餘), 백년 기약 깊은 맹세 만경창파 이룰 성(成), 이리저리 노닐 적에 부지세월(不知歲月) 해 세(歲), 조강지처 불하당 아내 박대 못하느니 대동통편(大東通編) 법중 률(律), 군자호구(君子好逑)이 아니냐. 춘향 입에 내 입을 한데다 대고 쪽쪽 빠니 법중 여(呂) 자가이 아니냐. 애고 애고 보고 싶다.”

이 도령은 소리를 크게 질렀다. 이때 사또는 저녁 진지를 먹고 식곤증이 나 평상(平床)에 누워 있었다.

"애고 애고 보고 싶다."

라는 소리에 깜짝 놀란 사또가 목청을 돋우었다.

"이리 오너라!"

"예!"

"책방에서 누가 생침을 맞느냐? 신다리를 주물렀느냐? 알아서 오너라."

통인이 들어가 이 도령에게 말하였다.

"도령님, 웬 목통이오? 고함 소리에 사또께서 놀라셔서 연유를 알아오라 하시니 어찌 아뢰리까?"

"딱한 일이다. 남의 집 늙은이는 이농증(耳聾症)도 있거늘 귀가 너무 밝은 것도 예삿일이 아니로구나."

이 도령이 놀라며 말하였다.

"이대로 여쭈어라. 내가 논어라는 글을 읽다가 '슬프다 나의 도가 오래 된지라 꿈에 주공을 뵙지 못하여 나도 이 대목을 보다가 나도 주공을 뵈오면 그리하여 볼까 하여 흥취로 소리가 높아졌다고 그대로만 여쭈어라."

통인이 들어가 그대로 여쭈니 사또는 이 도령에게 승벽(勝癖)[28]이 있음을 크게 기뻐하며 말하였다.

"이리 오너라! 책방에 가서 목랑청(睦郎廳)을 가만히 오시래라."

낭청이 들어오는데 이 양반 어찌 고리게 생겼던지 채신머리없는 걸음으로 조심 없이 덤썩 들어섰다.

"사또님, 그새 심심하시지요?"

"아, 괜찮네. 할 말이 있네. 우리 피차 오래된 친구로서 동문수업(同門

---

28) 승벽(勝癖) — '호승지벽(好勝之癖)'의 준말로, 경쟁하여 반드시 이기기를 즐기는 성벽.

受業)하였거니와 어릴 때 글 읽기처럼 싫은 것이 없는데 우리 아이 시흥(詩興)을 보니 어이 아니 기쁘겠는가?"

"아이 때 글 읽기처럼 싫은 게 어디 있겠습니까?"

"읽기가 싫으면 잠도 오고 꾀가 많아지는데 이 아이는 글 읽기를 시작하면 밤낮을 가리지 않고 읽고 쓰고 한단 말이야."

"예, 그러하옵디다."

"배운 바 없어도 글을 쓰는 재주가 대단하지."

"그러하옵디다."

"점 하나만 툭 찍어도 고봉투석(高峰投石) 같고, 한 일(一)을 그어 놓으면 천리진운(千里陣雲)이요, 갓머리는 작두첨(雀頭添)[29]이요, 필법을 논할 것 같으면 풍랑뇌전(風浪雷電)이요, 내리 그어 치는 획은 노송도괘절벽(老松倒掛絶壁)이라. 창 과(戈)로 이를진대 마른 등(藤) 넝쿨같이 뻗어 갔네. 도리깨 치는 데는 성낸 쇠뇌[30] 끝 같고 기운이 부족하면 발길로 툭 차 올려도 획은 획대로 되나니."

"글씨를 가만히 보면 획은 획대로 되옵니다."

"글쎄, 들어보게. 저 아이 아홉 살 먹었을 때 서울 집 뜰에 늙은 매화가 있어 매화나무를 두고 글을 지으라 하였더니 금세 지었는데, 정성들인 것과 필요한 것만을 간추리는 솜씨가 대단하여 한 번 본 것은 반드시 기억하였으니 정부의 당당한 명사가 될 것이요, 눈을 남으로 돌리면서 북쪽을 돌아보며 춘추의 한 수를 읊데그려."

"장래 정승을 하오리다."

사또가 감격하며 말하였다.

"정승이야 어찌 바라겠나마는 내 생전에 급제는 쉬 할 게고 급제만

---

29) 작두첨(雀頭添) — 획의 모양이 참새 머리 같아야 한다는 말.
30) 쇠뇌 — 여러 개의 화살을 잇달아 쏘게 된 활의 한 가지.

쉽게 하면 육품의 벼슬에 오르는 것이야 어련히 하겠나."

"아니오, 그리 할 말씀이 아니오라 정승을 못하면 장승(長丞)31)이라
도 할 것입니다."

사또가 호령을 하였다.

"자네 뉘 말로 알고 대답을 그리 하는가?"

"대답은 하였으나 뉘 말인지는 모릅지요."

그렇다고 하였으나 그게 또 다 거짓말이었다.

이때 이 도령은 퇴령(退令) 놓기를 기다리다가,

"방자야!"

"예!"

"퇴령 놓았나 보아라."

"아직 아니 놓았소."

조금 있더니,

"하인 불러라!"

퇴령 소리가 길게 나니,

"좋다, 좋다. 옳다, 옳다. 방자야 초롱에 불 밝혀라."

통인 하나가 뉘를 따라 춘향의 집으로 건너갈 때 자취 없이 가만가만
걸으면서,

"방자야, 상방(上房)에 불 비친다. 등롱을 옆으로 감추어라!"

삼문 밖에 썩 나서니 좁은 길에는 달빛이 영롱하고 꽃 사이의 푸른
버들을 몇 번이나 꺾었으며 투기(鬪技)하는 소년 아이들은 밤에 청루
(靑樓)32)에 들어갔으니 지체 말고 어서 가자. 그렁저렁 당도하니 좋은

---

31) 장승(長丞) — 나무로 인형을 새겨 이수(里數)를 표하는 표본.
32) 청루(靑樓) — 기생집.

이 밤은 죽은 듯 고요한데 가기물색(佳期物色)이 아니냐. 가소롭다. 어주자(漁舟子)는 도원(桃源) 길을 모르던가. 춘향의 문전에 당도하니 인적은 드물고 월색은 삼경이었다. 뛰는 고기는 출몰하고 대접 같은 금붕어는 임을 보고 반기는 듯, 월하의 두루미도 흥에 겨워 짝을 부른다.

이때 춘향이는 칠현금(七絃琴)을 비껴 안고 남풍시(南風詩)를 희롱하다가 침석에서 졸고 있었다. 방자는 안으로 들어가면서 개가 짖을까 염려하여 자취 없이 가만가만 춘향 방 영창(映窓) 밑으로 살짝 들어갔다.

"얘 춘향아, 잠들었느냐?"

춘향이 깜짝 놀라,

"네가 어찌 왔나?"

"도련님이 와 계시다."

춘향이가 이 말을 듣고 가슴이 울렁울렁 속이 답답하여 부끄러움을 이기지 못하여 문을 열고 나오더니 건넌방으로 건너가서 저의 모친을 깨웠다.

"애고 어머니, 무슨 잠을 이리 깊이 주무시오?"

춘향의 어미 춘향의 소리에 잠이 깨어,

"아가 무엇을 달라고 부르느냐?"

"누가 무엇을 달라고 했소?"

"그러면 어째서 이 밤에 불렀느냐?"

춘향이 엉겁결에 말했다.

"도련님이 방자를 모시고 오셨다오."

춘향의 어미 문을 열고 방자를 불러 물었다.

"누가 왔느냐?"

방자가 대답하였다.

"사또 자제 도련님이 와 계시오."

춘향 어미 방자의 말을 듣고,

"향단아!"

"네!"

"뒤 초당에 좌석과 등촉을 마련하여 두어라."

춘향 어미는 그리 당부하고 방 밖으로 나오는데 세상 사람들이 모두 춘향의 어미를 칭송하더니 과연 그 이유가 있었다. 예로부터 사람이 외탁(託外)을 많이 하는데 춘향과 같은 딸을 낳았구나. 춘향 어미 나오는데 거동을 살펴보니 반백이 넘었는데 소탈한 모양이며 다정한 거동이 표표정정하고 살결이 윤택하여 복이 많게 보였다. 점잖은 걸음으로 걸어 나오는데 가만가만 방자가 뒤를 따라온다.

이때 이 도령은 천천히 거닐며 뒤돌아보고 흘겨보기도 하며 무료히 서 있을 때 방자가 나와 말하였다.

"저기 오는 게 춘향의 어미입니다."

춘향의 어미가 나오더니 공수(拱手)하고 우뚝 섰다.

"그 사이 도련님 문안이 어떠신가요?"

도련님 반만 웃고는,

"춘향의 어미라지, 평안한가?"

"예, 겨우겨우 지냅니다. 오실 줄 진정 몰라 영접이 불민합니다."

"그럴 리가 있나."

춘향 어미 앞에 서서 인도하여 대문 중문 다 지나고 후원(後苑)을 돌아가니 해묵은 별초당(別草堂)에 등촉을 밝혔는데, 버들가지 늘어져 불빛을 가린 모양이 구슬 발이 갈고랑에 걸린 듯하고, 오른쪽의 벽오동은 맑은 이슬이 뚝뚝 떨어져 학의 꿈을 놀래 주는 듯하고, 좌편에 서 있는 반송(盤松)은 광풍이 건듯 불면 늙은 용이 꿈틀거리는 듯하고, 창 앞에 심은 파초, 일난초(日暖初), 봉미장(鳳尾長)은 속잎이 빼어나고, 수심여

주(水心如珠) 어린 연꽃 물 밖에 겨우 떠서 옥로를 받쳐 있고, 대접 같은 금붕어는 고기 변해 용 되려 하고, 때때로 물결 쳐서 출렁출렁 굼실 놀 때마다 조롱하고, 새로 나는 연잎은 받을 듯이 벌어지고, 급연상봉석가산(岌然上峰石假山)[33]은 층층이 쌓였는데 섬돌 아래 학 두루미는 사람을 보고 놀래어 두 죽지를 떡 벌리고 긴 다리로 징검징검 낄룩 뚜루룩 소리하며, 계화(桂花) 밑에 삽살개도 짖는구나. 그중 반가운 것은 못 가운데 쌍오리는 손님을 맞이하느라 두둥실 떠서 기다리는 모양이었다. 처마에 다다르니 춘향이 그제야 저의 모친의 영을 받들어 사창을 반쯤 열고 나오는데 그 모양을 살펴보니, 뚜렷한 일륜명월(一輪明月)이 구름 밖에 솟았는 듯 황홀한 그 모양은 측량하기 어려웠다. 부끄러이 당에 내려 천연스레 서 있는 거동은 사람의 간장을 다 녹이는 듯했다. 이 도령이 수줍게 웃으며 춘향에게 물었다.

"곤(困)치 아니하며 밥은 잘 먹느냐?"

춘향이 부끄러워 대답하지 못하고 묵묵히 서 있거늘 춘향 어미가 먼저 당에 올라 이 도령을 자리로 모신 후에 차를 들어 권하고 담배 붙여 올리니, 이 도령 받아 물고 자리에 앉았다. 이 도령이 춘향의 집에 올 때는 춘향에게 뜻이 있어 와 있는 것이지 춘향의 세간 기물을 구경 온 게 아니로되, 도련님의 첫 외입인지라 밖에서는 무슨 말이 있을 듯하더니, 들어가 앉고 보니 별로 할 말이 없고 공연히 기침 기운이 나서 오한증(惡寒症)이 들면서 아무리 생각하여 보아도 할 말이 없었다. 방 한가운데를 둘러보며 벽 위를 살펴보니 상당한 기물들이 놓여 있었다. 용장(龍欌)과 봉장(鳳欌), 왜궤(倭櫃)[34]가 여기저기 벌여 있고 그림을 그려 붙여 있으되, 서방 없는 춘향이요 학문하는 계집아이가 세간과 그림이 왜

---

33) 급연상봉석가산(岌然上峰石假山) — 뜰에 돌로 쌓아 놓은 산.
34) 왜궤(倭櫃) — 남자들이 쓰는 세간의 하나인 네모진 궤. 앞쪽에 두 짝의 문이 있고, 여러 개의 서랍이 있음.

있을까마는 춘향 어미가 유명한 명기라 그 딸을 주려고 장만한 것이었다. 조선의 유명한 명필(名筆) 글씨가 붙어 있고 그 사이에 붙인 명화다 후리쳐 던져 두고 월선도(月仙圖)란 그림이 붙었으니 월선도의 화제(畫題)가 다음과 같았다.

임금님이 높이 앉아 군신의 조회를 받는 그림. 청련거사 이태백이 황학전(黃鶴殿)에 꿇어앉아 황정경(黃庭經) 읽는 그림.

백옥루(白玉樓) 지은 후에 자기 불러 올려 상량문(上梁文) 짓는 그림.

칠월 칠석 오작교에서 견우 직녀 만나는 그림.

광한전 달 밝은 밤에 약을 찧던 항아(姮娥)의 그림.

층층이 붙였으나 광채가 찬란하여 정신이 산만하였다. 또 한 곳을 바라보니 부춘산엄자릉(富春山嚴子陵)은 간의대부(諫議大夫) 마다하고 백구를 벗을 삼고 원학(猿鶴)으로 이웃 삼아 양구(羊裘)를 떨쳐 입고 추동강(秋桐江) 칠리탄(七里灘)에 낚싯줄 던진 경치를 역력히 그려 놓았다. 방가위지(方可謂之)35) 선경(仙景)이다. 남자의 좋은 짝이 놀 데가 바로 여기다. 춘향이 일편단심으로 일부 종사하려고 글 한 수를 지어 책상 위에 붙였으되,

운을 띤 것은 봄바람의 대나무요
향불을 피운 것은 밤에 책 읽을러라.

"기특하다 이 글 뜻은 목란(木蘭)의 절개로구나."

이렇게 칭찬할 때 춘향 어미가 말하였다.

"귀중하신 도련님이 변변찮은 집에 와 주시니 황공하고 감격하옵나이다."

이 도령 춘향 어미의 말 한 마디에 말구멍이 열렸다.

---

35) 방가위지(方可謂之) ― 과연 그렇다고 이를 만하다.

"그럴 리가 있겠는가. 우연히 광한루에서 춘향을 잠깐 보고 연연히 보내기로 탐화봉접(探花蜂蝶)36) 취한 마음, 오늘 밤에 온 뜻은 춘향의 어미 보러 왔거니와 자네 딸 춘향이와 백년 언약을 맺고자 하니 자네의 마음은 어떠한가?"

춘향의 어미가 대답하였다.

"말씀은 황송하오나 들어보시오. 자핫골 성참판 영감이 보후(補後)37)로 남원에 좌정하실 때 소리개를 매로 보고 수청을 들라 하옵기로 관장의 영을 어길 수가 없어 모신 지 삼삭 만에 올라가신 후 뜻밖에 잉태하여 낳은 것이 저것입니다. 그런 연유로 성참판께 아뢰니, '젓줄 떨어지면 데려가련다' 하시더니 그 양반이 불행하여 세상을 버리시니 보내지 못하옵고 저것을 길러 낼 때, 어려서 잔병조차 그리 많고 일곱 살에 소학 익혀 수신제가(修身齊家), 화순심(和順心)을 낱낱이 가르치니 씨가 있는 자식이라 만사를 달통하고 삼강행실, 뉘라서 내 딸이라 하리오. 가세가 부족하니 재상가(宰相家)에는 부당하고 사(士), 서인(庶人) 상하에 다 미치지 못하니 혼인이 늦어져서 주야로 걱정이나 도련님 말씀은 잠시 춘향과 백년 기약한다는 말씀이오나 그런 말씀 마시고 노시다가 가시기나 하시지요."

이 말이 참말 아니라 이 도령 춘향을 얻는다 하니 앞일을 몰라 뒤를 눌려 하는 말이었다.

이 도령은 기가 막혀,

"호사에 다마로세. 춘향도 미혼 전이나 나도 미장가 전이라, 피차 언약이 이렇고 육례는 못할망정 양반의 자식이 일구이언을 할 까닭이 있겠나?"

---

36) 탐화봉접(探花蜂蝶) ─ '꽃을 찾아다니는 벌과 나비'라는 뜻으로, 여색을 좋아하거나 거기에 빠진 사람을 일컬음.

37) 보후(補後) ─ 내직(內職)에 들어가기 전에 잠시 외관(外官)에 보임하는 것.

춘향 어미 이 말을 듣고,

"또 내 말을 들으시오. 고서에서 이르기를 신하를 아는 것은 임금만한 이가 없고, 아들을 아는 것은 아비만한 이 없고, 딸을 아는 것은 어미만한 이가 없다 하지 않았는가? 내 딸 마음 내가 알지요. 어려서부터 절곡한 뜻이 있어 행여 신세를 그르칠까 의심이오. 일부 종사하려 하고 일마다 하는 행실 칠석같이 굳은 뜻이 청송, 녹죽, 전나무 사시절을 다투는 듯, 상전벽해 될지라도 내 딸 마음 변하겠는가. 금은 보화가 산같이 쌓여 있을지라도 받지 아니할 것이요, 백옥 같은 내 딸 마음 청풍인들 미치리오. 다만 옛날의 큰 뜻을 본받고자 할 뿐인데 도련님은 욕심을 부려 인연을 맺었다가 미장가 전 도련님이 부모 몰래 깊은 사랑 금석같이 맺었다가 소문나 버리면 옥결 같은 내 딸 신세 문채 좋은 대모(玳瑁),[38] 진주, 고운 구슬, 군역노리 깨어진 듯, 청강에 노는 원앙새가 짝 하나를 잃었다 한들 어이 내 딸 같을쏜가. 도련님의 속마음이 말과 같을진대 깊이 알아 행하시오."

이 도령이 더욱 답답하여,

"그건 두 번 다시 염려 마소. 내 마음 헤아리니 특별 간절 굳은 마음 흉중에 가득하니 분의(分義)는 다를망정 저와 내가 평생 기약을 맺을 때에 전안납폐(奠鴈納幣)[39] 아니한들 창파같이 깊은 마음 춘향 사정 모를쏜가."

이와 같이 이야기하니, 청실홍실 육례(六禮)를 갖춰 만난다 해도 이위에 더 뾰족할 것인가.

"내 저를 첫장가 모양 여길 터이니 시하(侍下)라고 염려 말고 미장가 전이라고 염려 마오. 대장부 먹은 마음으로 박대하는 행실을 할 것인가?

---

38) 대모(玳瑁) — 열대 지방산 거북이.
39) 전안납폐(奠鴈納幣) — 혼인 때, 신랑이 기러기를 갖고 신부집에 가서 상 위에 놓고 절하는 예.

허락만 하여 주오."

춘향의 어미 이 말을 듣고 이윽히 앉았더니 몽조(夢兆)가 있는지라 연분인 줄 짐작하고 흔연히 허락하여,

"봉(鳳)이 나매 황(凰)이 나고 장군(將軍) 나매 용마 나고 남원의 춘향 나매 이화춘풍 꽃다웁다. 향단아, 주반(酒盤) 등대하여라."

"예!"

향단이 대답하고 주효(酒肴)40)를 차릴 때에 안주 등을 보자 하니 굄새도 정결하고 대양판(大眻板) 갈비찜, 소양판(小眻板) 제육찜, 풀풀 뛰는 숭어찜, 포도동 나는 메추리탕에, 동래(東萊), 울산(蔚山) 대전복, 대모장도(玳瑁裝刀) 잘 드는 칼로 맹상군(孟嘗君)의 눈썹과 같이 어슥비슥 오려 놓고, 염통, 산적, 양볶음과 춘치자명(春雉自鳴) 생치(生雉) 다리 적벽(赤壁) 대접 분원기(分院器)에 냉면조차 비벼 놓고, 생밤, 찐밤, 잣송이며, 호도, 대추, 석류, 유자, 준시, 앵두, 탕기(湯器) 같은 청술레41)를 볼품 있게 괴었는데, 술병 치레를 볼 것 같으면 티끌 없는 백옥병과 푸르른 산호병과 엽락금정(葉落金井) 오동병과 목이 긴 황새병, 자라병, 당화병, 쇄금병, 소상동정 죽절병, 그 가운데 품질이 좋은 은으로 만든 주전자, 적동자, 쇄금자 등을 차례로 놓았는데 빠짐없이도 구비하여 놓았구나. 술 이름을 말할 것 같으면 이적선(李謫仙) 포도주와, 안기생(安期生) 자하주(紫霞酒)와, 산림처사(山林處士) 송엽주(松葉酒)와 과하주(過夏酒), 방문주(方文酒), 천일주(千日酒), 백일주(百日酒), 금로주(金露酒), 팔팔 뛰는 화주(火酒), 약주(藥酒), 그 가운데 향기로운 연엽주(蓮葉酒) 골라 내어 알 모양으로 동그란 주전자를 둘러 부어 청동화로 백탄불에 냄비 냉수 끓는 가운데 동그란 주전자에 부어 차지도 덥지도 않게

---

40) 주효(酒肴) — 술과 안주.
41) 청술레 — 배의 하나. 일찍 익으며, 빛이 푸르고 물기가 많음.

데워 내어 금잔, 옥잔, 앵무새 주둥이 같은 잔을 그 가운데 띄웠으니 옥경, 연화 피는 곳에 태을선녀(太乙仙女)가 연꽃잎 배를 띄우듯, 대광보국(大匡輔國) 영의정 파초선을 띄우듯, 두둥실 띄워 놓고 권주가 한 곡조에 한잔 한잔 또 한잔 드는 것이었다.

이 도령이 한 마디했다.

"오늘 밤에 하는 절차 보니 관청이 아닌 바에 어이 그렇게 구비하여 놓았는가?"

춘향 어미가 말했다.

"내 딸 춘향을 곱게 길러 요조숙녀는 군자의 짝으로 가려서 금실을 벗하여 평생을 동락하올 때에 사랑에 노는 손님 영웅 호걸, 문장들과 죽마고우 벗님네들과 주야로 즐기실 때, 내당의 하인 불러 밥상 술상을 재촉할 때, 보고 배우지 못하고는 어찌 곧 등대하리요? 안사람이 민첩지 못하면 남편의 낯을 깎는 것이니 내 생전에 힘써 가르쳐 아무쪼록 본받아 행하라고 돈이 생기면 사 모으고 손으로 만들어서 눈에 익고 손에도 익히려고 잠시라도 놀지 않고 시킨 보람이오니 부족타 마시고 구미대로 잡수시오."

하며, 앵무새 주둥이 같은 잔에 가득히 술을 부어 도련님께 드리오니 이 도령 잔을 받아 손에 들고 탄식하며 말하였다.

"내 마음대로 한다면 육례(六禮)를 행할 것이나 그렇게는 못하고 개구멍 서방으로 들고 보니 이 아니 원통하냐. 애 춘향아, 그러나 우리 둘이 이 술을 대례 술로 알고 먹자."

한 잔 술을 부어 들고,

"내 말 들어라. 첫째 잔은 인사주요, 둘째 잔은 합환주(合歡酒)니, 이 술이 다른 술이 아니라 근원 근본으로 삼으리라. 순임금 때의 아황(娥皇)과 여영(女英)이 귀히 귀히 만난 연분이 귀중하다 하였으되 월로(月

老)의 우리 연분 삼생(三生) 가약을 맺은 연분, 천만 년이라고 변치 않을 연분 대대로 삼태(三台) 육경(六卿) 자손이 많이 번성하여 자손, 증손, 고손이며 무릎 위에 앉혀 놓고, 죄암죄암 달강달강 백 살까지 살다가 한날 한시 마주 누워 선후 없이 죽게 되면 천하에 제일 가는 연분이 아닌가."

술잔 들어 먹은 후에,

"향단아, 술 부어 너의 마나님께 드려라."

"장모, 경사 술이니 한 잔 먹으소."

춘향의 어미 술잔을 들고 슬프기도 하고 기쁘기도 하여 하는 말이,

"오늘이 우리 딸의 백년의 고락을 맺는 날이라, 무슨 슬픔 있을까마는 저것을 길러 낼 때 애비 없이 길러 이때를 당하오니 영감 생각이 간절하여 비창하여이다."

이 도령이 말하였다.

"기왕지사 생각 말고 술이나 먹소."

춘향 어미 수삼 배 먹은 후에 도련님 통인 불러 상을 물려 주면서 말했다.

"너도 먹고 방자도 먹여라."

통인과 방자가 상을 물려 먹은 후에 대문 중문 다 닫히고 춘향의 어미는 춘향을 불러 자리를 보게 할 때에 원앙금침 잣베개와 샛별 같은 요강, 대야까지 갖춰 자리 보존을 정히 하였다.

"도련님, 평안히 쉬시옵소서. 향단아, 나오너라. 나하고 함께 가자."

둘이 다 건너갔다.

춘향과 이 도령이 마주 앉아 놓았으니 그 일이 어찌 되겠느냐. 사양(斜陽)을 받으면서 삼각산 제일봉에 봉학이 앉아 춤추는 듯, 두 활개를 살포시 들고 춘향의 섬섬옥수를 반듯이 겹쳐 잡고 의복을 교묘하게 벗

기는데, 두 손길 썩 놓더니 춘향의 가는 허리를 담쑥 안고는 말하였다.

"치마를 벗어라!"

춘향이가 처음 일일 뿐 아니라 부끄러워 고개를 숙여 몸을 틀매 이리 곰실 저리 곰실 녹수(綠水)에 홍연화(紅蓮花)가 잔바람을 만나 흔들리는 듯, 도련님이 치마를 벗겨 제쳐놓고 바지와 속곳을 벗길 때에 무한히 힐난한다. 이리 굼실 저리 굼실 동해의 청룡이 굽이를 치는 듯하다.

"아이고 놓아요, 좀 놓아요."

"에라, 안 될 말이로다."

힐난하는 중에 옷끈을 끌러 발가락에 딱 걸고서 지그시 누르며 기지개를 켜니 발길 아래 떨어진다. 옷이 활짝 벗겨지니 형산(荊山)[42]의 옥덩이가 춘향에 비길쏘냐. 옷이 활짝 벗겨지니 도련님 거동을 보려·하고 살그머니 놓으면서,

"아차차 손이 빠졌다."

춘향이가 금침 속으로 달려든다. 도련님이 왈칵 좇아 드러누워 저고리를 벗겨 내어 도련님 옷과 모두 한 데다 둘둘 뭉쳐 한쪽 구석에 던져 두고 둘이 안고 마주 누웠으니 그대로 잘 리가 있는가. 애를 쓸 때에 삼승(三升)[43] 이불이 춤을 추고 샛별 요강은 장단을 맞추어 쨍그랑쨍그랑, 문고리는 달랑달랑, 등잔불은 가물가물, 맛이 있게 잘 자고 났구나. 그 가운데의 진진한 일이야 오죽하랴.

하루 이틀 지나가니 어린 것들이라 신맛이 간간 새로워 부끄러움은 차차 멀어지고 이제는 희롱도 하고 우스운 말도 있어 자연히 사랑가가 되었구나. 사랑하고 노는데 꼭 이 모양으로 노는 것이었다.

"사랑 사랑 내 사랑이야,

---

42) 형산(荊山) — 중국에 있는 산 이름. 옥(玉)의 산지이다.
43) 삼승(三升) — 굵은 베.

동정칠백(洞庭七百) 월화초에
무산(巫山)같이 높는 사랑,
목단(目斷) 무변수(無邊水)에
하늘 같고 바다같이 깊은 사랑,
옥산전(玉山顚) 달 밝은데
추산천봉(秋山千峰) 반달 사랑,
증경학무(曾經學舞)하올 적에
하문취소(何問吹簫)하던 사랑,
유유낙일(悠悠落日) 월렴간(月簾間)에
도리화개(桃李花開) 비친 사랑,
섬섬초월 분백(粉白)한데
함교함태(含嬌含態) 숱한 사랑,
월하의 삼생(三生) 연분 너와 나의 만난 사랑,
허물 없는 부부 사랑,
화우동산(花雨東山) 목단화같이 펑퍼지고 고운 사랑,
연평 바다 그물같이 얽히고 맺힌 사랑,
은하직녀 직금(織錦)같이 올올이 이은 사랑,
청루미녀(靑樓美女) 금침같이 혼솔마다 감친 사랑,
시냇가의 수양같이 펑퍼지고 늘어진 사랑,
남창(南倉) 북창(北倉) 노적(露積)같이
다물다물 쌓인 사랑,
은장(銀欌) 옥장(玉欌) 장식같이 모모이 잠긴 사랑,
영산홍록(映山紅綠) 봄바람에 넘노나니
황봉(黃蜂) 백접(白蝶) 꽃을 물고 질긴 사랑,
녹수청강 원앙조 격으로 마주 둥실 떠 노는 사랑,

연년 칠월 칠석야에 견우 직녀 만난 사랑,

육관대사(六觀大師) 성진(性眞)이가

팔선녀(八仙女)와 노는 사랑,

역발산(力拔山) 초패왕(楚覇王)이 우미인(虞美人)을 만난 사랑,

당나라 당명황(唐明皇)이 양귀비를 만난 사랑,

명사십리 해당화같이

연연(娟娟)히 고운 사랑,

네가 모두 사랑이로구나.

어화 둥둥 내 사랑아,

어화 내 간간44) 내 사랑이로구나.

여봐라, 춘향아!

저리 가거라. 가는 태를 보자.

이만큼 오너라, 오는 태를 보자.

빵긋 웃고 아장아장 걸어라, 걷는 태를 보자.

너와 나와 만난 사랑,

연분을 팔자 한들 팔 곳이 어디 있어

생전 사랑 이러하고

어찌 사후(死後) 기약이 없을쏘냐.

너는 죽어 될 것이 있다.

너는 죽어 글자 되되,

따 지자(地字), 그늘 음자(陰字), 아내 처자(妻字), 계집 여자(女字),

변(邊)이 되고,

나는 죽어 글자 되되,

하늘 천(天) 자, 하늘 건(乾) 자, 지아비 부(夫) 자,

---

44) 간간 ― 화평하고 즐겁다.

사내 남(男) 자, 아들 자(子) 자 몸이 되어 여(女) 변(邊)에다 붙이
면 좋을 호(好) 자로 만나 보자.
사랑 사랑 내 사랑.
너는 죽어 될 것이 있다.
너는 죽어 물이 되되,
은하수, 폭포수, 만경창해수(萬頃滄海水),
청계수(淸溪水), 옥계수(玉溪水),
일대장강(一帶長江) 던져 두고
칠년 대한(大旱) 가물 때
또 일상진진 젖어 있는 음양수란 물이 되고,
나는 죽어 새가 되되,
두견새도 되지 말고
요지(瑤池) 일월, 청조, 청학, 백학이며
대붕조(大鵬鳥)45) 그런 새가 될라 말고,
쌍거쌍래 떠날 줄 모르는 원앙조란 새가 되어,
녹수의 원앙 격으로
어화 둥둥 떠 놀거든
나인 줄을 알려무나.
사랑 사랑 내 간간 내 사랑이야.
아니 그것도 내 아니 되려오.
그러면 너 죽어서 될 것이 있다.
경주 인경도 되려 말고,
전주 인경도 되려 말고,
송도 인경도 되려 말고,

---

45) 대붕조(大鵬鳥) —하루에 9만 리를 날아간다는, 아주 큰 상상의 새.

장안 종로 인경 되고,

나는 죽어 인경 마치 되어,

삼십삼천 이십팔숙(宿)을 응하여,

질마재에 봉화 세 자루 꺼지고,

남산에 봉화 두 자루 꺼지면

인경 첫마디 치는 소리,

그저 뎅뎅 칠 때마다,

다른 사람 듣기에는

인경 소리로만 알아도,

우리 속으로는

'춘향 뎅 도련님 뎅이라'

만나 보자꾸나.

사랑 사랑 내 간간 내 사랑이야.

아니 그것도 나는 싫소.

그러면 너 죽어 될 것이 있다.

너는 죽어 방아확46)이 되고,

나는 죽어 방앗공이47)가 되어,

경신년 경신월 경신일 경신시에 상태공 조자 방아

그저 떨구덩 떨구덩 찧거들랑 나인 줄 알려무나.

사랑 사랑 내 사랑 내 간간 사랑이야."

춘향이 하는 말이,

"싫소, 그것도 내 아니 되려오."

"어이하여 그 말이냐?"

---

46) 방아확 — 방앗공이로 찧을 수 있게 절구의 우묵하게 팬 구멍.
47) 방앗공이 — 방아확 속에 든 물건을 내리찧는 몽둥이.

"나는 항시 어찌 이생이나 후생이나 밑으로만 된다는 법 있소? 재미 없어 못 쓰겠소."

"그러면 너 죽어 위로 가게 하마. 너는 죽어 맷돌 위짝이 되고 나는 밑짝이 되어 이팔 청춘 홍안 미색들이 섬섬옥수로 밑대줄 잡고 슬슬 돌리면 천원지방(天圓地方) 격으로 휘휘 돌아가거든 나인 줄을 알려무나."

"싫소, 그것도 아니 되려오. 위로 생긴 것이 부아 나게만 생기었소. 무슨 년의 원수로서 일생 한 구멍이 더하니 아무것도 나는 싫소."

"그러면 너 죽어 될 것 있다.
너는 죽어 명사십리 해당화 되고,
나는 죽어 나비 되어,
나는 네 꽃송이 물고,
너는 내 수염 물고,
춘풍이 선뜻 불거든,
너울너울 춤을 추며 놀아 보자.
사랑 사랑 내 사랑이야,
내 간간 사랑이지.
이리 보아도 내 사랑,
저리 보아도 내 사랑,
이 모두 내 사랑 같으면,
사랑에 걸려 살 수 있나,
어허 둥둥 내 사랑,
내 어여쁜 내 사랑이야,
방긋방긋 웃는 것은,
화중왕 모란화가
하룻밤 세우(細雨) 뒤에

반만 피고자 한 듯,

아무리 보아도 내 사랑,

내 간간이로구나.

"너와 나와 유정하니 정자(情字)로 놀아 보자. 음상동(音相同)하여 정자(情字) 노래나 불러 보세."

"들읍시다."

"내 사랑아 들어서라.

너와 나와 유정하니 어이 아니 다정하리.

담담(澹澹) 장강수(長江水) 유유(悠悠) 원객정(遠客情),

하교(河橋) 불상송(不相送) 강수(江樹) 원함정(遠含情),

송군남포 불승정(送君南浦不勝情),

무인불견 송아정(無人不見送我情),

한태조 희우정(漢太祖喜雨亭),

삼태육경(三台六卿) 백관조정(百官朝廷)

도량(道場) 청정(淸淨),

각씨(閣氏) 친정(親庭),

친고(親故) 통정(通情)

난세(亂世) 평정(平定),

우리 둘이 천년 인정,

월명성희(月明星稀) 소상동정(瀟湘洞庭),

세상만물 조화정(造化定)

근심 걱정, 소지(所志) 원정(原情),

주워 인정, 음식 투정,

복 없는 저 방정,

송정(訟庭), 관정(官庭), 내정(內情), 외정(外情),

애송정(愛松亭), 천양정(穿楊亭)

양귀비의 심향정(沈香亭),

이비(二妃)48)의 소상정(瀟湘亭),

한송정(寒松亭),

백화만발 호춘정(好春亭),

기린토월 육모정

너와 나와 만나 정(情),

일정(一情) 실정(實情) 논지(論之)하면,

내 마음은 원형이정(元亨利貞)49),

네 마음은 일편탁정(一片託情),

이같이 다정하다가,

만일 즉파정(卽破情)하면, 복통(腹痛) 절정(絶情) 걱정되니

진정(眞情)으로 원정(原情)하자는 그 정자(情字)다."

춘향이 좋아라고 하는 말이,

"정 속은 도저하오50). 우리 집 재수(財數) 있게 안택경(安宅經)51)이
나 좀 읽어 주오."

도련님 허허 웃고는,

"그뿐인 줄 아느냐. 또 있지야. 궁자(宮字) 노래를 들어 보아라."

"애고 얄궂고 우습다. 궁자 노래가 무엇이오?"

"네 들어 보아라. 좋은 말이 많으니라.

---

48) 이비(二妃) ― 아황(娥皇)과 여영(女英).

49) 원형이정(元亨利貞) ― 역학에서 말하는 천도(天道)의 네 원리. '원'은 봄으로
만물의 시초, '형'은 여름으로 만물의 자람, '이'는 가을로 만물의 이루어짐, '정'
은 겨울로 만물의 거둠을 뜻함.

50) 도저하다 ― (행동이나 몸가짐이) 빗나가지 않고 철저하다.

51) 안택경(安宅經) ― 집안에 탈이 없도록 터주를 위로할 때와 재수 형통을 위하
여 읽는 경문.

좁은 천지 개태궁(開胎宮), 뇌성벽력, 풍우 속에
서기 삼광(三光) 둘러 있는
장엄하다 창합궁(閶闔宮),
성덕이 넓으시사
조림(照臨)이 어인 일인고.
주지객(酒池客) 운성(雲盛)하던
은왕(殷王)의 대정궁(大庭宮),
진시황의 아방궁,
문천하득(問天下得)하실 적에
한태조(漢太祖) 함양궁(咸陽宮),
그 곁의 장락궁(長樂宮),
반첩여(班婕妤)의 장신궁(長信宮),
당명황(唐明皇) 상춘궁(賞春宮),
이리 올라 이궁(離宮),
저리 올라 별궁(別宮),
용궁(龍宮) 속의 수정궁(水晶宮),
월궁(月宮) 속의 광한궁(廣寒宮),
너와 나와 합궁(合宮)하니,
한평생 무궁이라.
이 궁 저 궁 다 버리고,
네 양다리 사이의 수룡궁(水龍宮)에
나의 심줄 방망이로
길을 내자꾸나."
춘향이 반만 웃으며 말했다.
"그런 잡담은 말으시오."

"그게 잡담이 아니로다. 춘향아, 우리 둘이 업음질이나 하여 보자."

"애고 참 잡성스러워라. 업음질을 어떻게 하여요?"

업음질을 여러 번 한 듯이 말하였던 것이다.

"업음질은 천하 쉬운 것. 너와 내가 활짝 벗고, 업고 놀고, 안고도 놀면 그게 업음질이 아니냐?"

"애고, 나는 부끄러워 못 벗겠소."

"에라 요 계집아이야, 안 될 말이로다. 내가 먼저 벗으마."

이 도령이 버선, 대님, 허리띠, 바지, 저고리를 활짝 벗어 한편 구석에 밀쳐놓고 우뚝 서니, 춘향이 그 거동을 보고 방긋 웃고 돌아서며 말하였다.

"영락없는 낮도깨비 같소."

"오냐, 네 말 좋다. 천지 만물이 짝 없는 게 없느니라. 두 도깨비 놀아 보자."

"그러면 불이나 끄고 노사이다."

"불이 없으면 무슨 재미 있겠느냐? 어서 벗어라, 어서 벗어라."

"애고, 나는 싫어요."

도련님 춘향이 옷을 벗기려 할 때 넘놀면서 어룬다. 만첩청산 늙은 범이 살찐 암캐를 물어다 놓고 이가 없어 먹지는 못하고 흐르릉 흐르릉 아웅 어루는 듯, 북해의 흑룡(黑龍)이 여의주를 입에다 물고 색구름 사이에서 넘노는 듯, 단산(丹山)[52] 의 봉황이 대 열매를 물고 벽오동 속으로 넘나드는 듯, 구고(九皐)[53] 청학이 난초를 물고서 고송간(古松間)에 넘노는 듯, 춘향의 가는 허리를 후리쳐 담쑥 안고 기지개를 아드득 떨며, 귀와 뺨도 쪽쪽 빨고 입술도 쪽쪽 빨면서 주홍 같은 혀를 물고 오색

---

52) 단산(丹山) ― 봉황이 깃들고 있다고 믿는 상상의 산.

53) 구고(九皐) ― 못의 가장 깊은 곳.

단청 순금장(純金欌) 안의 날아가고 날아오는 비둘기같이 꾹꿍 꾹꿍 으
흥거려 뒤로 돌려 담쑥 안고 젖을 쥐고 발발 떨며, 저고리, 치마, 바지,
속곳까지 활짝 벗겨 놓으니, 춘향이 부끄러워 한편으로 잡치고 앉았을
때, 도련님 답답하여 가만히 살펴보니 얼굴이 복찜하여 구슬땀이 송실
송실 맺혔구나.

"애 춘향아, 이리 와 업히어라."

춘향이 부끄러워하니,

"부끄럽기는 무엇이 부끄러워. 이왕에 다 아는 바이니 어서 와 업히
거라."

춘향을 업고 추스르며,

"아따 계집아이 똥집 장히 무겁다. 네가 내 등에 업힌 것이 마음에 어
떠하냐?"

"더할 수 없이 좋소이다."

"좋으냐? 나도 좋다. 좋은 말을 할 것이니 네가 대답만 하여라."

"말씀에 대답할 터이니 하여 보옵소서."

"네가 금(金)이지야?"

"금이라니 당치도 않소. 팔년 풍진 초한(楚漢) 시절에 육출기계(六出
奇計) 신평(陳平)이기 범아부(范亞父)를 잡으려고 황금 사만을 뿌렸으
니 금이 어디 남으리까?"

"그러면 진옥(眞玉)이냐?"

"옥이라니 당치 않소. 만고 영웅 진시황이 형산의 옥을 얻어 이사(李
斯)54)의 명필로 수명우천(受命于天) 기수영창(旣壽永昌)이라, 옥새(玉
璽)를 만들어 만세유전(萬世流傳)을 하였으니 옥이 어이 되오리까?"

"그러면 네가 무엇이냐, 해당화냐?"

---

54) 이사(李斯) — 진시황 때의 정승.

"해당화라니 당치 않소. 명사십리 아니거든 해당화가 되오리까?"

"그러면 네가 무엇이냐? 밀화(蜜花), 금패(錦貝), 호박(琥珀), 진주(眞珠)냐?"

"아니 그것도 당치 않소. 삼태육경(三台六卿), 대신, 재상, 팔도 방백, 수령님네 갓끈, 풍잠(風簪) 다하고서 남은 것은 경향(京鄕)의 일등 명기 지환(指環) 벌 허다이 다 만드니 호박 진주 부당하오."

"네가 그러면 대모(玳瑁) 산호냐?"

"아니 그것도 아니오. 대모 간 큰 병풍을 산호로 난간을 하여 광리왕(廣利王) 상량문의 수궁 보물 되었으니 대모 산호가 부당하오."

"네가 그러면 반달이냐?"

"반달이라니 당치 않소. 오늘 밤 초생(初生) 아니거든 벽공(碧空)에 돋은 밝은 달 내가 어찌 가오리까?"

"네가 그러면 무엇이냐, 날 홀려먹는 불여우냐? 네 어머니 너를 낳아 곱게 곱게 길러 내어 나를 홀려 먹으라고 생겼느냐? 사랑 사랑 사랑이야. 내 간간 내 사랑이야. 네가 무엇을 먹으려는 것이냐? 생밤, 찐밤을 먹으려는 것이냐? 둥글둥글 수박 웃봉지 대모장도 드는 칼로 뚝 떼고, 강릉 백청(白淸)을 두루 부어 은수저 반간저(斑簡箸)로 붉은 점 한 점을 먹으려느냐?"

"아니 그것도 나는 싫소."

"그러면 무얼 먹겠느냐, 시큼털털 개살구를 먹겠느냐?"

"아니 그것도 나는 싫소."

"그러면 무엇을 먹으려느냐, 돼지 잡아 주랴, 개 잡아 주랴, 내 몸통째 먹으려느냐?"

"여보 도련님, 내가 사람 잡아먹는 것 보았소?"

"에라 요것, 안 될 말이로다. 어화 둥둥 내 사랑이지. 애 춘향아, 그만 내리려무나. 백사만사(百事萬事)가 다 품앗이가 있느니라. 내 너를 업었으니 너도 나를 업어야지."

"애고, 도련님은 기운이 세어서 나를 업었거니와 나는 기운이 없어 못 업겠소."

"업는 수가 있느니라. 나를 도두[55) 업으려 말고, 발이 땅에 자운자운하게 뒤로 잦은 듯 업어다오."

도련님을 업고 툭 추어 놓으니 대종이 틀렸구나.

"애고 잡성스러워라."

이리 흔들 저리 흔들,

"내가 네 등에 업히니 마음이 어떠냐? 나도 너를 업고 좋은 말을 하였으니 너도 나를 업고 좋은 말을 해야지."

"좋은 말을 하오리다. 들으시오.

부열(傅說)[56)이를 업은 듯,

여상(呂尙)[57)이를 업은 듯,

흉중대략(胸中大略)을 품었으니,

명만일국(名滿一國)의 대신이 되어,

주석지신(柱石之臣), 보국충신(輔國忠臣) 모두 헤아리니,

사육신을 업은 듯, 생육신을 업은 듯,

일월생, 월선생, 고운선생(孤雲先生) 업은 듯,

제봉(霽峰)을 업은 듯, 요동백(遼東伯)을 업은 듯,

정송강(鄭松江)을 업은 듯, 충무공(忠武公)을 업은 듯,

우암(尤菴), 퇴계(退溪), 사계(沙溪), 명제(明齊)를 업은 듯,

내 서방이시지, 내 서방, 알뜰 간간 내 서방,

---

55) 도두 ― 위로 돋아서 높게.
56) 부열(傅說) ― 중국 은나라 고종 때의 정승.
57) 여상(呂尙) ― 강태공의 다른 이름.

진사 급제 대(臺) 받쳐 직부(直赴), 주서(注書), 한림학사,

이렇듯이 된 연후에,

우승지, 좌승지, 도승지로 벼슬에 올라

팔도 방백 지낸 후에,

내직으로 각신(閣臣), 대교(待敎), 복상(卜相), 대제학(大提學),

대사성, 판서, 좌상, 우상, 영상, 규장각 하신 후에,

내삼천(內三千), 외팔백(外八百), 주석지신(柱石之臣) 내 서방.

알뜰 간간 내 서방이지.”

제 손도 능질나게 문질렀구나.

“춘향아, 우리 말놀음이나 좀 하여 보자.”

“애고 참 우스워라. 말놀음이 무엇이오?”

말놀음 많이 하여 본 듯이,

“천하에 쉬운 일이지. 너와 내가 벗은 김에 너는 온 방바닥을 기어 다
녀라. 나는 네 궁둥이에 딱 붙어서 네 허리를 잔뜩 끼고 볼기짝을 내 손
가락으로 탁 치면서 ‘이랴’ 하거든, ‘흐흥’거려 퇴금질로 물러서며 뛰어
라. 알심 있게 뛰어놀면 탈 승(乘) 자 노래가 있느니라.

타고 놀자, 타고 놀자.

헌원씨(軒轅氏) 간과(干戈)를 써서

능히 큰 안개를 지어,

치우(蚩尤) 탁녹야(涿鹿野)에 사로잡고,

승전고를 울리면서

지남거(指南車)를 높이 타고,

하우씨(夏禹氏) 구년지수(九年之水) 다스릴 때

육행승거(陸行乘車) 높이 타고,

적송자(赤松子) 구름 타고,

여동빈(呂洞賓) 백로 타고,

이적선(李謫仙) 고래 타고,

맹호연(孟浩然) 나귀 타고,

태을선인(太乙仙人) 학을 타고,

대국천자(大國天子) 꾀꼬리 타고,

우리 전하는 연(輦)을 타고,

삼정승은 평교자를 타고.

육판서는 초헌을 타고,

훈련대장은 수레를 타고,

각읍 수령은 독교 타고,

남원 부사는 별연(別輦)을 타고,

일모장강 어옹(漁翁)들은 일엽편주도 타고,

나는 탈 것이 없었으니,

금야 삼경 깊은 밤에

춘향 배를 넌짓 타고,

홑이불로 돛을 달아,

내 기계로 노를 저어,

오목섬을 들어가니,

순풍의 음양수(陰陽水)를

시름 없이 건너갈 때,

말을 삼아 탈 양이면,

걸음걸이 없을쏘냐.

마부는 내가 되어

네 구정을 넌지시 잡아,

구정 걸음 반부새58)로

화장으로 걸어라[59].

기총마(騎驄馬) 뛰듯 뛰어라.”

온갖 장난을 다하고 보니 이런 장관이 또 있으랴. 이팔 이팔 둘이 만나 미친 마음 세월 가는 줄 모르던가 보더라.

이때 뜻밖에 방자 나와 말하였다.

“도련님, 사또께서 부르십니다.”

도련님 들어가니 사또 말씀하시기를,

“여봐라, 서울서 동부승지(同副承旨)의 교지가 내려왔다. 나는 문부(文簿) 사정(査定)하고 갈 것이니, 너는 내행을 모시고 오늘 떠나거라.”

도련님 부교(父敎)를 듣고 한편으로는 반가우나 한편으로는 춘향을 생각하니 가슴이 답답하여 사지의 맥이 풀리고 간장이 녹는 듯, 두 눈에서 더운 눈물이 펄펄 솟아 고운 얼굴을 적시거늘 사또 보시고,

“너는 왜 우느냐? 내가 남원에서 일생을 살 줄 알았더냐? 내직으로 승차되니 섭섭하게 생각지 말고 오늘부터 치행(治行) 등절을 급히 차려 내일 오전으로 떠나거라.”

겨우 대답하고 물러나와 내아에 들어가 사람의 상중하(上中下)를 막론하고 모친께는 허물이 적은지라 춘향의 말을 울며 청하다가 꾸중만 실컷 듣고 춘향의 집으로 가는데, 설움은 기가 막히나 길거리에서 울 수가 없어 참고 나오는데 속에서는 두 간장이 끊어지듯 하였다.

춘향 문전에 당도하니 통째 건더기째 보째 왈칵 쏟아져 나오니,

“어푸어푸 어허!”

춘향이 깜짝 놀라 왈칵 뛰어 내달아,

---

58) 반부새 — 말이 조금 거칠게 내닫는 일.
59) 화장으로 걸어라 — 활개를 벌리고 뚜벅뚜벅 걷는 걸음.

"애고 이게 웬일이오? 안으로 들어가시더니 꾸중을 들으셨소? 노상에 오시다가 무슨 분함을 당하셨소? 서울서 무슨 기별이 왔다더니 중복(重服)60)을 입으셨소? 점잖으신 도련님이 이것이 웬일이오?"

춘향이, 도련님 목을 담쑥 안고 치맛자락을 걷어 잡고 고운 얼굴에 흐르는 눈물을 이리 씻고 저리 씻으면서 달래었다.

"우지 마오, 우지 마오."

도련님 기가 막혀 우는데 울음이란 게 말리는 사람이 있으면 더 울게 되는 것이었다. 춘향이 화를 내어,

"여보 도련님, 아가리 보기 싫소. 그만 울고 내력이나 말하시오."

"사또께옵서 동부승지로 승차하셨소."

춘향이 좋아하며,

"댁의 경사요, 그런데 왜 운단 말이오?"

"너를 버리고 갈 터이니 내 아니 답답하냐?"

"언제는 남원 땅에서 평생 사실 줄 알았소? 나와 같이 어찌 함께 가기를 바라리요. 도련님 먼저 올라가시면 나도 예서 팔 것 팔고 추후에 올라갈 것이니 아무 걱정 마시오. 내 말대로 하였으면 군색치 않고 좋을 것이요. 내가 올라가더라도 도련님 큰댁으로 가서 살 수 없을 것이니 큰댁 가까이 조그마한 집 방이나 두었으면 족하오니 염탐하여 두소서. 우리 식구 가더라도 공밥 먹지 아니할 터이니 그렁저렁 지내다가 도련님 날만 믿고 장가 아니 갈 수 있소? 부귀 영총(榮寵) 재상가의 요조숙녀 가리어서 혼정신성(昏定晨省)61)할지라도 아주 잊지는 마옵소서. 도련님 과거하여 벼슬이 높아져 외방(外方) 가면 실내 마마 치행할 때 마마로 내세우면 무슨 말이 되오리까? 그리 알아 조처하오."

---

60) 중복(重服) — 대공(大功) 이상의 상복(喪服).
61) 혼정신성(昏定晨省) — 아침 저녁으로 부모의 안부를 물어 살핌.

"그게 될 법한 말이냐? 사정이 그렇기로 네 말을 사또께는 못 여쭙고 대부인께 여쭈오니, 꾸중이 대단하시며 양반의 자식이 부형을 따라 하향(下鄕) 왔다가 화방작첩(花房作妾)하여 데려간단 말이 앞길에도 해롭고 조정에 들어 벼슬도 못한다고 말씀하시는구나. 불가불 이별이 될 수밖에 없다."

춘향이 이 말을 듣더니 금세 낯빛이 변하여 요두전목(搖頭轉目)62) 에 붉으락푸르락 눈을 가느스름하게 뜨고 눈썹이 꼿꼿하여지면서 코가 발심발심하며 이를 뽀도독뽀도독 갈며 온몸을 쑤신 입 틀 듯하며, 매가 꿩을 차는 듯하고 앉더니,

"허허 이게 웬 말이오?"

왈칵 뛰어 달려들며 치맛자락도 와드득 좌두룩 찢어 버리고 머리도 와드득 쥐어뜯어 싹싹 비벼 도련님 앞에다 던지면서,

"무엇이 어쩌고 어째요? 이것도 쓸데 없다."

명경, 체경, 산호죽절(珊瑚竹節)을 두루 쳐 방문 밖에 탕탕 부딪히며 발도 동동 굴러 손뼉을 치고 돌아앉아 자탄가(自嘆歌)로 울면서 하는 말이,

"서방 없는 춘향이가 세간살이 무엇하며 단장하여 누구 눈에 곱게 보일꼬. 몹쓸년의 팔자로다. 이팔 청춘 젊은 것이 이리 될 줄 어찌 알았으랴. 부질없는 이내 몸은 허망하신 말씀으로 앞날의 신세를 버렸구나. 애고 애고 내 신세야."

춘향이 천연히 돌아앉아,

"여보 도련님, 지금 막 하신 말씀 참말이요, 농담이요? 우리 둘이 처음 만나 백년 언약 맺을 적에 대부인(大夫人), 사또께옵서 시키시던 일

---

62) 요두전목(搖頭轉目) — 머리를 흔들고 눈을 굴리면서 몸을 움직인다는 뜻으로, 침착하지 못함을 이르는 말.

이오니까? 평계가 웬 말이오. 광한루서 잠깐 보고 내 집에 찾아와서 침 침무인(沈沈無人) 야삼경에 도련님은 저기 앉고 춘향 저는 여기 앉아 저한테 하신 말씀 '군은 맹약 어길 수 없다'고 전년 오월 단옷날 밤에 내 손목 부여잡고 우둥퉁퉁 밖에 나와 당중(堂中)에 우뚝 서서 경경히 밝 은 하늘 천 번이나 가리키며 만 번이나 맹세키로, 내 정녕 믿었더니 말 경(末境)에 가실 때는 뚝 떼어 버리시니 이팔 청춘 젊은 것이 낭군 없이 어찌 살꼬. 침침한 빈 방에서 긴긴 가을 밤에 이 시름을 다 어이할꼬. 애 고 애고 내 신세야. 모지도다, 모지도다. 도련님이 모지도다. 독하도다, 독하도다. 서울 양반, 독하도다. 원수로다, 원수로다 존비귀천(尊卑貴賤) 원수로다. 천하에 다정한 게 부부 정이 유별하건만 이렇듯 독한 양반 이 세상에 또 있을까. 애고 애고 내 일이야. 여보 도련님, 춘향 몸이 천하다 고 함부로 버리셔도 그만인 줄로 알지 마오. 팔자 사나운 춘향이가 입이 써서 밥 못 먹고 잠이 안 와 잠 못 자면 며칠이나 살 듯하오? 상사(相 思)로 병이 들어 애통하다 죽게 되면 슬프고 원통한 이 혼신이 원귀가 될 것이니 존중하신 도련님께 그건들 재앙이 아니겠소. 사람 대접을 그 리 마오. 인물거천(人物擧薦)하는 법이 그런 법 왜 있을꼬. 죽고 싶구나. 죽고 싶구나. 애고 애고 서러워라."

한참 이리 자진(自盡)하여 슬피 울 때 춘향 어미는 영문도 모르고,
"애고 저것들 또 사랑 싸움하는구나. 어 참 아니꼽다. '눈 구석에 쌍가 래톳 설 일' 많이 보네."
하고, 아무리 들어도 울음이 너무 길어, 하던 일을 밀쳐 놓고 춘향 방 영 창 밖으로 가만가만 들어가며 아무리 들어도 이별이었다.
"허허 이거 큰일 났다."
두 손뼉을 땅땅 마주 치며,
"허허 동네 사람 다 들어보오. 오늘로 우리 집에 사람 둘 죽소."

어간 마루63) 덥석 올라 영창 문을 두드리며 우루룩 달려들어 주먹을 겨누면서,

"이년 이년 썩 죽어라. 살아서 쓸데없다. 너 죽은 시체라도 저 양반이 지고 가게. 저 양반 올라가면 누구 간장을 녹이려느냐? 이년 이년 말 듣거라. 내 일상 이르기를 후회되기 쉽느니라. 도도한 마음 먹지 말고 여염 사람 가리어서 형세와 지체가 너와 같고 재주와 인물이 모두 너와 같은 봉황의 짝을 얻어 내 앞에서 노는 양을 내 눈으로 보았으면 너도 좋고 나도 좋지. 마음이 도도하여 남과 별로 다르더니 잘 되고 잘 되었다."

두 손뼉 꽝꽝 마주 치면서 도련님 앞으로 달려들어,

"나와 말 좀 하여 봅시다. 내 딸 춘향이를 버리고 간다 하니 무슨 죄로 그러시오? 춘향이가 도련님을 모신 것이 거의 일 년이나 되었는데 행실이 그르던가, 예절이 그르던가, 바느질이 그르던가, 언어가 불순하던가, 잡스러운 행실을 가져 창녀와 같이 음란턴가, 무엇이 그르던가. 이 봉변이 웬일인가. 군자가 숙녀를 버리는 법, 칠거지악(七去之惡) 아니면은 못 버리는 줄 모르는가? 내 딸 춘향 어린 것을 밤낮으로 사랑할 때, 안고 서고 눕고 지며 백 년 삼만 육천 일을 떠나서 살지 말자 하고 밤낮으로 어루더니, 말경에 가실 때는 뚝 떼어 버리시니 버드나무 가지가 많다 한들 가는 봄바람을 어이 막으며 꽃 지고 잎진 다음에 어느 나비 다시 올까. 백옥 같은 내 딸 춘향의 꽃 같은 몸도 세월이 장차 늙어 고운 얼굴이 백수(白首)되면 시호시호부재래(時乎時乎不再來)64)라 다시 젊어지지는 못하는 것이니 무슨 죄가 그리 많아서 백 년을 헛되이 하오리까. 도련님 가신 후에 내 딸 춘향이 임 기릴 때, 달 밝은 깊은 밤에 쌓이고

---

63) 어간 마루 — 방과 방 사이의 마루.
64) 시호시호부재래(時乎時乎不再來) — 좋은 시절은 다시 오지 않음.

쌓인 수심에 어린 것이 주인 생각 저절로 나서 초당 앞 섬돌 위에, 담배 피워 입에 물고 이리저리 다니다가 불꽃 같은 시름과 임 생각이 가슴에서 솟아나 손 들어 눈물 씻고 후유 한숨을 길게 쉬고, 북편을 가리키며 한양 계신 도련님도 나와 같이 기다리시는지, 무정하여 아주 잊고 편지 한 장 아니 하시면 갖은 한숨과 솟구치는 눈물로 곱고 어여쁜 얼굴 다 적시고 제 방으로 들어가서 의복도 아니 벗고 외로운 베개 위에 벽을 안고 돌아누워 밤낮으로 길게 한숨 지며 우는 것은 병 아니고 무엇이오? 시름 상사 깊이 든 병 내 고쳐 주지 못하여 원통히 죽는다면 칠십 당년(當年) 늙은 것이 딸 잃고 사위 잃고 태백산 까마귀가 게발을 물어다 던지듯이 혈혈 단신 이내 몸은 누구를 믿고 산단 말인가. 남 못할 일 그리 마오. 애고 애고 서럽구나. 못하지요, 몇 사람 신세를 망치려고 아니 데려가오? 도련님 대가리가 둘 돋쳤소? 애고 무서워라 이 쇠떵떵아."

왈칵 뛰어 달려드니, 이 말이 만일 사또 귀에 들어가면 큰 야단이 날 것이니,

"여보시오 장모, 춘향만 데려가면 그만 아니오?"

"그래 아니 데려가고 견뎌낼까?"

"너무 덤벼들지 말고 여기 앉아 말 좀 듣소. 춘향을 데려간대도 가마 쌍교(雙轎) 말을 태워 가자 하니 필경에는 이 말이 날 것인즉 달리는 변통할 수 없고, 내 이 기막힌 중에서도 꾀 하나를 생각하고 있네마는 이 말이 입 밖에 나면 양반 망신만 하는 게 아니라 우리 선조 양반이 모두 망신을 당할 일로세."

"무슨 말이 그리 좋은 말이 있단 말인가?"

"내일 내행이 나오실 때 내행 뒤에 사당(祠堂)이 나올 터이니 배행(陪行)65)은 내가 하겠네."

---

65) 배행(陪行) — 윗사람을 모시고 따라가는 것.

"그래서 어쩐다는 것이요?"

"그만하면 알겠지."

"나는 그 말 모르겠소."

"신주는 모셔 내어 내 창옷 소매에다 모시고 춘향은 요여(腰輿)66)에다 태워 갈밖에 수가 없네. 걱정 말고 염려 마소."

춘향이 그 말을 듣고 도련님을 물끄러미 바라보더니,

"어머니, 그리 마소. 도련님 너무 조르지 마소. 우리 모녀의 평생 신세가 도련님의 장중(掌中)에 매였으니 알아 하시라 당부나 하오. 이번엔 아무래도 이별을 할 수밖에 없소. 기왕에 이별이 될 바에는 가시는 도련님을 왜 조르리까마는 우선 갑갑하여 그러는 것 아니오? 어머니 그만 건넌방으로 가옵소서. 내일은 이별이 되는가 보오. 애고 애고 내 신세야, 이별을 어찌할꼬. 여보 도련님,"

"왜?"

"여보 참으로 이별을 할 터이오?"

촛불을 돋워 키고 둘이 서로 마주 앉아 갈 일을 생각하고 보낼 일을 생각하니 정신이 아득하고, 한숨질과 솟는 눈물에 흐느껴 울며 얼굴도 대어 보고 손발을 만져 보며,

"나를 볼 날이 몇 밤이오? 애달프다 나누는 수작도 오늘 밤이 마지막이니 나의 서러운 원정 들어보오. 육순에 가까운 저의 모친 일가 친척 하나 없고 다만 외딸 저 하나라오. 도련님께 의탁하여 영귀할까 바랐더니 조물이 시기하고 귀신이 방해하여 이 지경이 되었구나. 애고 애고 내 일이야. 도련님 올라가면 나는 누구를 믿고 사오리까? 천추에 사무치는 나의 회포 주야 생각 어이하리. 배꽃, 복사꽃, 활짝 필 때 수변(水邊) 행

---

66) 요여(腰輿) — 장사 지낸 뒤에 혼백과 신주를 모시고 집으로 돌아오는 작은 가마.

락(行樂)이 어이하며, 황국단풍 늙어 갈 때, 외로운 시절을 어이할꼬. 독수공방 긴긴 밤에, 전전반측 어이하리. 쉬나니 한숨이요 뿌리나니 눈물이오. 적막강산 달 밝은 밤에 두견새 우는 소리를 누가 막을 것이며, 춘하추동 사시절에 첩첩이 싸인 경물(景物) 보는 것도 수심이요 듣는 것도 수심이라."

애고 애고 슬피 울 때 이 도령이 말하였다.

"춘향아, 울지 마라. 부수소관첩재오(夫戍蕭關妾在吳)67)라, 소관(蕭關)의 부수(夫戍)들과 오나라 정부(征婦)68)들도 동서쪽에 간 임이 그리워서 규중심처 늙어 있고. 정객관산노기중(征客關山路幾重)69)에 관산의 정객(征客)이며, 녹수부용(綠水芙蓉) 연뿌리를 캐는 여자도 부부신정(夫婦新情)이 두텁다가 달빛 어린 가을 산이 고요한데 연을 캐며 임 생각하니 나 올라간 뒤에라도 창 앞에 달 밝거든 천리상사(千里相思) 부디 마라. 너를 두고 가도 내가 일일 평분(平分) 십이시를 낸들 어이 무심하랴. 울지 마라 울지 마라."

춘향이 또 울면서 말하였다.

"도련님 올라가면 살구꽃 피고 봄바람 부는 거리거리마다 취하나니 장시주(將時酒)요, 청루미색(靑樓美色) 집집마다 보시나니 미색이요, 곳곳에 풍악 소리 간 곳마다 화월(花月)이라, 호색하신 도련님 주야로 호강하실 때에 나 같은 먼 시골 천첩이야 손톱만치나 생각하오리까. 에고 애고 내 일이야."

"춘향아 울지 마라. 한양성 남북촌에 옥 같은 여자와 아름다운 여자

---

67) 부수소관첩재오(夫戍蕭關妾在吳) ─ 남편은 소관에 수자리살이 가 있고, 아내는 오나라에 남아 있다는 뜻.

68) 정부(征婦) ─ 출정한 군인의 아내.

69) 정객관산노기중(征客關山路幾重) ─ 출정한 남편은 고향에서 얼마나 떨어져 있을까?

가 많건마는 규중심처 깊은 정 너밖에 없었다. 내 아무리 대장부인들 잠시인들 잊을쏘냐?"

서로 피차 기가 막혀 연연 이별을 못하고 있었다.

도련님을 모시고 갈 후배 사령이 나올 때에 헐떡헐떡 들어오며,

"도련님 어서 행차하옵소서. 안에서 야단났소. 사또께옵서 도련님 어디 가셨느냐 하시기에 소인이 여쭙기를 '놀던 친구와 작별하려고 문 밖에 잠깐 나가셨습니다'라고 하였사온즉 어서 행차하옵소서."

"말 대령하였느냐?"

"말 마침 대령하였소."

백마는 가자고 길게 울고 청아(靑娥)는 석별을 이기지 못하여 옷을 잡는다. 말은 가자고 네 굽을 치는데 춘향은 마루 아래 뚝 떨어져 도련님 다리를 부여잡고,

"날 죽이고 가면 갔지, 살리고는 못 가오 못 가리다."

말 못하고 기절하니 춘향 어미가 달려들어,

"향단아, 찬물 어서 떠 오너라. 차를 달여 약을 갈아라. 네 이 몹쓸년아, 늙은 어미 어쩌려고 몸을 이리 상하느냐?"

춘향이 정신을 차리며 말했다.

"애고 갑갑하여라."

춘향의 어미 기가 막혀,

"여보 도련님, 남의 생떼 같은 자식을 어찌자고 이 지경으로 만들어 놓았소. 절곡(節曲)한 우리 춘향이 애통하여 죽게 되면 혈혈 단신 이내 신세 누구를 믿고 살란 말이오?"

도련님 어이가 없어,

"여봐라 춘향아, 네가 이게 웬일이냐? 나를 영영 안 보려고 그러느냐? 하량낙일(河梁落日)에 수운(愁雲)이 일어남은 소통국(蘇通國)의 모자

이별, 정객관산(征客關山) 노기중(路幾重)의 오희월녀(吳姬越女) 부부 이별, 편삽수유(偏揷茱萸) 소일인(少一人)은 용산(龍山)의 형제 이별, 서출양관(西出陽關) 무고인(無故人)은 위성(渭城)의 붕우 이별, 그런 이별 많다 해도 소식 들을 때가 있고 서로 만날 날이 있었으니 내가 이제 올라가서 장원급제하고 출신하여 너를 데려갈 것이니 울지 말고 잘 있거라. 너무 울면 눈도 붓고 목도 쉬고 골머리도 아프니라. 돌이라도 망두석(望頭石)은 천만 년이 지나가도 광석(壙石)될 줄을 모르며, 나무라도 상사목(相思木)은 창 밖에 우뚝 서서 일 년 춘절 다 지나되 잎이 필 줄 모르며, 병이라도 울화병은 자나깨나 잊지 못하고 죽느니라. 네가 나를 보려거든 서러워 말고 잘 있거라.”

춘향이 어찌할 길이 없어,

“여보 도련님, 내 손의 술이나 마지막으로 잡수시오. 행찬(行饌) 없이 가시려면 제가 드리는 찬합 간직하였다가 숙소에서 주무실 때에 저 본 듯이 잡수시오. 향단아, 찬합 술병 내오너라.”

춘향이 한 잔 술 가득 부어 눈물을 섞어 드리면서 말하였다.

“한양성 가시는 길에 강가에 늘어선 푸른 나무들은 제 작별의 서러움을 머금었으니 제 정을 생각하시고, 아름다운 시절이 되어 가는 비가 뿌리거든 길 위에 오가는 사람의 가슴에는 수심이 가득 차겠지요. 말에 오른 채 지치시어 병이 날까 염려되니, 방초무초(芳艸茂艸) 저문 날에는 일찍 들어 주무시고, 아침날 풍우상(風雨狀)에 늦게 떠나시며, 한 채찍 천리마로 모실 사람 없사오니, 부디부디 천금같이 귀하신 몸 조심하여 천천히 걸으시옵소서. 푸른 가로수가 우거져 늘어선 진나라 서울 길 같은 길에 평안히 행차하옵시고 일자음신(一字音信) 듣사이다. 종종 편지나 하옵소서.”

춘향의 말에 도련님이 대답하였다.

"소식 듣기는 걱정하지 마라. 요지(瑤池)의 서왕모(西王母)도 주목왕(周穆王)을 만나려고 한 쌍의 파랑새를 보내어 수천 리 멀고 먼 길에 소식을 전하였으며, 한무제 중랑장(中郎將)은 상림원(上林苑) 군부(君夫) 앞에 일척의 금서(錦書)를 보냈으니 흰 비둘기와 파랑새가 없을망정 남원 인편(人便)조차 없을쏘냐. 서러워 말고 잘 있거라."

도련님이 말을 타고 하직하니, 춘향이 기가 막혀 말하였다.

"우리 도련님이 가네가네 하여도 거짓말로 알았더니 말 타고 돌아서니 참말로 가는구나."

춘향이가 마부를 불러 말하였다.

"마부야, 내가 문 밖에 나설 수가 없으니 말을 붙들어 잠깐 지체하여라. 도련님께 한 말씀 여쭐란다."

춘향이 내달아 말하였다.

"여보 도련님, 이제 가시면 언제나 오시려오. 사철 소식 끊어질 절(絶), 보내느니 아주 영절(永絶), 녹죽(綠竹), 창송(蒼松), 백이숙제(伯夷叔齊) 만고 충절(忠節), 천산에 조비절(鳥飛絶), 와병(臥病)에 인사절(人事絶), 죽절(竹節), 송절(松節), 춘하추동 사시절, 끊어져 단절(斷絶), 분절(分絶), 훼절(毀節), 도련님은 날 버리고 박절히 가시니 속절 없는 이내 정절(貞節), 독수공방 수절할 때 어느 때나 파절(破節)할까. 첩의 원정(冤情) 슬픈 고절(苦節), 주야 생각 미절(未絶)할 때 부디 소식 돈절(頓絶) 마십시오."

대문 밖에 거꾸러져 섬섬한 두 손길로 땅을 꽝꽝 치며 울부짖었다.

"애고 애고 내 신세야."

누런 먼지 휘날리는데 바람은 쓸쓸하고
정기(旌旗)는 빛이 없는데 햇빛은 저물어 가네.

엎어지며 자빠질 때 서운찮게 갈 양이면 몇 날 며칠이 될는지 모를 것이다. 도련님이 타신 말은 준마가편(駿馬加鞭)이 아니냐. 도련님 눈물을 떨어뜨리고 훗날을 당부하고 말을 채쳐 가는 양이 광풍의 조각구름과 같았다.

이때 춘향이는 할 일이 없어 자던 침방으로 들어갔다.

"향단아! 주렴 걷고 안석(案席) 밑에 베개 놓고 문 닫아라. 도련님을 생시에는 만나 보기 어려우니 잠이나 들어 꿈에서나 만나 보자. 예로부터 이르기를 꿈에서 보이는 님은 신의가 없다고 하였건만 답답히 기릴진대 꿈 아니면 어이 보리. 꿈아 꿈아 너 오너라. 수심첩첩 한이 되어 몽불성(夢不成)을 어이하랴. 애고 애고 내 일이야. 인간 이별 만사 중에 독수공방 어이하리. 임 그리며 잠 못 이루는 내 심정, 그 누가 알아 주리. 미친 마음 이렁저렁 흩어진 근심 걱정 후리쳐 다 버리고 자나 누우나, 먹고 깨나 임 못 보아 가슴 답답, 어린 모습 고운 소리가 귀에 쟁쟁하여 보고지고 보고지고, 임의 얼굴 보고지고 듣고지고 듣고지고, 임의 소리 듣고지고.

전생에 무슨 원수로 우리 둘이 생겨나서 그리운 상사(相思)로 만나 잊지 말자 처음 맹세, 죽지 말고 한데 있어, 백년기약 맺은 맹세, 천금주옥은 꿈 밖이요, 세상의 모든 일을 관계하랴. 근원 흘러 물이 되고 깊고 깊고 다시 깊고 사랑 모여 뫼가 되어 높고 높고 다시 높아 낮어실 줄 모르거늘 무너질 줄 어이 알리. 귀신이 방해하고 조물이 시기한다.

하루아침에 낭군을 이별하니 어느 날에 만나 볼까. 온갖 근심과 한이 가득하여 끝끝내 느꺼워라. 옥안운빈(玉顔雲鬢) 헛되이 늙는 한(恨)이 해와 달이 무정하다. 오동추야 달 밝은 밤은 어이 그리 더디 새며 녹음방초 비낀 곳에 해는 더디 가는고. 이 그리운 마음 아시면 임도 나를 그리워하련만 독수공방 홀로 누워 다만 한숨이 벗이 되고 구곡간장 굽이

쳐서 솟아나니 눈물이라, 눈물 모여 바다되고 한숨 지어 청풍되면 일엽
주를 잡아 타고 한양 낭군 찾으련만 어이 그리 못 보는고. 우수(憂愁)
명월 달 밝은 때 설심조군(雪心照君) 느끼오니 분명한 꿈이로다.

달 걸린 밤 두견성은 임 계신 곳을 비치련만 심중에 품은 수심은 나
혼자뿐이로다. 밤빛이 창망한데 까물까물 비치는 게 창 밖에 개똥 불빛,
밤은 깊어 삼경인데 앉은들 잠이 올까. 누운들 잠이 올까, 임도 잠도 아
니 온다. 이 일을 어이할까, 원수로다.

홍진비래(興盡悲來) 고진감래(苦盡甘來) 예로부터 있건마는 기다림도
적지 않고 그리워한 지도 오래건만, 일촌(一村) 간장에 굽이굽이 맺힌
한을 임 아니면 그 누가 다 풀까. 명천(明天)이여 보살펴어 쉬이 보게
하옵소서. 다하지 못한 인정 다시 만나 백발이 다하도록 이별 없이 살고
지고. 묻노라 녹수청산, 우리 임 초췌한 행색, 갑자기 이별한 후에 소식
조차 끊어졌구나. 인비목석(人非木石)이 아닐진대 임도 응당 느끼리라.
애고 애고 내 신세야."

하늘을 우러러 탄식하며 세월을 보내는데 이때 도련님은 올라갈 때
숙소마다 잠 못 이루며 탄식하였다.

"보고지고 나의 사랑, 보고지고 낮이나 밤이나 잊지 못하는 우리 사
랑, 나를 보내고 그린 마음 속히 만나 풀으리라."

날이 가고 달이 감에 따라 마음을 굳게 먹고 과거에 급제하여 오래지
않아 도임할 것만 바라는 것이었다.

이때 수삭 만에 신관 사또가 났다. 자핫골 변학도(卞學徒)라 하는 양
반이 오는데 문필도 유여하고 인물과 풍채도 활달하고 풍류 속에 달통
하여 외입(外入) 속에 넉넉하지만 흠이 있었다. 성정이 괴팍하고 사증
(邪症)70)을 겸하여 실덕도 하고 오결(誤決)하는 일이 간간이 있는 터라

---

70) 사증(邪症) — 보통 때는 멀쩡한 사람이 이따금 미친 듯이 행동을 하는 짓.

아는 사람들은 다 고집불통이라고 하였다. 신연(新延)71) 맞이 하인이 현신(現身)할 때였다.

"사령들 현신이요!"

"이방(吏房)이요!"

"감상(監床)72)이요!"

"수배(首陪)요!"

"이방 부르라!"

"이방이요!

"그 사이 너희 고을에 일이나 없었느냐?"

"네, 아직 무고하옵니다."

"너희 고을은 관노(官奴)가 삼남(三南)에서 제일이라지?"

"예, 부림직하옵니다."

"또 너희 고을은 춘향이란 계집이 매우 잘생겼다지?"

"예."

"잘 있느냐?"

"무고하옵니다."

"남원이 예서 몇 리인가?"

"육백삼십 리입니다."

변사또 마음이 바쁜지라 서둘러 말하였다.

"급히 치행(治行)하여라."

신연 하인이 물러나와 말하였다.

"우리 고을에 일이 났다."

이때 신관 사또 출행 날을 급히 서둘러 도임차로 내려올 때 위의(威

---

71) 신연(新延) — 도(道)나 군(郡)의 장교·이속들이 새로 부임하는 감사나 사령을 그 집에 가서 맞던 일.

72) 감상(監床) — (점잖은 자리에 내놓을) 음식상을 미리 검사해 보는 것.

儀)73)도 장하였다.

구름 같은 별연(別輦)에 한 마리의 말이 끄는 마차에 청장(靑杖)을 떡 벌리고, 좌우편을 부축하여 하인이 물색 진한 모시 천익(天翼), 백저(白苧), 전대(戰帶) 고를 늘여 엇비슷하게 둘러매고 대모관자 통영 갓을 이마에 눌러 숙여 쓰고 청장줄을 겹쳐 잡으며 호령하였다.

"에라, 물러섰다 나가거라!"

출입할 때 감시가 지엄하고 좌우에 하인은 경마 뒤채 잡기에 힘을 쓴다. 통인이 말 고삐와 쌍 채찍을 들고 갓을 쓰고 행차를 따르고 수배, 감상, 공방(工房)이며 신연 의젓하다. 뇌자(牢子) 한 쌍, 사령 한 쌍, 양산으로 앞뒤를 가리고 따르며, 큰 길가에 갈라서고 백방(白紡) 수주(水紬) 일산 복판, 남수주(藍水紬) 선을 둘러 주석 고리 얼른얼른, 호기 있게 내려올 때, 전후에 벽제 소리74) 청산에 울려 퍼지고, 말을 재촉하는 높은 소리에 흰 구름이 무색해진다.

전주에 도착하여 경기전(慶基殿) 객사에 연명하고 영문(營門)에 잠깐 다녀 좁은 목을 썩 내달아 만마관(萬馬關) 노구바위를 넘어, 임실(任實)을 얼른 지내어 오수(獒樹) 들러 점심 먹고 그날로 도임할 때 오리정(五里亭)으로 들어선다.

천총(千總)이 영솔하고 육방 청로도(淸路道)로 들어올 때 청도(淸道)기(旗) 한 쌍, 홍문기 한 쌍, 주작(朱雀), 남동각(南東角), 남서각(南西角), 홍초(紅綃) 남문(藍紋) 한 쌍, 현무(玄武), 북동각(北東角) 북서각 흑초(黑綃) 홍문 한쌍, 청룡(靑龍), 동남각(東南角), 서남각(西南角) 남초(藍綃) 한 쌍, 동사 순시(巡視) 한 쌍, 영기(令旗) 한 쌍, 집사 한 쌍, 기패관(旗牌官) 한 쌍, 군뇌(軍牢) 열두 쌍, 좌우가 요란하다.

---

73) 위의(威儀) — 위엄이 있는 태도나 차림새.
74) 벽제 소리 — 지위가 높은 사람이 행차할 때, 별배(別陪)가 잡인의 통행을 금하며 '에라 게 들어섰거라' '물럿거라' 따위로 외치는 소리.

행군 취타 풍악 소리, 성동에 진동하고 삼현육각(三絃六角) 권마성(勸馬聲)은 원근에 낭자하다.

광한루에 보전하여 옷을 갈아 입고 객사에 연명차로 남여(藍輿) 타고 들어갈 때, 백성의 눈에 엄숙하게 보이려고 눈을 별양 궁글궁글하며 객사에 들어가 동헌에 좌기하고 도임상(到任床)을 잡순 후에,

"행수(行首) 문안이오!"

행수 군관의 집례(執禮)를 받고 육방 관속의 현신을 받은 뒤 사또 분부하였다.

"수노(首奴)를 불러서 기생을 점고(點考)[75]하여라."

호장(戶長)이 분부를 듣고, 기생 안책을 들여놓고 호명을 차례로 부르는데 낱낱이 글귀를 붙여 부르는 것이었다.

"우후(雨後) 동산 명월이."

명월이가 들어오는데 비단 치맛자락을 거듬거듬 걷어다 허리에 딱 붙이고 아장아장 들어오더니,

"점고 맞고 나요."

"어주축수 애산춘(魚舟逐水愛山春)에 양편난만 고은 춘색이 이 아니냐, 도홍(桃紅)이."

도홍이가 들어오는데 붉은 치맛자락을 걷어 안고 아장아장 조촐 걸음으로 들어오더니,

"점고 맞고 나요!"

"단산(丹山)의 저 봉이 짝을 잃고 벽오동에 깃들이니 산수의 신령이요 나는 벌레의 정기라, 주려 죽을망정 좁쌀이야 먹을 것이냐, 굳은 절개 만수문전(萬壽門前), 채봉이."

채봉이가 들어오는데 비단 치마 두른 허리 맵시 있게 걷어 안고 미인

---

75) 점고(點考) — 명부에 하나하나 점을 찍어 가며 사람의 수효를 조사하는 것.

의 고운 걸음으로 정(正)히 옮겨 아장아장 걸어 들어와서, 멋있는 진퇴로 말하였다.

"점고 맞고 나요!"

"맑고 고운 연꽃은 절개가 곧으며 꽃 중의 군자와 같으니라. 묻노라 저 연화 어여쁘고 고운 태도, 화중군자(花中君子) 연심이."

연심이가 들어오는데 비단 옷을 걷어 안고 비단 버선 수놓은 신을 끌면서 아장아장 걸어 가만가만 들어오더니 맵시 있는 진퇴로 말하였다.

"나요!"

"화씨(和氏) 같은 밝은 달 푸른 바다에 들었는데, 형산 백옥 명옥(明玉)이."

명옥이가 들어오는데 온몸의 고운 태도, 오는 걸음 진중한데 아장아장 가만가만 들어오더니 맵시 있는 진퇴로 말하였다.

"점고 맞고 나요!"

"구름은 엷고 바람은 가벼워 이제 한낮이 가까워 오는데 꽃을 찾아 버드나무 서 있는 곳을 따라, 앞내를 지나가도다. 양류편금(楊柳片金)의 앵앵(鶯鶯)이."

앵앵이가 들어오는데 붉은 치맛자락을 에후리쳐 가는 버들가지 같은 허리에 딱 붙이고 아장아장 걸어 가만가만 들어오더니 격식에 맞는 진퇴로 말하였다.

"점고 맞고 나요!"

사또 분부하였다.

"자주 불러라!"

"예."

호장이 분부를 듣고 넉자 화두로 부르는데,

"광한전 높은 집에 복숭아를 바치오던 고운 선비(仙妃) 반겨 보니 계향(桂香)이."

"예, 등대하였소."

"송하(松下)의 저 동자야 묻노라 선생 소식, 수첩 청산의 운심(雲深)이."

"예, 등대하였소."

"월궁에 높이 올라 계수나무 꽃을 꺾어 애절(愛折)이."

"예, 등대하였소."

"차문주가 하처재(借問酒家何處在)요, 목동요지(牧童瑤地) 행화(杏花)."

"예, 등대하였소."

"아미산의 달은 반쪽만 산마루에 보이는데, 달 그림자는 달 평강수(平羌水)에 비추어 강물 따라 흐르는구나 강선(江仙)이."

"예, 등대하였소."

"오동 복판 거문고 타고 나니 탄금(彈琴)이."

"예, 등대하였소."

"팔월 부용, 군자의 모습은 만당추수(萬塘秋水) 홍련(紅蓮)이."

"예, 등대하였소."

"주홍빛 명주실 갖은 매듭 차고 나니 금낭(錦囊)이."

"예, 등대하였소."

사또 다시 분부하였다.

"한꺼번에 열두서넛씩 부르라!"

호장이 분주 들고 자주 불렀다.

"양대선(陽臺仙), 월중선(月中仙), 화중선(花中仙)이."

"예, 등대하였소."

"금선(錦仙)이, 금옥(錦玉)이, 금련(錦蓮)이."

"예, 등대하였소."

"농옥(弄玉)이, 난옥(蘭玉)이, 홍옥(紅玉)이."

"예, 등대하였소."

"바람맞은 낙춘(落春)이."

"예, 등대 들어가오."

낙춘(落春)이가 들어오는데 제가 잔뜩 맵시 있게 들어오는 체하고 들어오는데 면도한다는 말은 듣고 이마에서 시작하여 귀밑 뒤까지 파헤치고 분 단장한다는 말은 들었던가 개분 석 냥 일곱 돈어치를 무더기로 사다가 성(城) 겉에 회칠하듯 반죽하여 온 낯에다 막 칠하고 들어오는데, 키는 사근내(沙斤乃)[76] 장승만한 년이 치맛자락을 훨씬 추어다 턱밑에 딱 붙이고, 무논의 고니 걸음으로 쩔룩 껑충껑충 엉금엉금 섭적 들어오더니,

"점고 맞고 나요!"

연연히 고운 기생도 그중에는 많았는데 사또는 근본 춘향의 말을 많이 들었는지라 아무리 들어도 춘향의 이름이 없는지라 사또 수노를 불러 물었다.

"기생 점고 다 되어도 춘향은 안 부르니 그년은 퇴기란 말이냐?"

수노 여쭙기를,

"춘향 어미는 기생이지만 춘향은 기생이 아니옵니다."

사또가 물었다.

"춘향이가 기생이 아니라면 어찌 규중에 있는 아이의 이름이 높이 났느냐?"

수노 여쭈오되,

"근본이 기생의 딸이옵고 덕색(德色)이 장한 고로 권문 세족 양반네

---

76) 사근내(沙斤乃) ― 광주와 과천 사이에 있는 곳.

와 일등 재사 한량들과 내려오신 사또마다 얼굴을 보고자 간청하였으나, 춘향 모녀 듣지 않기로 양반 상하를 막론하고 액내(額內)의 소인들도 십 년 일득 대면하여 언어와 수작이 없었는데, 천정하신 연분인지 구관 사또 자제이신 이 도령과 백년 가약 맺고 도련님 가실 때에 과거에 급제하면 데려간다 당부하고 춘향이도 그리 알고 수절하고 있습니다."

사또 골을 내며 말하였다.

"이놈, 무식한 상놈인들 그게 어떠한 양반이라고, 엄부시하 미장가 전 도련님이 화방(花房)에 작첩하여 살자 할까. 이놈, 다시는 그런 말을 입 밖에 냈다가는 죄를 면치 못하리라. 내가 저 하나를 보려고 하다가 못 보고 그냥 가랴. 잔말 말고 불러 오너라."

춘향을 부르라는 명령이 떨어지자 이방, 호방이 여쭈었다.

"춘향이는 기생이 아닐 뿐 아니라 전 사또 자제 도련님과 맹약이 중하옵고, 나이는 같지 아니하오나 동반(同班)의 분의(分義)로 부르라 하시니, 사또님 체모가 손상할까 걱정되나이다."

사또 크게 노하여 말하였다.

"만일 춘향을 시각 지체하다가는 이방 형방들 이하 각청 두목을 하나같이 파면시켜 버릴 테니 어서 빨리 대령시키지 못할까?"

육방이 소동을 치고 각청 두목이 넋을 잃으며 말하였다.

"김번수(金番手)야, 이(李)번수야, 이런 별 일이 또 있느냐. 불쌍하다, 춘향 정절이 가련하게 되기 쉽다. 사또 분부 지엄하니 어서 가자 바삐 가자."

사령·군노(軍奴) 뒤섞여서 춘향 집 문전에 당도하니 이때 춘향이는 사령이 오는지 군노가 오는지도 모르고 밤낮으로 도련님만 생각하며 울었다. 망측한 환(患)을 당하려 하니 소리가 화평할 수 있겠는가. 한때라도 공방(空房)[77]살이 한 계집아이라, 목청은 청승이 끼어 자연 슬픈 애

원성이 되어, 보고 듣는 사람의 심장(心腸)인들 아니 상할쏘냐. 임 그리워 슬픈 마음 식불감 밥 못 먹고 침불안석 잠 못 자고, 도련님 생각 적상(積傷)되어 피골(皮骨)이 모두 다 상접이라. 양기가 쇠진하여 진양조(盡陽調)[78]란 울음이 되었다.

"갈까보다, 임을 따라 갈까보다. 천리라도 갈까보다, 만리라도 갈까보다. 비바람도 쉬어 넘고, 길들인 매거나 길 안 들인 매거나, 해동청, 보라매도 쉬어 넘는 고봉정상(高峰頂上) 동선령(洞仙嶺) 고개라도 임이 와 날 찾으면 나는 신발 벗어 손에 들고 나는 아니 쉬어 갈래. 한양 계신 우리 낭군, 나와 함께 그리는가, 무정하여 아주 잊고 나의 사랑을 옮겨다가 다른 임을 사랑하는가."

한참 이리 섧게 울 때 사령들이 춘향의 슬픈 소리를 듣고 사람이 나무나 돌이 아닌 바에야 감심되지 않을 수 없었다. 육천 마디의 사대육신(四大六身)이 낙수춘빙(洛水春氷) 얼음 녹듯 탁 풀리었다.

"이 아니 참 불쌍하냐? 이에 외입한 자식들이 저런 계집을 추앙하지 못하면 사람이 아니로다."

이때 재촉 사령이 나오면서 외쳤다.

"이리 오너라!"

그 소리에 춘향이 깜짝 놀라 문 틈으로 내다보니 사령 군노들이 나와 있었다.

"아차차 잊었네. 오늘이 그의 삼일 점고라 하더니 무슨 야단이 났나보다."

밀창문을 여닫기며 말했다.

"허허 번수님네 이리 오소, 이리 오소, 오시기 뜻밖이네. 이번 신연(新

---

77) 공방(空房) — 오랫동안 남편 없이 아내 혼자서 거처하는 방.

78) 진양조(盡陽調) — 민속 음악에서, 판소리 및 산조 장단의 한 가지로 속도가 가장 느림.

延) 길에 노독이나 아니 났으며, 사또 정체(政體) 어떠하며, 구관댁에 가 보셨으면 도련님 편지 한 장도 아니 하시던가. 내가 지난 날에는 양반을 모시기로 이목이 번거롭고 도련님 정체가 유달라 모르는 체하였지만, 마음조차 없을 수 있겠는가. 들어가세."

김번수며 이번수며 여러 번수 손을 잡고 제 방에 앉힌 후에 향단을 불렀다.

"주반상을 들여라."

취하도록 먹인 후에 궤문을 열고 돈 닷 냥을 내어 놓으며 말하였다.

"여러 번수님네, 가시다가 술이나 잡숫고 가옵소서. 뒷일이 없게 하여 주오."

사령들이 약주에 취하여 말하였다.

"돈이라니 당치도 않다. 우리가 돈 바라고 네게 왔겠느냐?"

하며,

"들여놓아라."

"김번수야 네가 사라."

"할 수 없다마는 닢 수(數)는 다 옳으냐?"

돈을 받아 채고 흐늘흐늘 들어갈 때 행수 기생이 나왔다. 행수 기생이 나오며 두 손뼉을 딱딱 마주 치면서 말했다.

"여봐라 춘향아, 말 듣거라. 너만한 정절은 나도 있고 너만한 수절은 나도 있다. 너만한 정절이 왜 없으며 너만한 수절이 왜 없느냐? 정절 부인 애기씨, 수절 부인 애기씨, 조그마한 너 하나로 인해 육방에 소동이 났으며, 각청 두목이 다 죽어난다. 어서 가자. 바삐 가자."

춘향이 할 수 없어 수절하던 그 태도로 대문 밖에 나서며 말했다.

"형님 형님 행수 형님, 사람 괄세를 그리 하지 마시오. 그대라고 대대 행수이며, 나라고 대대로 춘향인가, 인생일사(人生一死)[79] 도무사(都無

事)지, 한 번 죽지 두 번 죽나.”

이리 비틀 저리 비틀거리며 동헌에 들어갔다.

“춘향이 대령하였소.”

사또 보시고 크게 기뻐하며 말했다.

“춘향이가 틀림없구나. 대상(臺上)으로 오르거라.”

춘향이 상방(上房)에 올라가 무릎을 여미고 단정히 앉을 뿐이었다. 사또가 크게 혹하여 일렀다.

“책방에 가서 회계 나리님을 오시래라.”

이윽고 회계 생원이 들어왔다. 사또 크게 웃으며 말하였다.

“자네 보게, 저게 춘향일세.”

“하, 그년 매우 이쁜데, 잘생겼소. 사또께서 서울 계실 때부터 춘향, 춘향하시더니 한번 구경할 만하구려.”

사또 웃으며 말하였다.

“자네, 중신하겠나?”

이윽히 앉으며 대답하였다.

“사또께서 애당초에 춘향이를 부르시지 말고 매파를 보내어 보시는 것이 옳을 것을 일이 좀 경(輕)히 되었소 만은 이미 불렀으니 혼자 할 수밖에 수가 없소.”

사또 크게 기뻐하며 춘향에게 분부하였다.

“오늘부터 몸 단장 정히 하고 수청을 거행하여라.”

“사또님 분부 황송하오나 일부 종사를 바라오니 분부 시행 못하겠습니다.”

사또가 칭찬하여 말하였다.

“아름답고 아름다운 계집이구나. 네가 진정 열녀로다. 네 정절 굳은

---

79) 인생일사(人生一死) ― 한 번 나고 한 번 죽는 일.

마음 어찌 그리 어여쁘냐. 당연한 말이다. 그러나 이수재(도련님)는 경성 사대부의 자제로서 명문 귀족의 사위가 되었으니, 한때 사랑으로 잠깐 희롱하던 너를 잠시나마 생각하겠느냐? 너는 본시 절행(節行)이 있어 평생을 수절하다가 고운 얼굴이 늙어지고 백발이 드리우면 무정 세월이 흐르는 물 같음을 탄식할 때 불쌍하고 가련한 게 너 아니겠느냐. 네가 아무리 수절을 한들 너를 열녀로 표창하여 줄 사람이 어디 있겠느냐? 그는 다 버려 두고 네 고을 관장에게 매이는 것이 옳으냐, 동자놈에게 매이는 게 옳으냐, 말을 좀 하여라."

춘향이 여쭈었다.

"충신은 두 임금을 섬기지 않으며 열녀는 두 남편을 섬기지 않고 절개를 지킨다 함을 본받고자 하옵는데, 수차로 분부가 이러하오니 사는 것이 죽느니만 못하옵고 정절이 있는 여자는 두 남편을 섬기지 못하오니 처분대로 하옵소서."

이때 회계 나리가 썩 나서며 말하였다.

"네 여봐라! 그년 요망한 년이로구나. 부유 같은 일생 소천하에 일색이라. 네 여러 번 사양할 게 무엇이냐? 사또께옵서 너를 높이 받들어 하시는 말씀인데 너 같은 창기배(娼妓輩)에게 수절이 무엇이며 정절이 무엇인가. 구관은 진송하고 신관을 영접함이 법전에 당연하고 사례에도 당당하거늘 고약한 말하지 마라! 너 같은 천한 기생 무리에 충렬 두 자가 어디 있느냐?"

이때 춘향이 하도 기가 막혀 천연히 앉아 여쭈었다.

"충효 열녀에 상하가 있소? 자상히 들으시오. 기생으로 말합시다. 충효 열녀 없다 하니 낱낱이 아뢰리라. 해서(海西) 기생 농선(弄仙)이는 동선령(洞仙嶺)에 죽어 있고, 선천(宣川) 기생은 아이로되 칠거(七去) 학문 들어 있고, 진주(晋州) 기생 논개(論介)는 우리 나라 충렬로서 충렬문(忠烈門)에 모셔 놓고 두고두고 제사를 지내오며, 청주(淸州) 기생 화월(花月)이는 삼층각(三層閣)에 올라 있고, 평양 기생 월선(月仙)이도 충렬문에 들어 있고, 안동(安東) 기생 일지홍(一枝紅)은 생열녀문(生烈女門) 지은 후에 정경가자(貞敬加資)80) 있사오니 기생을 너무 업신여기지 마옵소서."

춘향이 다시 사또 앞에 여쭈었다.

"당초 이수재(李秀才)를 만날 때에 태산과 서해의 굳은 마음 소첩의 일심정절(一心貞節)을 맹분 같은 용맹으로 빼어 내지 못할 터요, 소진(蘇秦)과 장의(張儀)의 말재주인들 첩의 마음 옮겨가지 못할 터요, 공명(孔明) 선생의 높은 재주는 동남풍을 빌었으되 일편단심 소녀의 마음은 굴복시키지 못하리라. 기산(箕山)의 허유(許由)는 임금님의 대리됨을 받지 아니하였고, 서산의 백숙양인(伯叔兩人)은 주나라의 쌀을 먹지 아니하였으니, 만일 허유가 없었으면 고도지사(高蹈之士) 누가 하며 만일 백이숙제가 없었으면 난신(亂臣)과 적자(賊子)가 많으리라. 첩신이 비록 천하다 할지라도 허유와 백이숙제를 모르겠습니까. 사람의 첩이 되어 지아비를 배반하고 집안을 버리옴이 벼슬하는 관장님네의 임금을 배반함과 같사오니 처분대로 하옵소서."

사또 춘향의 말에 크게 노하여 말하였다.

"이년, 들어라. 모반 대역하는 죄는 능지처참하게 되고 관장을 조롱하는 죄는 기시율(棄市律)81)에 처한다고 써 있으며, 관장을 거역한 죄는 엄형에 처하고 정배 보내느니라. 죽는다고 서러워 마라."

춘향이 이번에는 악을 쓰며 말하였다.

"유부녀를 겁탈하는 것은 죄가 아니고 무엇이오?"

---

80) 정경가자(貞敬加資) — 문무관의 아내와 정삼품 통·정부의 품계에 오름.
81) 기시율(棄市律) — 죄인의 시체를 저자에다 버리던 중국의 형벌.

사또가 기가 막혀 어찌나 분하던지 연상(硯床)82)을 두드릴 때 탕건이 벗어지고 상투고가 탁 풀리고 첫 마디에 목이 쉬어 호령하였다.

"이년을 잡아 내라!"

골방의 수청 통인이 이내 대답하였다.

"예."

하고 달려들어 춘향의 머리채를 주르르 끌어내며,

"급창!"

"예."

"이년 잡아 내려라!"

춘향이가 뿌리치며 말하였다.

"놓아라!"

중계로 내려가니 급창이 달려들었다.

"요년 요년, 어떠하신 존전(尊前)이라고 대답이 그리 방자하냐. 그러고도 네 살기를 바랄쏘냐."

대뜰 아래 내려치니 맹호 같은 군노 사령들이 벌떼같이 달려들어 감태(甘苔) 같은 춘향의 머리채를 어린 시절 감듯, 뱃사공의 닻줄 감듯, 사월 팔일 등대(燈臺) 감듯 휘휘친친 감아 쥐고 동댕이쳐 엎지르니, 불쌍한 춘향 신세 백옥 같던 고운 몸이 요자백으로 엎어졌구나.

좌우에 나졸들이 늘어서서 능장, 곤장, 형장이며 주장을 짚고,

"아뢰라! 형리(刑吏)를 대령하라!"

"예, 머리 숙여라! 형리요."

사또는 어찌나 분이 났던지 벌벌 떨며 기가 막혀 '허푸허푸' 하며 겨우겨우 호령을 하였다.

"여봐라! 그년에게 무슨 다짐이 필요하겠는가. 묻지도 말고 형틀에 올

---

82) 연상(硯床) ─ 문방 제구를 벌여 놓아 두는 작은 책상.

려 매고 골통을 부수고 물고장(物故狀)83)을 올려라!"

춘향을 형틀에 올려 매고 옥사장의 거동을 보면, 형장과 태장, 곤장을 한아름 담쑥 안아다가 형틀 아래 좌르르 부딪치는 소리에 춘향의 정신이 혼미하다. 집장사령의 거동을 보면, 이놈도 잡고 능청능청, 저놈도 잡고 능청능청, 등심 좋고 빳빳하고 잘 부러지는 놈을 골라 잡고 오른 어깨 벗어 메고 형장(刑杖)을 짚고 대상 청령(廳令)이 내리기를 기다리고 있었다.

"분부 받아라, 그년에게 사정을 두고 헛때려서는 당장에 목을 자를 것이니 각별히 매우 쳐라."

집장사령84)이 여쭈었다.

"사또님의 분부가 지엄한데 저런 년에게 무슨 사정을 두오리까? 이년, 다리를 까딱 마라! 만일 요동하였다가는 뼈 부러지리라."

호통하고 들어서니 검장(檢杖) 소리 발 맞추어 서면서 가만히 말하였다.

"한두 개만 견디소. 어쩔 수가 없네. 이 다리는 요리 틀고 저 다리는 저리 트소."

"매우 치라!"

"에잇 때리오!"

딱 붙이자 부러진 형장개비는 푸르륵 날아 공중에 빙빙 솟아 상방(上房) 대뜰 아래 떨어지고 춘향이는 어떻게든 아픈 데를 참으려고 이를 북북 갈며 고개만 빙빙 두르면서 겨우 말하였다.

"애고 이게 웬일이오!"

곤장, 태장을 치는 데는 사령이 서서 하나 둘 세건마는 형장부터는 법

---

83) 물고장(物故狀) — 죄인을 죽인 것을 상부(上部)에 보고하는 글.
84) 집장사령(執杖使令) — 장형(杖刑)을 집행하는 사령.

장(法杖)이라 형리와 통인이 닭싸움하는 모양으로 마주 엎드려서 하나 치면 하나 긋고, 둘 치면 둘 긋고, 무식하고 돈 없는 놈이 술집 바람벽에 술값 긋듯 그어 놓으니 한일 자가 되었구나. 춘향이는 저절로 설움에 겨워 맞으면서 울었다.

"일편단심 굳은 마음은 일부 종사의 뜻이오니 한낱 매를 치신다고 일년이 다 못 가서 조금이나마 내 마음 변하오리까."

이때 남원부의 한량이며 남녀노소 없이 모두 모여 구경할 때 좌우의 한량들이 한 마디씩 하였다.

"모질구나 모질어. 우리 고을 원님이 모질구나. 저런 형벌이 왜 있으며 저런 매질이 왜 있을까? 집장사령(執杖使令)[85]들을 눈에 익혀 두어라. 삼문 밖에 나오면 급살(急殺)을 주리라."

보고 듣던 사람들은 모두 눈물을 흘리는 것이었다.

두 번째 매를 치니,

"이부절(二夫節)을 아옵는데 두 남편을 섬기지 않는 내 마음이 이 매 맞고 아주 죽어도 이 도련님을 못 잊겠소."

세 번째 매를 치니,

"삼종지례(三從之禮) 중한 법 삼강오륜을 알았으니 세 차례의 형문(刑問)을 받고 정배를 갈지라도 삼청동에 계시는 우리 낭군 이 도련님을 못 잊겠소."

네 번째 매를 치니,

"사대부 사또님은 사민공사(四民公事)[86] 살피지 않고 위력공사(威力公事)만 힘을 쓰니 사십팔방 남원 백성 원망함을 모르시오. 사지를 가른대도 사생동거(死生同居) 우리 낭군 사생간에 못 잊겠소."

---

85) 집장사령(執杖使令) ― 장형(杖刑)을 집행하는 사령.
86) 사민공사(四民公事) ― 사(士) · 농(農) · 공(工) · 상(商) 네 신분의 일과 관청과 공공 단체의 일.

다섯 번째 매를 딱 치니,

"오륜윤기(五倫倫紀) 그치지 않고 부부유별 오행(五行)으로 맺은 연분 올올이 찢어낸들 오매불망 우리 낭군 온전히 생각나네. 오동추야 밝은 달은 임 계신 데 보련마는 오늘이나 편지 올까, 내일이나 기별 올까. 무죄한 이내 몸이 악사(惡死)할 리 없사오니 오결(誤決) 죄수 마옵소서. 애고 애고 내 신세야."

여섯 번째 매를 치니,

"육육은 삼십육으로 낱낱이 고찰하여 육만 번 죽인데도 육천 마디 얽힌 사랑 맺힌 마음 변할 수 전혀 없소."

일곱 번째 매를 치니,

"칠거지악 범하였소? 칠거지악이 아니거든 칠개 형문이 웬일이오? 칠척 검 드는 칼로 동강동강 잘라서 어서 빨리 죽여 주오. 치라 하는 저 형방아, 칠 때마다 살피지 마오. 칠보홍안(七寶紅顏) 나 죽겠소."

여덟 번째 매를 치니,

"팔자 좋은 춘향 몸이 팔도 방백 수령 중에 제일 명관 만났구나. 팔도 방백 수령님네 치민(治民)하러 내려왔지 악형하러 내려왔나?"

아홉 번째 매를 치니,

"구곡간장 구비 썩어 이내 눈물 구년지수(九年之水) 되겠구나. 구고(九皐) 청산 장송 베어 청강선 잡아 타고 한양성 중 급히 가서 구중궁궐 나라님께 구구히 억울한 사정을 여쭈옵고 구정(九庭) 뜰에 물러 나와 삼청동을 찾아가서 굽이굽이 반겨 만나 우리 사랑 맺힌 마음을 마음껏 풀련마는."

열 번째 매를 치니,

"십생구사(十生九死)할지라도 팔십 년 정한 뜻을 십만 번 죽인데도 가망 없고 무가내지, 십육 세 어린 춘향 곤장 맞아 원통한 귀신되니 가

런하고 가련하오."

열 치고는 그만둘 줄 알았더니 열다섯째 매를 치니,

"십오야 밝은 달은 떼구름에 묻혀 있고 서울 계신 우리 낭군 삼청동에 묻혔으니, 달아 달아 임 보느냐? 임 계신 곳 나는 어이 못 보는고."

스물 치고 끝날까 하였더니 스물다섯 매를 치니,

"이십오현 탄야월에 불승청원(不勝淸怨) 저 기러기, 너 가는 데 어디메냐, 가는 길에 한양성 찾아들어 삼청동 우리 님께 내 말 부디 전해다오. 나의 모습을 자세히 보고 부디부디 잊지 마라."

삼십삼천(三十三天) 어린 마음을 옥황전에 아뢰고저. 옥 같은 춘향 몸에 솟느니 유혈이요 흐르느니 눈물이라, 피눈물 한데 흘러 무릉도원의 홍류수(紅流水)라.

춘향이 점점 악을 쓰며 말하였다.

"소녀를 이리 말고, 능지처참하여 박살하여 죽여 주면 죽은 뒤에 원조(怨鳥)라는 새가 되어, 초혼조(楚魂鳥) 함께 울어 적막공산 달 밝은 밤에 우리 도련님 잠든 후에 파몽(破夢)이나 하겠나이다."

말 못하고 기절하니 옆에 있던 형방, 통인 고개 들어 눈물 씻고 매질하던 저 사령도 눈물 씻고 돌아서며 한 마디 하였다.

"사람의 자식은 이 짓 못하겠네."

좌우에서 구경하는 사람과 거행하는 관속들이 눈물을 씻고 돌아서며 웅성거렸다.

"춘향의 매맞는 거동 사람 자식은 못 보겠다. 모질도다. 춘향 정절이 모질도다. 하늘이 낸 열녀로다."

남녀노소 없이 서로 눈물 흘리며 돌아설 때 사또인들 마음이 좋을 리가 있으랴.

"네 이년! 관청 뜰에서 발악하며 맞으니 좋은 게 무엇이냐? 일후에도 또 그런 거역을 할까?"

반은 죽고 반은 산 춘향이 점점 악을 쓰며 말하였다.

"여보 사또 들으시오. 죽기로 결심하고 먹은 마음을 어이 그리 모르시오. 계집이 품은 원한은 오뉴월에 서리 칩니다. 원통한 혼이 하늘로 다니다가 우리 나라님 앉은 곳에 이 원정을 아뢰오면 사또인들 무사하리오. 덕분에 죽여 주오."

사또 기가 막혀,

"허허 그년 말 못할 년이로고. 큰 칼 씌워 옥에 가두어라."

하니, 큰 칼 씌워 인봉(印封)하여 옥사정이 등에 업고 삼문 밖을 나올 때에 기생들이 나오며 슬퍼하였다.

"애고 서울 집아, 정신 차리게, 애고 불쌍하여라!"

사지를 만지며 약을 갈아 들이며 서로 보고 눈물질 때 키 크고 속 없는 낙춘이가 들어오며 말하였다.

"얼씨구 절씨구 좋을씨구, 우리 남원도 현판(懸板) 감이 생겼구나."

왈칵 달려들어,

"애고 서울 집아 불쌍하여라."

이리 야단할 때 춘향의 어미 이 말을 듣고 정신 없이 들어오더니 춘향의 목을 안고 울부짖었다.

"애고 이게 웬일이냐? 죄는 무슨 죄며 매는 무슨 매냐. 장청(將廳)의 집사님네, 질청(秩廳)의 이방님, 내 딸이 무슨 죄요? 장군방(將君房)의 두목들아, 집청하던 쇄장(鎖匠)이도 무슨 원수 맺혔더냐? 애고 애고 내 일이야. 칠십 당년 늙은 것이 의지할 곳이 없게 되었구나. 무남독녀 내 딸 춘향이 규중에 은근히 길러 내어 밤낮으로 서책만 놓고 내측편 공부 일삼으려 나 보고 하는 말이 '마오 마오 서러워 마오. 아들 없다 서러워 마오. 외손봉사(外孫奉仕) 못하리까.' 어미에게 지극한 정성 곽거(郭巨)

84

나 맹종(孟宗)인들 내 딸보다 더하겠는가. 자식 사랑하는 법이 상중하가 다르겠는가. 이내 마음 둘 데 없네. 가슴에 불이 붙어 한숨이 연기로다. 김번수야, 이번수야, 웃령이 지엄하다고 이다지도 몹시 친단 말이냐. 애고 내 딸 장처(杖處)[87] 보소. 빙설 같던 두 다리에 연지 같은 피 비쳤네. 명문가의 규중부(閨中婦)야 눈먼 딸도 원하더라. 그런데 왜 못생긴 기생 월매 딸이 되어 이 모양이 웬일이냐? 춘향아, 정신 차려라. 애고 애고 내 신세야."

하며,

"향단아, 삼문 밖에 가서 삯군 둘만 사오너라. 서울 쌍급주(雙急走) 보낼란다."

춘향이 쌍급주 보낸단 말을 듣고,

"어머니 그리 마시오. 그게 무슨 말씀이오. 만일 급주(急走)[88]가 서울 올라가서 도련님을 만나게 되면 층층 시하에 어찌할 줄을 몰라 심사가 울적하여 병이 되면 그것인들 아니 훼절(毁節)이오? 그런 말씀 마시고 옥으로 가십시다."

사정이 등에 업혀 옥으로 들어갈 때 향단이는 칼머리를 들고 춘향 어미는 뒤를 따라 문 앞에 당도하였다.

"옥형방(獄刑房)아 문을 여소. 옥형방도 잠들었나?"

옥중에 들어가서 옥방의 모양을 살펴보니 부서진 죽창 틈으로 살을 쏘는 것이 바람이요, 무너진 헌 벽이며 헌 자리에 벼룩, 빈대가 온몸으로 기어든다.

이때 춘향이 옥방(獄房)에서 장탄가(長歎歌)로 울고 있었다.

"이내 죄가 무슨 죄냐.

---

87) 장처(杖處) ― 장형(杖刑)으로 곤장을 맞는 자리.
88) 급주(急走) ― 각 역(驛)에 배치된 주졸(走卒).

국곡투식(國穀偸食)89) 아니거든
엄형중장 무슨 일인고.
살인 죄인 아니거든
항쇄 족쇄 웬일이며,
역률(逆律) 강상(綱常) 아니거든
사지 결박 웬일이며
음양도적(陰陽盜賊)90) 아니거든
이 형벌이 웬일인가.
삼강수(三江水)는 연수(硯水)되어
푸른 하늘을 한 장 종이 삼아
나의 소원을 하소연하여
옥황상제 앞에 올리고자.
낭군을 그리워하여 답답하여 불이 붙네.
한숨이 바람 되어
붙는 불을 더 붙이니,
속절없이 나 죽겠네.
홀로 섰는 저 국화는
높은 절개 거룩하다.
눈 속의 푸른 솔은
천고절(千古節)을 지켰구나.
푸른 솔은 나와 같고
누런 국화 낭군같이
슬픈 생각 뿌리느니 눈물이요,

---

89) 국곡투식(國穀偸食) ─ 국고의 쌀을 도둑질함.
90) 음양도적(陰陽盜賊) ─ 간통죄.

적시느니 한숨이라.

한숨은 청풍(淸風)삼고

눈물은 세우(細雨)삼아

청풍이 세우를 몰아다가

불거니 뿌리거니

임의 잠을 깨우고자.

견우와 직녀성은

칠석(七夕) 상봉(相逢) 만날 때에

은하수 막혔으나

실기(失期)한 일 없었건만

우리 낭군 계신 곳에

무슨 물이 막혔는지

소식조차 못 듣는고.

살아 이리 그리워하느니

아주 죽어 잊고 싶구나.

차라리 이 몸 죽어

공산의 두견이 되어

이화월백(梨花月白) 삼경야에

슬피 울어 낭군 귀에 들리고자.

청강의 원앙이 되어

짝을 불러 다니면서

다정하고 유정함을

임의 눈에 보이고자.

삼춘(三春)의 호접되어

향기 묻은 두 나래로

봄빛을 자랑하여
낭군 옷에 붙고 싶구나.
맑은 하늘에 밝은 달이 되어
밤이 되면 돌아 올라
밝고 밝고 또 밝은 빛으로
임의 얼굴 비치고자.
이내 간장 썩는 피로
임의 모습을 그려내어
방문 앞에
족자삼아 걸어 두고
들며 나며 보고 싶구나.
수절 정절 절대가인(絕對佳人)
참혹하게 되었구나.
문채(文采) 좋은 형산의 백옥이
먼지 무더기에 묻혔는 듯,
향기로운 상산초(商山草)가
잡풀 속에 섞였는 듯,
오동 속의 놀던 봉황이
가시밭 속에 깃들인 듯.
자고로 성현네도
무죄하게 고생하니
요순우탕(堯舜禹湯) 임금님도
걸주(桀紂)91)의 포악으로
함진옥에 갇혔더니

---

91) 걸주(桀紂) — 중국의 폭군 걸왕과 주왕.

도로 놓여 성군이 되시고,
명덕치민(明德治民) 주문왕도
상주(商紂)의 해를 입어
유리옥(羑里獄)에 갇혔더니
도로 놓여 성군이 되시고,
만고의 현인 공부자(孔夫子)[92]
양호(陽虎)[93]의 얼을 입어
광야에 갇혔더니
도로 놓여 대성(大聖)되시니
이런 일로 볼 것이면
죄 없는 이내 몸도
살아나서 세상 구경 다시 할까
답답하고 원통하다.
날 살릴 이 누구 있을까.
서울 계신 우리 낭군
벼슬길로 내려와서
이렇듯이 죽어 갈 때
내 목숨을 못 살릴까.
하운(夏雲)은 다기봉(多奇峰)하니
산이 높아 못 오시는가.
금강산 상상봉이
평지 되거든 오시려나.
병풍에 그린 누런 닭이

---

92) 공부자(孔夫子) — 공자.
93) 양호(陽虎) — 노나라 이씨(李氏)의 가신(家臣).

두 나래를 툭툭 치며

사경(四更) 일점(一點)에

날 새라고 울거든 오시려나.

애고 애고 내 일이야."

죽창문을 열어젖뜨리니 밝고 깨끗한 달빛은 방 안으로 드는데 어린
것이 홀로 앉아 달한테 물었다.

"저 달아 보느냐. 임 계신 곳에 밝은 기운 비추어 나도 좀 보자꾸나.
우리 임이 누웠더냐. 보는 대로만 네가 일러 나의 수심을 풀어다오."

애고 애고 슬피 울다가 홀연히 잠이 드니, 비몽사몽간에 호랑나비가
장주(莊周)되고 장주가 호랑나비 되어 가랑비같이 남은 혼백 바람인 듯
구름인 듯 한 곳에 다다랐다. 하늘은 푸르고 땅은 넓고 산은 영검스럽고
물은 아름다운데 은은한 대숲 속에 그림 같은 누각 하나가 반공에 잠겼
거늘, 대체로 귀신이 다니는 법은 큰 바람이 일고 승천입지(昇天入地)하
니, 베개 위의 짧은 시간 봄 꿈 속에서 강남 수천 리를 갔다. 앞쪽을 살
펴보니 황금 대자(大字)로,

'만고정렬(萬古貞烈) 황릉지묘(黃陵之廟)'

라 뚜렷이 붙여 있거늘 심신이 황홀하여 배회했더니 천연히 낭자 셋이
나오는데 석숭(石崇)의 애첩 녹주(綠珠)가 등롱을 들고 진주 기생 논개,
평양 기생 월선이었다. 춘향을 인도하여 내당에 들어가니 당상에 백의
(白衣) 입은 두 부인이 옥수(玉手)를 들어 청하자 춘향이 사양하며 말하
였다.

"속세의 천한 계집이 어찌 황릉묘(黃陵廟)에 오르리이까?"

부인이 기특히 여겨 재삼 청하자 더 이상 사양치 못하여 올라가니 자
리를 주어 앉힌 후에,

"네가 춘향이냐? 기특하도다. 일전에 조회(朝會)차로 요지연(搖池

90

宴)94)에 올라가니 네 말이 자자하기에 간절히 보고 싶어 너를 청하였더니 심히 볼 만하도다."

춘향이 다시 절하며 아뢰었다.

"첩이 비록 무식하오나 고서를 보옵고 죽은 후에나 존안95)을 뵈올까 하였더니 이렇듯 황릉묘에 모시게 되니 황공 비감하여이다."

상군부인(湘君夫人)96)이 말씀하였다.

"우리 순군(舜君) 대순씨(大舜氏)가 남쪽 지방을 두루 살피며 순행하시다가 창오산(蒼梧山)에서 세상을 떠나시니 속절 없이 이 두 몸이 소상죽림(瀟湘竹林)에 피눈물을 뿌렸노니 가지마다 아롱아롱 잎잎이 원한이었다. '창오산이 무너지고 소상 강물이 끊어진 후에라야 대밭 위의 눈물을 거둘 날이 있으리라' 천추의 깊은 한을 하소연할 곳이 없더니 네 절행이 기특하기에 너에게 말을 하는 것이다. 송죽(松竹) 같은 절개 몇 천 년에 청백은 어느 때며 오현금(五絃琴) 남풍시(南風詩)를 이제까지 전하더냐.

이렇듯이 말씀할 때 어떠한 부인의 음성이 들렸다.

"춘향아, 나는 기주 명월 음도성(陰都城)에서 화선(化仙)하던 농옥이다. 소사(蕭史)의 아내로 태화산(太華山)에서 이별한 후에 용을 타고 날아간 것이 한이 되어 옥소(玉簫)로 원을 풀 때 곡조는 날아간 곳을 모르니 산 아래의 벽도(碧桃)가 봄이 되니 꽃이 피는구나."

이러할 때에 또 한 부인이 말씀하였다.

"나는 한나라의 궁녀 소군(昭君)이다. 오랑캐의 땅으로 잘못 시집가서 한 줌의 푸른 무덤으로 남았다. 말 위에 올라타는 비파 곡조에 얼굴을 보니 부드럽고 아름다운 얼굴임을 잘 알겠으며 환패(環佩)는 옛 살

---

94) 요지연(搖池宴) — 주나라 목왕이 서왕모와 요지에서 잔치했다는 곳.
95) 존안 — 상대방의 얼굴을 높여 이르는 말.
96) 상군부인(湘君夫人) — 중국 순(舜) 임금의 두 아내인 아황과 여영.

던 한나라 궁궐에 혼백만이 돌아가겠도다. 이 아니 원통하겠느냐."

한참 이러할 때 음풍(陰風)이 일어나며 촛불이 펄렁펄렁하며 무엇이 촛불 앞에 달려들거늘 춘향이 깜짝 놀라 살펴보니 사람도 아니요 귀신도 아닌 그 비슷한 것이 곡성이 낭자하며 말했다.

"여봐라 춘향아 너는 나를 모를 것이다. 내가 누군가 하면 한고조(漢高祖)의 아내 척부인(戚夫人)이다. 우리 황제님이 돌아가신 후에 여후(呂后)97)의 독한 솜씨로 나의 수족을 끊어 내어 두 귀에다 불 지르고 두 눈을 빼어 음약(瘖藥) 먹여 측간 속에 넣었으니 천추에 깊은 한을 어느 때나 풀어 보겠느냐."

이렇게 울 때 상군부인(湘君夫人)이 말씀하였다.

"이곳이라 하는 데는 유명(幽明)의 길 다르고 행오(行伍)가 다르니 오래 머무르지 못하리라."

여동(女童)을 불러 하직할 때 동방의 귀뚜라미 소리 씨르렁, 한 쌍의 호랑나비는 펄펄, 춘향이 깜짝 놀라 깨어 보니 꿈이었다.

옥창(玉窓) 밖에는 앵두꽃이 떨어져 보이고 거울 복판이 깨어져 보이고 문 위에 허수아비가 달려 있듯이 보였다.

"나 죽을 꿈이구나."

수심과 걱정으로 밤을 샐 때 기러기가 울고 가니 한 조각 서강(西江) 위에 뜬 달 삼경이요, 궂은 비는 퍼붓는데 도깨비는 뻑뻑, 밤새 소리 북북, 문풍지는 펄렁펄렁 귀신이 우는데 난장(亂杖)98) 맞아 죽은 귀신, 형장(刑杖) 맞아 죽은 귀신, 결령치사(結領致死) 대롱대롱 목 매달아 죽은 귀신, 사방에서 우는데 귀신의 울음 소리가 어지럽다. 방 안이며 추녀

---

97) 여후(呂后) ― 한고조(漢高祖)의 왕후.
98) 난장(亂杖) ― 조선 시대 고문의 하나로, 신체의 부위를 가리지 않고 마구치는 매.

끝이며 마루 아래서도 애고 애고 귀신 소리에 잠들 길이 전혀 없다. 춘향이가 처음에는 귀신 소리에 정신 없이 지내더니, 여러 번 듣다 보니 겁이 없어져 청승 굿거리의 삼잡이[99] 세악(細樂)[100] 소리로 알고 들었다.

"이 몹쓸 귀신들아 나를 잡아가려거든 조르지나 말려무나."

엄급급(唵急急) 여율령(如律令) 사파쐬 진언(眞言)[101]하고 앉았을 때 옥 밖으로 장님 하나가 지나가니 만일 서울 봉사 같았으면,

"문수(問數)[102]하오."

라고 외쳤을 텐데 시골 봉사라,

"문복(問卜)하오."

하며 외치고 가는 소리를 춘향이 듣고 어머니를 불렀다.

"여보 어머니 저 봉사 좀 불러 주오."

춘향의 어미가 봉사를 불렀다.

"여보 저기 가는 봉사님!"

봉사가 대답하였다.

"그 누구요?"

"춘향의 어미요."

"어찌 나를 찾나?"

"우리 춘향이가 옥중에서 봉사님을 잠깐 오시라 하오."

봉사가 한 번 웃으며 말했다.

"나를 찾는다니 의외군. 가 보지."

봉사가 옥으로 가려고 하자 춘향의 어미가 봉사의 지팡이를 잡고 길

---

99) 삼잡이 — 장구잡이와 피리 부는 사람과 저 부는 사람.
100) 세악(細樂) — 취타가 아니라, 장구·북·피리·해금 등으로 연주하는 군악.
101) 진언(眞言) — 부처의 말, 주문.
102) 문수(問數) — 점쟁이에게 길흉을 묻는 것. 문복.

을 인도하였다.

"봉사님 이리 오시오. 이것은 돌다리요, 이것은 개천이요, 조심하며 건너시오."

앞에 개천이 있어 뛰어 보려고 무한히 벼르다가 뛰는데 봉사의 뜀이란 것이 멀리 뛰지 못하고 올라갈 만한 길이나 올라가는 것이었다. 멀리 뛴다는 것이 한가운데 가서 풍덩 빠져 놓았으니 기어 나오려고 짚은 것이 개똥을 짚었다.

"어뿔사! 이게 정녕 똥이지?"

손을 들어 맡아 보니 묵은 쌀밥 먹고 썩은 놈이로구나. 손을 내뿌린다는 것이 모진 돌에다가 부딪히니 어찌나 아프던지 입에다 쓸어 넣고 우는데 먼눈에서 눈물을 뚝뚝 떨구며 말하였다.

"애고 애고 내 팔자야, 조그만 개천 하나 못 건너고 이 봉변을 당하였으니 누구를 원망하며 누구를 탓하리. 내 신세를 생각하니 천지 만물을 보지 못하는지라 주야를 알랴. 사시(四時)를 짐작하며 봄철이 다가온들 복사꽃 피고 배꽃이 핌을 내가 알며, 부모를 내 아느냐, 처자를 내 아느냐, 친구 벗님을 내 아느냐, 세상 천지의 일월 성신과 후함과 박함과 길고 짧음을 모르고 밤중처럼 지내다가 이 지경이 되었구나. 진실로 말하자면 '소경이 그르냐 개천이 그르냐?' 소경이 그르지 애초부터 있는 개천이 그르랴."

애고 애고 섧게 우니, 춘향의 어미 소경을 위로하였다.

"그만 우시오."

봉사를 목욕시켜 옥으로 들어가니 춘향이 반겼다.

"음성을 들으니 춘향 각시인가 보다."

"예, 그러하옵니다."

"내가 벌써 자네를 한 번이라도 봤어야 했는데, 가난한 사람이 일 많

94

다고 못 오고 춘향이 청하여 왔으니 내 인사가 아니로세."

"그럴 리가 있소? 눈이 멀고 늙으셨으니 기력이 어떠하십니까?"

"내 염려는 말게. 그런데 나를 어찌 청하였나?"

"예, 다름 아니라 간밤에 흉몽을 꾸었기에 해몽도 하고 우리 서방님이 어느 때나 나를 찾을까 길흉여부(吉凶與否)를 점치려고 청하였습니다."

"그리 하세."

봉사가 점을 치기 시작하였다.

"저 태서(泰筮)의 믿음직한 말을 빌어 존경을 다하여 축원하옵나니 하늘이 언제 말씀하시었고 땅이 언제 말씀하셨으리요마는 두드리오면 곧 응하시는 것이 신령하심이니 응감하시와 신통하게 하여 주시옵소서. 고할 때 알지 못하옵고 그 의심을 풀지 못하올 때 다만 마음과 혼령이 원하는 바를 밝히 가르쳐 주시옵기를 바라와 옳고 그른 것을 밝히고자 하오니 곧 응하게 하여 주시오. 복희(伏羲), 문왕(文王), 무왕(武王), 무공(武公), 주공(周公), 공자(孔子), 오대성현(五大聖賢), 칠십이현(七十二賢), 안・증・사・맹(顔曾思孟), 성문십철(聖門十哲), 제갈공명(諸葛孔明) 선생, 이순풍(李淳風), 소강절(邵康節), 정명도(程明道), 정이천(程伊川), 주렴계(周濂溪), 주회암(朱晦庵), 엄군평(嚴君平), 사마군(司馬君), 귀곡(鬼谷), 손빈(孫臏), 진의(秦儀), 왕보사(王輔嗣), 유운장(劉雲長), 제대선생(諸大先生)은 밝히 살피시고 밝히 기억하소서. 마의도자(麻衣道者), 구천현녀(九天玄女), 육정(六丁), 육갑(六甲), 신장(神將)이시여, 연월 일시 사치공조(四値功曹), 배괘동자(排卦童子), 척괘동랑(擲卦童郎), 허공유감(虛空有感) 여왕 봉기 복사 단로향화 육신 무차 보양, 원컨대 강림케 하여 주옵소서. 전라좌도 남원부 천변(川邊)에 사는 임자생신(壬子生辰) 곤명(坤命) 열녀 성춘향이 하월 하일(何月何日)에 방사옥중(放

赦獄中)하오며, 서울 삼청동에 사는 이몽룡은 하월 하일에 남원부에 도착하오리까. 엎드려 빌건데 첨신(僉神)은 신명소시(神明昭示)하옵소서."

산통(算筒)을 철겅철겅 흔들더니,

"어디 보자. 일이삼사오륙칠, 허허 좋다, 좋은 괘로구나. 칠간산(七艮山)[103]이로구나. 고기가 그물을 피하니 적게 쌓여 크게 성취할 괘라. 옛날에 주나라 무왕이 벼슬을 할 때 이 괘를 얻어 성공하여 고향으로 돌아왔으니 어찌 아니 좋겠는가. 천리를 알 수 있으니 친인(親人)이 낯을 안다. 자네 서방님이 머지않아 내려와서 평생의 한을 풀겠네. 걱정 마오. 참 좋거든."

춘향이 대답하였다.

"말대로 그러하면 오죽이나 좋사오리까. 간밤 꿈의 해몽이나 좀 하여 주옵소서."

"어디 자상히 말을 하오."

"단장하던 체경이 깨져 보이고, 창 앞에 앵두꽃이 떨어져 보이고, 문 위에 허수아비가 매달려 보이고 태산이 무너지고, 바닷물이 말라 보이니 나 죽을 꿈 아니오?"

봉사 이윽히 생각하다가 얼마 후에 말하였다.

"그 꿈 장히 좋다. 꽃이 떨어지니 능히 열매를 맺을 것이요, 거울이 깨어지니 어찌 큰 소리 한번 없겠는가. 문 위에 허수아비가 달렸음은 만인이 다 우러러봄이라. 바다가 말랐으니 용의 얼굴을 볼 것이며, 산이 무너지면 평지가 될 것이다. 좋다, 쌍가마 탈 꿈이로세. 걱정 마소. 머지 않네."

한참 이리 수작할 때 까마귀가 뜻밖에 옥 밖의 담에 와 앉으며,

"까욱까욱."

울거늘 춘향이 손을 들어 후여 하고 날려 보냈다.

---

103) 칠간산(七艮山) ― 점괘(占卦)를 말함.

"방정맞은 까마귀야, 나를 잡아 가겠거든 조르지나 말려무나."

봉사가 이 말을 듣더니 이윽고 말했다.

"가만 있소. 그 까마귀가 '가옥가옥' 그렇게 울었지?"

"예 그래요."

"좋다 좋다. 가자는 아름다울 가자(嘉字)요, 옥자는 집 옥자(屋字)라, 아름답고 즐겁고 좋은 일이 불원간에 돌아와서 평생에 맺힌 한을 풀 것이니 조금도 걱정하지 마오. 지금은 복채(卜債) 천 냥을 준대도 아니 받아 갈 것이니 두고 보고 영귀하게 되는 때에 괄세나 부디 마오. 나는 돌아가네."

"예 평안히 가옵시고 후일 상봉하옵시다."

춘향은 장탄 수심으로 세월을 보내었다.

이때, 한양성의 도련님은 밤낮을 가리지 않고 시서백가어(詩書百家語)를 숙독하였으니 글로는 이백(李白)이요, 글씨는 왕희지(王羲之)였다. 나라에 경사가 있어 태평과(太平科)를 보일 때에 서책을 품에 품고 과거장으로 들어가 좌우로 둘러보니 수많은 백성과 허다한 선비들이 일시에 임금님께 절을 한다. 맑고 고운 궁중의 풍악 소리에 앵무새가 춤을 준다. 대제학이 택출(擇出)하여 임금께서 정한 글 제목을 내리시니 도승지(都承旨)가 모셔내어 홍장(紅帳) 위에 걸어 놓으니 제(題)에 하였으되, '춘당춘색고금동(春塘春色古今同)104)이라' 뚜렷이 걸렸거늘 이 도령이 글제를 살펴보니 익히 보아 온 것이었다. 시제를 펼쳐놓고 해제(解題)를 생각하여 용지연(龍池硯)에 먹을 갈아 당황모(唐黃毛) 무심필(無心筆)을 반중동 듬뿍 풀어 왕희지의 필법으로 조맹부(趙孟頫)의 체를 받아

---

104) 춘당춘색고금동(春塘春色古今同) ― 춘당 대의 봄빛이 옛날이나 지금이나 같다는 뜻.

단 붓으로 내리갈겨 선장(先場)[105]하였다.

상시관(上試官)이 글을 보니 글자마다 비점(批點)[106]이요, 구절마다 관주(貫珠)[107]였다. 글씨가 마치 용이 하늘로 치솟는 듯하고, 비둘기가 모래밭에 내려앉은 듯하니 금세(今世)의 대재(大才)로구나. 금방(金榜)[108]에 이름을 걸고 임금님이 석 잔 술을 권하신 후, 장원급제로 답안지를 시험장에 내걸었다. 신래(新來)[109]에 진퇴 나올 적에 머리에는 임금님이 내려 주신 종이꽃이요 몸에는 앵삼(鶯衫)[110]이며 허리에는 학대(鶴帶)로다. 사흘 동안 서울 장안을 돌며 논 후에 산소에 소분(掃墳)[111]하고 임금님께 절하니, 전하께옵서 친히 불러 보신 후에 말씀하셨다.

"경의 재주 조정에 으뜸이로다."

하시고, 도승지 입시(入侍)하사 전라도 암행어사로 명을 내리시니 평생의 소원이었다. 수의(繡衣), 마패(馬牌), 유척(鍮尺)[112]을 내주시니 전하께 하직하고 본댁으로 나갈 적에 철관(鐵冠)[113] 풍채는 산 속의 맹호와 같았다.

부모 앞에 하직하고 전라도로 향할 때 남대문 밖에 나서서 서리(胥吏), 중방(中房), 역졸 등을 거느리고, 청파역에 말을 잡아 타고, 칠패(七牌)와 팔패(八牌)며 배다리 등을 얼른 넘어 밥전거리 지나 동작(銅雀)이

---

105) 선장(先場) ─ 가장 먼저 답안지를 냄.
106) 비점(批點) ─ 시문 등을 비평하여 잘된 곳에 찍는 점.
107) 관주(貫珠) ─ 글자나 시문의 잘된 곳에 치는 동그라미.
108) 금방(金榜) ─ 과거에 급제한 사람의 이름을 써서 거리에 붙이는 글.
109) 신래(新來) ─ 과거에 새로 급제한 사람.
110) 앵삼(鶯衫) ─ 조선 시대 나이 어린 소년이 생원·진사에 합격하였을 때, 또는 그 외의 신래(新來) 급제(及第)가 입던 황색의 예복.
111) 소분(掃墳) ─ 경사로운 일이 있을 때 조상의 산소에 가서 제사 지내는 일.
112) 유척(鍮尺) ─ 검시(檢屍) 때에 지방 수령이나 암행어사 등이 쓰던, 놋쇠로 만든 자.
113) 철관(鐵冠) ─ 암행어사가 쓰던, 쇠로 살을 댄 관.

를 얼른 건너 남태령(南太嶺)을 넘어 과천읍에서 점심 먹고, 사근내(沙斤乃) 미륵당(彌勒堂)이 수원(水原)에서 숙소하고, 대황교(大皇橋), 떡전거리, 진개울, 중미, 진위읍(振威邑)에서 점심 먹고, 갈원(葛院), 소사(素沙), 애고다리, 성환역(成歡驛)에 숙소하고, 상류천(上柳川), 하류천(下柳川), 새술막 천안읍(天安邑)에서 점심 먹고, 삼거리, 도리치(道里峙) 김제역(金蹄驛)에서 말을 갈아 타고, 신구(新舊) 덕평(德坪)을 얼른 지나 원터에 숙소하고, 팔풍정(八風亭), 활원, 광정(廣亭), 몰원, 공주(公主), 금강(錦江)을 건너 금영(錦營)에서 점심을 먹고, 높은 행길, 소개문, 어미널터, 경천(敬川)에 숙소하고, 노성(魯城), 풀개, 사다리, 은진, 까치다리, 황화정(皇華亭), 장어미고개, 여산읍(礪山邑)에 숙소하고, 이튿날에 서리, 중방을 불러 분부하였다.

"전라도 초읍 여산이라. 무거운 나라 일을 거행하여 분명히 하지 못하면 죽기를 면하지 못하리라."

추상같이 호령하여 서리를 불러 분부하였다.

"너는 좌도(左道)로 들어 진산(珍山), 금산(錦山), 무주(茂朱), 용담(龍潭), 진안(鎭安), 장수(長水), 운봉(雲峰), 구례(求禮)로 여덟 읍을 순행하여 아무 날 남원읍으로 대령하고, 중방과 역졸 너희들은 우도(右道)로 용아(龍安), 함열(咸悅), 임피(臨陂), 옥구(沃溝), 김제(金堤), 만경(萬頃), 고부(古阜), 부안(扶安), 흥덕(興德), 고창(高敞), 장성(長城), 영광(靈光), 무장(茂長), 무안(務安), 함평(咸平)으로 순행하여 아무 날 남원읍으로 대령하고, 종사(從事) 불러 익산(益山), 금구(金溝), 태인(泰仁), 정읍(井邑), 순창(淳昌), 옥과(玉果), 광주(光州), 나주(羅州), 창평(昌平), 담양(潭陽), 동복(同福), 화순(和順), 강진(康津), 영암(靈巖), 장흥(長興), 보성(寶城), 흥양(興陽), 낙안(樂安), 순천(順天), 곡성(谷城)으로 순행하여 아무 날 남원읍으로 대령하라."

분부하여 각기 분발(分撥)114)시킨 후에 어사또 행장을 차리는데 그 거동을 좀 보소.

숫제 사람을 속이려고 모자 없는 헌 파립에 벌이줄115)을 총총이 매어 초사(草紗)로 만든 갓끈을 달아 쓰고, 당줄만 남은 헌 망건의 갑풀관자 노끈 당줄 달아 쓰고, 의뭉하게 헌 도복에 무명실 띠를 가슴에 둘러 매고 살만 남은 헌 부채에 솔방울 선초(扇貂) 달아 햇볕을 가리고 내려올 때, 통새암, 삼례(參禮)에서 숙소하고 한내, 주엽쟁이, 가리내, 싱금정을 구경하고 숲정이, 공북루(拱北樓) 서문을 얼른 지나 남문에 올라 사방을 둘러보니, 서호(西湖), 강남(江南)이 여기로다. 기린봉 위에 솟은 달이며 한벽당(寒碧堂)의 맑은 잔치, 남고사(南高寺)의 저녁 종소리, 건지산(乾止山) 위에 솟은 보름달이며, 다가(多佳)의 활 쏘아 맞히는 과녁, 덕진(德眞)의 연뿌리 캐기, 비부정(飛阜亭)에 날아 내리는 기러기, 위봉(威鳳) 폭포 등 완산 팔경(完山八景)을 다 구경하고 차차로 암행하여 내려올 때, 각 읍 수령들이 어사 났단 말을 듣고 민정을 가다듬고 지난날의 공사(公事)를 근심할 때 하인인들 편하겠는가. 이방, 호장은 혼을 잃고 공사(公事)를 회계하는 형방, 서기들은 여차하면 도망을 치려고 신발을 신고 있으며, 하고많은 각 청상이 넋을 잃고 분주할 때, 이때 어사또는 임실(任實) 구화뜰 근처에 당도하니 이때가 마침 농사철이라 농부들이 농부가를 부르는 것이 들렸다.

"어여로 상사디요

천리건곤(千里乾坤) 태평시(太平時)에

도덕 높은 우리 성군

강구연월(康衢烟月) 동요 듣던

---

114) 분발(分撥) — 긴요한 사항이 있을 때, 조보(朝報)를 발행하기 전에 긴요한 사항을 먼저 베껴 도르는 일.

115) 벌이줄 — 물건이 버티도록 이리저리 얽어매는 줄.

요(堯) 임금의 성덕이라.

어여로 상사디여
순(舜) 임금 높은 성덕으로 내신 성기(聖器)
역산(歷山)의 밭을 갈고.

어여로 상사디야
신농씨(神農氏)116) 내신 농구(農具)
천추만대(千秋萬代) 유전(流傳)하니
어이 아니 높으던가.

어여로 상사디요
하우씨(夏禹氏)117) 어진 임금
구년(九年) 홍수 다스리니,

어여로 상사디요
은왕 성탕(成湯) 어진 임금
대한(大旱) 칠년 당하였네.
어여로 상사디요
이 농사를 지어 내어
우리 성군께 공세(貢稅)한 후에
남은 곡식 장만하여
앙사부모(仰事父母)118) 아니하며

---

116) 신농씨(神農氏) — 중국 옛 전설 속의 제왕으로 삼황(三皇)의 한 사람.
117) 하우씨(夏禹氏) — 중국 고대 하나라의 우(禹) 임금.
118) 앙사부모(仰事父母) — 우러러 어버이를 섬김.

하육처자(下育妻子)119) 아니할까.

어여로 상사디요
백초(百草)를 심어
사시(四時)를 짐작하니
유신(有信)한 게 백초로다.

어여로 상사디요
청운(靑雲) 공명(功名) 좋은 호강
함포고복(含哺鼓腹)하여 보세.
어널널 상사디요."

한참 이러할 때 어사또 죽장을 짚고 이만치 떨어져서 농부가를 구경
하였다.
"올해도 대풍(大豐)이로고."
또 한편을 바라보니 몸이 튼튼한 충실한 노인들이 끼리끼리 모여 서
서 덩굴 밭을 이루는데, 갈멍덕 숙여 쓰고 쇠스랑을 손에 들고 백발가
(白髮歌)를 부르는데,
"등장(等狀) 가자, 등장 가자,
하느님 전으로 등장 갈 양이면
무슨 말을 하실런지.
늙은이는 죽지 말고
젊은 사람 늙지 말게,
하느님 전에 등장 가세.

---
119) 하육처자(下育妻子) ― 아래로 아내와 자식을 기름.

102

원수로다 원수로다,

백발이 원수로다.

오는 백발 막으려고

오른손에 도끼 들고

왼손에 가시 들고

오는 백발 두드리며

가는 홍안 걸어 당겨

청사(靑絲)로 결박하여

단단히 졸라 매되

가는 홍안은 저절로 가고

백발은 시시(時時)로 돌아와

귀 밑에 살 잡히고

검은 머리 백발 되니

조여청사모성설(朝如靑絲募成雪)[120]

무정한 게 세월이라

소년행락(少年行樂) 깊다 한들

왕왕(往往)이 달라 가니

이 아니 세월인가.

천금준마(千金駿馬) 잡아 타고

장안 대도(大道) 달리고자.

만고 강산 좋은 경치

다시 한번 보고지고.

---

120) 조여청사모성설(朝如靑絲暮成雪) ─ 젊었을 때는 머리카락이 파란 실 같더니, 늙어서는 마치 흰 눈과 같다는 뜻.

절대가인(絶代佳人)을 곁에 두고,

온갖 교태 놀고지고.

화조월석(花朝月夕) 사시가경(四時佳景).

눈 어둡고 귀가 먹어

볼 수 없고 들을 수 없어

할 수 없는 일이로세.

슬프다 우리 벗님

어디로 가겠는고.

구추단풍(九秋丹楓) 잎 지듯이

서서히 떨어지고

새벽 하늘 별 지듯이

듬성듬성 스러지니

가는 길이 어디메뇨

어여로 가래질이여

아마도 우리 인생

일장춘몽인가 하노라.”

한참 이러할 때 한 농부 앞으로 나서며 말하였다.

“담배 먹세, 담배 먹세.”

갈멍덕을 숙여 쓰고 두렁에 나오더니, 곱돌 담뱃대를 넌지시 들어 꽁무니를 더듬어서 가죽 쌈지 빼어 들고 담배에 세게 침을 뱉어 엄지가락이 자빠라지게 비빗비빗 단단히 털어 넣어 짚불을 뒤져 놓고 화로에 푹 찔러 담배를 먹는데, 농사꾼이라 하는 것이 대가 빡빡하면 쥐새끼 소리가 나겠다. 양 볼따귀가 오목오목, 콧구멍이 발심발심하며 연기가 홀홀나게 피워 물고 나선 어사또 반말하기는 이력이 났겠다.

"저 농부 말 좀 물어보면 좋겠구먼."

"무슨 말?"

"이 고을 춘향이가 본관에 수청 들어 뇌물을 많이 받아 먹고 민정에 작폐한다는 말이 옳은지?"

그 농부 열을 내며 말했다.

"그대는 어디 사나?"

"아무 데 살든지."

"아무 데 살든지라니, 그대는 눈콩알도 없나? 지금 춘향이가 수청 아니 든다고 형장 맞고 갇혔으니 장가(娼家)에 그런 열녀 세상에 드문지라, 구슬 같은 춘향 몸에 자네 같은 동냥아치가 함부로 씨부려대다가는 빌어먹지도 못하고 굶어 뒈지리. 올라간 이 도령인지 삼 도령인지 그놈의 자식은 한번 간 후 소식이 없으니, 사람의 일이 그렇거늘 벼슬은커녕 제 구실도 못하지."

"어 그게 무슨 말인고?"

"왜 어찌 되는 사이인가?"

"되기는 어찌 되랴마는 남의 말을 너무 고약하게 하는군."

"자네가 철모르고 말을 하니까 그렇지."

수작을 끝내고 돌아서며 이 도령이 한 마디 했다.

"허허, 망신이로구나, 자 농부네들 일하오."

"예."

작별하고 한 모퉁이를 돌아드니 아이 하나가 오는데 대막대를 끌면서 시조 절반 사설 절반을 섞어 하였다.

"오늘이 며칠인고.
천리 길 한양 성을
며칠 걸어 올라가랴.

조자룡(趙子龍)이 강 건너던
청총마(靑驄馬)가 있었더라면
금일로 가련마는.
불쌍하다 춘향이는
이 서방을 생각하여
옥중에 갇히어서
목숨이 오락가락하니 불쌍하다.
몹쓸 양반 이 서방은
한번 가고 소식 끊어지니
양반의 도리는 그러한가."
어사또가 그 말을 듣고
"애야, 어디 사니?"
"남원에 사오."
"어디를 가니?"
"서울 가오."
"무슨 일로 가니?"
"춘향이 편지 갖고 구관 댁에 가오."
"애야, 그 편지 좀 보자."
"그 양반 철모르는 양반이네."
"웬 소린고?"
"글쎄 들어보오. 남의 편지 보기도 어렵거든, 하물며 남의 내간(內簡)
을 보잔단 말이오?"
"애야, 들어보아라. 행인(行人)이 임발우개봉(臨發又開封)[121]이라는
말이 있느니라. 좀 보면 상관 있느냐?"

_____

121) 임발우개봉(臨發又開封) ― 행인이 떠남에 앞서 다시 한번 뜯어본다는 뜻.

"그 양반 몰골은 흉악한데 문자 속은 기특하오. 얼핏 보고 주시오."

"후레자식이로구나."

편지를 받아 떼어보니 그 사연이 이러하였다.

'한 번 이별한 후에 소식이 막혔으니 도련님 시봉체후(侍奉體候) 만안하옵신지 원절복모(願切伏慕)하옵니다. 천첩 춘향은 장대뇌상(杖臺牢上)에 관봉치패(官封致敗)하고 명재경각(命在頃刻)이라, 사경에 이르매 혼은 황릉(黃陵)의 묘에 남아 귀관(鬼關)에 출몰하니, 첩신이 비록 만번 죽으나, 단지 열녀는 두 남편을 섬기지 않고 첩의 사생과 노모의 형상이 그 참혹한 경우가 어찌 될지 모르겠사오니 서방님 깊이 양해하셔서 처사하여 주시옵서.'

편지 끝에 하였으되,

'지난 해 어느 때에

임을 이별하였던가.

엊그제가 겨울이더니

또 한 가을 지나가네.

미친 바람은 밤중에

미친 듯한 소나기를 부르거니

남원 시골의

옥중추(獄中椎)가 되려고

내려왔구나.'

혈서로 써 놓았는데 모래밭 위에 내려앉은 기러기 격으로 그저 툭툭 찍은 것이 모두 '애고'였다. 어사 보더니 두 눈에 눈물이 듣거니 맺거니 방울방울 떨어지니 그 아이 하는 말이,

"남의 편지 보고 왜 우시오?"

"아따, 애 남의 편지라도 서러운 사연을 보니 자연히 눈물이 나는구

나."

"여보, 인정 있는 체하고 남의 편지에 눈물 묻으면 어쩌려고 그러오. 그 편지 한 장 값이 열닷 냥이오. 편지 값 물어내오."

"여봐라, 이 도령이 나와 죽마고우 친구로서 하향(下鄕)에 볼일이 있어 나와 함께 내려오다가 전주(全州)에 들렀으니, 내일 남원에서 만나자고 언약하였다. 나를 따라 가 있다가 그 양반을 뵙거라."

그 아이 낯빛이 변하며 말했다.

"서울을 저 건너로 아시오?"

하며 달려들어,

"편지 내오."

하고, 제 고집을 세우는데 옷 앞자락을 잡고 힐난하며 살펴보니 명주 전대를 허리에 둘렀는데 제기(祭器) 접시 같은 것이 들어 있기에 물러나며 말하였다.

"이것 어디소 났소? 찬 바람이 나오."

"이놈! 만일 기밀을 누설하였다간 목숨을 보전치 못하리라."

당부하고 남원으로 들어올 때, 박석치(博石峙)에 올라서서 사방을 둘러보니 산도 예전에 보던 산이요, 물도 예전에 보던 물이었다. 남문 밖에 썩 내달아,

'광한루야 잘 있었더냐? 오작교야 무사하냐? 객사(客舍) 앞의 푸르른 수양버들은 나귀 매고 놀던 터요, 청운낙수(靑雲洛水) 맑은 물은 내 발을 씻던 청계수라, 녹수진경(綠水秦京) 넓은 길은 오고가던 옛 길이오.'

오작교 다리 밑에서 빨래하는 여인들 중에 계집아이들이 섞여 앉아 말하였다.

"아아!"

"왜 그래?"

"애고 애고, 불쌍해라, 춘향이가 불쌍해라. 모질더라, 우리 고을 사또 가 모질더라. 절개 높은 춘향이를 위력으로 겁탈하려 한들 철석 같은 춘향 마음 죽는 것을 겁낼 것인가. 무정하더라, 이 도령이 무정하더라."

저희끼리 공론하며 추적추적 빨래하는 모양은 영양공주(英陽公主), 난양공주(蘭陽公主), 진채봉(秦彩鳳), 계섬월(桂蟾月), 백능파(白凌波), 적경홍(狄驚鴻), 심요연(沈裊烟), 가춘운(賈春雲)과도 비슷하다마는 양소유(楊小游)가 없었으니 누구를 찾아 앉았는고. 어사또 누(樓)에 올라 자세히 살펴보니 석양은 서쪽에 있고 자러 가는 새는 숲으로 가는데 저건너 양류목은 우리 춘향이가 그네를 매고 오락가락 놀던 양은 어제 본 듯 반갑구나. 동편을 바라보니 장림(長林) 깊은 곳 녹림 사이 춘향의 집이 저기로구나.

저 안의 내동원(內東苑)은 예전에 보던 그 얼굴이요, 석벽의 험한 옥(獄)에서는 우리 춘향이가 우는 것 같아 불쌍하고 불쌍하다. 해는 서산에 지고 황혼이 깃들 때에 춘향 집 문 앞에 당도하니 행랑은 무너지고 집의 몸체는 너스레를 벗었는데, 예전에 보던 벽오동은 숲 속에 우뚝 서서 바람을 못 이기어 허술하게 서 있거늘, 나지막한 담 밑의 흰 두루미는 함부로 다니다가 개한테 물렸는지 깃도 빠지고 다리를 징금 찔룩 뚜르룩 울음을 울고, 빗장 앞의 누렁개는 기운 없이 졸다가 구면객을 몰라보고 컹컹 짖으며 내달았다.

"요 개야 짖지 마라. 주인 같은 손님이다. 너의 주인 어디 가고 네가 나를 반기느냐?"

중문을 바라보니 내 손으로 쓴 글자가 충성 충(忠) 자 완연하더니 가운데 중(中) 자는 어디 가고 마음 심(心) 자만 남아 있고, 와룡장자(臥龍莊字) 입춘서(立春書)는 동남풍에 펄렁펄렁 이내 수심 돋워낸다.

그렁저렁 들어가니 내정은 적막한데 춘향 어미 거동 보소. 미음 솥에

불 넣으며,

"애고 애고 내 일이야. 모질도다, 모질도다. 이 서방이 모질도다. 위경(危境)의 내 딸 아주 잊어 소식조차 끊어졌네. 애고 애고 서럽구나. 향단아, 이리 와 불 넣어라."

하고 나오더니 울 안의 개울물에 흰 머리를 감아 빗고, 정화수 한 동이를 아래에 받쳐 놓고 땅에 엎드려 축원하였다.

"하늘과 땅의 귀신이여, 해님 달님은 변하여 한 가지 마음이 되옵소서. 다만 내 딸 춘향이를 금쪽같이 길러 내어 외손봉사(外孫奉祀)를 바랐더니, 무죄한 매를 맞고 옥중에 갇혔으니 살릴 길이 없사옵니다. 하늘과 땅의 신령님은 감동하사 이몽룡을 청운에 높이 올려 내 딸 춘향이를 살려 주사이다."

빌기를 다한 후에,

"향단아, 담배 한 대 붙여다구."

춘향의 어미 담배를 받아 물고 '후유' 한숨 눈물질 때, 이때 어사는 춘향 어미의 정성을 보고 생각하였다.

'내가 벼슬한 것이 선영(先塋)의 음덕인 줄 알았는데, 우리 장모의 덕이로다.'

"그 안에 누구 있느냐?"

"누구시오."

"나로세."

"나라니 뉘신가?"

어사 들어가며,

"이 서방일세."

"이 서방이라니. 옳지, 이풍헌(李風憲) 아들 이 서방인가?"

"허허, 장모 망령이로세. 나를 몰라, 나를 몰라?"

"자녀가 누구여?"

"사위는 백년지객(百年之客)이라 하였으니 어찌 나를 모르는가?"

춘향 어미 반겨하며,

"애고 애고 이게 웬일인가? 어디 갔다 이제 오나, 바람이 크게 일더니 바람결에 풍겨 왔나, 산마루에 구름이 일더니 구름 속에 싸여 왔나. 춘향이 소식을 듣고 촛불 앞에 앉혀 놓고 자세히 살펴보니 걸인 중에 상걸인이 되었구나.

춘향의 어미 기가 막혀,

"이게 웬일이오?"

"양반이 그릇되니 형언할 수 없네. 그때 올라가서 벼슬길은 끊어지고 가산을 탕진하여 부친께서는 서당 훈장으로 가시고, 모친은 친정으로 가시고 다 각기 갈리어서 나도 춘향에게 내려와서 돈 냥이나 얻어 갈까 하는데, 와서 보니 양가 이력이 말이 아닐세."

"무정한 이 사람아, 한 번 이별한 후로 소식이 없었으니 그런 인사가 어디 있으며, 뒷 기약인가 뭔가나 바랐더니 일이 잘 되었소. 쏘아 놓은 화살이요 엎지른 물이 되어 누구를 원망하고 누구를 허물하겠나마는, 내 딸 춘향을 대체 어찌할 셈인가?"

춘향 어미 홧김에 달려들어 코를 물어 떼려 하니, 이 도령이 막아서며 말하였다.

"내 탓이지 코 탓인가? 장모가 나를 몰라보네. 무심해도 풍운조화(風雲造化)와 뇌성벽력은 있는 법이니."

춘향 어미 기가 막혀서 한마디 하였다.

"양반이 잘못되니 못된 조롱만 늘었구나."

어사가 짐짓 춘향 어미가 하는 거동을 보려고,

"시장하여 나 죽겠네, 나 밥 한 술만 주소."

춘향 어미는 밥 달라는 말을 듣고,

"밥 없네."

어찌 밥이 없을까마는 홧김에 하는 말이었다.

이때 향단이는 옥에 갔다 오다가, 저의 아씨 야단 소리에 가슴이 후둘
후둘하고 정신이 울렁울렁하여 생각 없이 들어가서 가만히 살펴보니 서
방님이 와 계시는 것이었다. 어찌나 반갑던지 우루루 달려들어,

"향단이 문안이오! 대감님 문안이 어떠하시며 대부인께서도 기후 안
녕하옵시며 서방님께서도 먼 길에 평안히 행차하셨습니까?"

"오냐, 고생이 어떠하냐?"

"소녀의 몸은 무탈하옵니다. 아씨 아씨, 큰아씨, 마오 마오, 그리 하지
마오, 멀고 먼 천리 길에 누구를 보려고 오셨는데, 이 괄세가 웬 말이오?
아가씨가 아신다면 지레 야단을 맞을 것이니 너무 괄세 마옵소서."

부엌으로 들어가더니 먹던 밥에 풋고추, 절인 김치, 양념을 넣고 단간
장에 냉수를 가득 떠서 소반에 받쳐 드리면서,

"더운 진지 할 동안에 시장하실 터인데 우선 요기나 하옵소서."

어사또 반겨하며,

"밥아 너 본 지 오래구나."

여러 가지를 한 데다 붓더니 숟가락 댈 것 없이 손으로 휘휘 저어 한
편으로 몰아치며 마파람에 게 눈 감추듯 하는구나.

그 모양을 보고 춘향 어미가 한마디 하였다.

"얼씨구, 밥 빌어먹기에는 이력이 났구나."

이때 향단이는 저의 아가씨 신세를 생각하여 크게 울지는 못하고 흐
느끼며,

"어찌할까나, 어찌할까나. 도덕 높으신 우리 아가씨 어찌하여 살리시
려오. 어찌해야 하나."

소리도 못 내고 우는 모양을 어사또가 보더니 기가 막혀,

"여봐라 향단아, 울지 마라, 울지 마라. 너의 아가씨 설마 살지 죽을쏘냐. 행실이 지극하면 사는 날이 있느니라."

춘향 어미 듣더니,

"애고, 양반이라고 오기(傲氣)는 있어서, 대체 자네가 왜 이 모양이 되었는가?"

향단이가 말하였다.

"우리 큰 아씨 하는 말을 조금도 신경 쓰지 마옵소서. 나이 많아 노망하는 중에 일을 당해 놓으니 홧김에 하는 말이니 조금치라도 노하지 마십시오. 더운 진지 잡수시오."

어사또 밥상 받고 생각하니 분한 마음 하늘에 뻗치어 마음이 울적하고 오장이 울렁울렁하고 저녁밥이 맛이 없어,

"향단아, 상 물려라."

담뱃대를 툭툭 털며,

"여보소 장모, 춘향이나 좀 보아야겠소."

"그렇게 하구려. 서방님이 춘향을 아니 보아서야 인정이라 하오리까?"

향단이 여쭈었다.

"지금은 문을 닫았으니 바라(罷漏)[122] 치거든 가사이다."

이때 마침 바라를 뎅뎅 치는 것이었다. 향단이는 미음상을 이고 등롱을 들고 어사또는 뒤를 따라 옥문 앞에 당도하니, 인적이 고요하고 옥사장도 간 곳이 없다. 이때 춘향이 꿈도 아니고 생시도 아닌데 서방님이 오셨는데 머리에는 금관이요, 몸에는 홍삼(紅衫)을 입었다.

임 그리는 마음에 목을 안고 만단정회(萬端情懷)[123]하는 차였다.

---

122) 바라(罷漏) — '파루'가 변한 말로, 오경 삼점(五更三點)에 쇠북을 33번 침.

"춘향아!"

부른들 대답이 있겠는가. 어사또 하는 말이,

"크게 한번 불러 보소."

"모르는 말이오. 예서 동헌이 마주치는데 소리가 크게 나면 사또가 염문(廉問)할 것이니 잠깐 지체하옵소서."

"무어 어때, 염문이 무엇인고. 내가 부를 테니 가만 있소. 춘향아!"

부르는 소리에 깜짝 놀라 일어서며,

"허허, 이 목소리 잠결인가, 꿈결인가. 그 목소리 괴이하다."

어사또 기가 막혀,

"내가 왔다고 말을 하오."

"왔다고 말을 할 것 같으면 기절 낙담할 것이니 가만히 계시옵소서."

춘향이 저의 모친 음성을 듣고 깜짝 놀라,

"어머니, 어찌 오셨소? 몹쓸 딸 자식을 생각하다 천방지축(天方地軸) 다니다가 떨어져 다치기 쉬우니 이 다음에는 오실 생각 마옵소서."

"나는 염려 말고 정신을 차려라. 왔다!"

"오다니 누가 와요?"

"그저 왔다!"

"갑갑하여 나 죽겠소, 일러 주오. 꿈 가운데 임을 만나 만단정회(萬端情懷)하였더니 혹시 서방님한테 기별이 왔소? 언제 오신다는 소식이 왔소? 벼슬 따고 내려온다는 노문(路文)124)이 왔소? 애고 답답하여라."

"너의 서방인지 남방인지 걸인 하나 내려왔다."

"허허, 이게 웬 말인가? 서방님이 오시다니, 꿈 속에서나 보던 임을 생시에 본단 말인가?"

---

123) 만단정회(萬端情懷) ─ 온갖 생각과 감회.

124) 노문(路文) ─ 관원이 공무로 지방에 여행할 때, 관리가 이를 곳에 일정표와 규모 등을 미리 알리는 문서.

문 틈으로 손을 잡고 말 못하고 기색(氣塞)하며,

"애고, 이게 누구시오! 아마도 꿈인가 보구나. 그리워하며 보지 못하던 님을 이리 쉽게 만날 수 있을까. 이제 죽어도 한이 없네. 어찌 그리 무정할까. 복도 없다 우리 모녀, 서방님과 이별한 후에 자나 깨나 임 그리워하며 날이 가고 달이 가더니 내 신세가 이리 되어 매에 감겨 죽게 되니 나를 살리려고 오시었소?"

한참 이리 반기다가 임의 형상을 자세히 보니 어찌 아니 한심하랴.

"여보 서방님, 내 몸 하나 죽는 것은 서러운 마음이 없소마는 서방님은 이 지경이 웬일이오?"

"오냐, 춘향아 서러워 마라, 사람 목숨은 하늘에 매인 것이니 설마한들 죽겠느냐?"

춘향이 저의 모친을 불러 당부하였다.

"한양성 서방님을 칠년 대한 가문 날에 목마른 백성들이 비를 기다린들 나와 같이 기다렸을까. 심은 나무가 꺾어지고 공든 탑이 무너졌네. 가련하다 이내 신세, 할 수 없이 되었구나. 어머님은 나 죽은 후에라도 원이나 없게 하여 주옵소서. 나 입던 비단 장옷 봉장(鳳欌) 안에 들었으니 그 옷 내어 팔아다가 한산의 고운 모시와 바꾸어서 물색 곱게 도포를 짓고, 백방사주(白紡絲紬)로 지은 긴 치마를 되는 대로 팔아다가 관망(冠網) 신발을 사 드리고, 절병 천은(天銀) 비녀와 밀화장도, 옥지환(玉指環)이 함 속에 들었으니, 그것도 팔아다가 한삼 고의 흉하지 않게 하여 주오. 오래잖아 죽을 년이 세간은 두어 무엇 하겠소. 용장 봉장 서랍을 있는 대로 팔아다가 좋은 찬으로 진지 대접하오. 나 죽은 후에라도 나 없다 마시고 나 본 듯이 섬기소서.

서방님 내 말 들으시오. 내일이 본관 사또 생신이라, 취중에 주망(酒妄) 나면 나를 올려 칠 텐데 형문 맞은 다리 장독이 났으니 수족인들 놀

릴 수 있을런지. 만수운환(漫垂雲鬟)[125] 흐트러진 머리 이렁저렁 걷어
얹고 이리 비틀 저리 비틀 들어가 매 맞은 병으로 죽거들랑, 삯군인 체
하고 달려들어 둘러업고 우리들이 처음 만나서 놀던 부용당의 쓸쓸하고
고요한 곳에 뉘어 놓고, 서방님께서 손수 염습하되 나의 혼백을 위로하
여 입은 옷 벗기지 말고 양지 끝에 묻었다가, 서방님께서 귀하게 되어
성공하시거든, 잠시도 그대로 두지 말고 육진장포(六鎭長布)[126]로 다시
염하여, 조촐한 상여 위에 덩그렇게 실은 후에 북망산천(北邙山川) 찾아
갈 때, 앞의 남산과 뒤의 남산을 다 버리고 한양으로 올려다가 선산 발
치에 묻어 주오. 비문에 새기기를 '수절원사춘향지묘(守節冤死春香之
墓)'라고 여덟 자만 새겨 주오. 망부석이 아니 될까, 서산에 지는 해는
내일 다시 오련마는 불쌍한 춘향이는 한 번 가면 어느 때 다시 올까, 가
슴에 맺힌 원한이나 풀어 주오.

애고 애고, 내 신세야. 불쌍한 나의 모친 나를 잃고 가산을 탕진하면
별 수 없이 걸인이 되어 이 집 저 집 걸식하다가 언덕 밑에 꾸벅꾸벅 졸
면서 기력이 다하여 죽게 되면 지리산 갈가마귀 두 날개를 쩍 벌리고
두둥실 날아들어 까욱까욱 두 눈을 다 파먹은들 어느 자식이 있어 후여
하고 날려 주리. 애고 애고."

하며 섧게 울 때 어사또,

"울지 마라, 하늘이 무너져도 솟아날 구멍이 있느니라. 네가 나를 어
찌 알고 이렇듯이 서러워하느냐?"

작별하고 춘향의 집으로 돌아왔다. 춘향이는 어둠침침한 한밤중에 서
방님을 번개같이 얼른 보고 옥방에 홀로 앉아 탄식하였다.

"명천(明天)은 사람을 낼 때 별로 후박이 없건마는 나의 신세는 무슨

---

125) 만수운환(漫垂雲鬟) ― 가닥가닥 흩어져 드리워진 쪽 진 머리.
126) 육진장포(六鎭長布) ― 함경북도의 육진이 있던 곳에서 나는, 척수가 다른 곳
    에서 나는 것보다 훨씬 긴 베.

죄로 이팔 청춘에 임 보내고 모진 목숨을 살아 이 형문(刑問) 이 형장
(刑杖)이 무슨 일인고, 옥중 고생 서너 달에 밤낮이 없게 되었구나. 죽어
서 황천에 돌아간들 제왕전(諸王前)에 무슨 말을 자랑하리. 애고 애고."
　슬피 울 때 기진맥진하여 반은 죽고 살아 있는 모습이었다.

　어사또 춘향 집을 나와서 그날 밤을 샐 작정을 하고 문과 안 문 밖을
염탐하여 들을 때 질청(秩廳)127)에 가 들으니 이방이 승발(承發)을 불러
말하였다.
　"여보소, 들으니 수놓은 옷을 입은 사또가 새문 밖 이씨라던데 아까
삼경에 등롱불을 켜들고 춘향 어미를 앞세우고, 허술하게 차린 한 손님
이 아마도 수상하니 내일 본관 잔치 끝에 기물들을 구별하여 생탈 없게
극히 조심하시오."
　어사가 그 말을 듣고,
　"그놈들 알기는 아는구나."
하고 또 장청(將廳)128)에 가 들으니 행수 군관의 거동을 보소.
　"여러 군관님네, 아까 옥거리에 왔다가던 걸인이 정말로 괴이하대. 아
마도 분명히 어사인 듯하니 용모 적은 것을 내어 놓고 자상히 보소."
　어사또 듣고는,
　"그놈들 모두 귀신 같구나."
하고, 현사(縣司)에 가 들으니 호장(戶長) 역시 그러하다. 육방(六房)을
다 염문한 후에 춘향이 집에 돌아와서 그 밤을 샌 연후에 이튿날 조사
(朝査) 끝에 가까운 읍의 수령이 모여든다.
　운봉(雲峰), 영장(營將), 구례(求禮), 곡성(谷城), 순창(淳昌), 옥과(玉

---

127) 질청(秩廳) ― 군아에서 아전이 일을 보던 곳.
128) 장청(將廳) ― 군아(郡衙)와 감영(監營)에 딸린 장교의 직소(職所).

果), 진안(鎭安), 장수(長水) 원님들이 차례로 모여든다.

좌편의 행수군관, 우편의 청령사령, 한가운데 본관은 주인이 되어 하인을 불러 분부하였다.

"기생을 불러 다과상을 올려라. 육고자(肉庫子)를 불러 큰 소를 잡고 예방(禮房)을 불러 고인(鼓人)을 대령하고, 승발(承發)을 불러 차일을 치게 하라. 사령을 불러 잡인(雜人)을 금하라."

이렇듯 요란할 때 기치군물(旗幟軍物)이며 육각풍류(六角風流)가 반공(半空)에 떠 있고 푸르고 붉은 비단 옷을 입은 기생들은 비단 소매에 싸인 흰 손을 높이 들어 춤을 추며, '지화자 두둥실' 하는 소리에 어사또 마음이 심란하구나.

"여봐라 사령들아! 너의 원(員) 전에 가서 여쭈어라. 먼 데 있는 걸인이 좋은 잔치에 왔으니 주효나 좀 얻어먹자고 여쭈어라."

"어느 양반인지는 모르나 우리 안전(案前)께서는 걸인을 못 들어오게 하시니 그런 말은 내지도 마시오."

등을 밀쳐 내니 어찌 아니 명관인가. 운봉(雲峰)이 그 거동을 보고 본관에게 청하는 말이,

"저 걸인의 의관은 남루하나 양반의 후예인 듯하니 말석에 앉히고 술잔이나 먹여 보냄이 어떠하겠는가?"

본관(本官) 하는 말이,

"운봉의 소견대로 하오마는."

하는데 '마는' 소리가 뒷입맛이 사납다. 어사또는 속으로,

'오냐, 도적질은 내가 하마. 오랏줄은 네가 져라.'

운봉이 분부하였다.

"그 양반 듭시래라."

어사또 들어가 단정히 앉아 좌우를 살펴보니 당상의 모든 수령들이

다과상을 앞에 놓고 진양조가 높아갈 때 어사또 상을 보니 어찌 아니 분통하랴. 다 떨어진 개다리 소반에 닥나무 젓가락, 콩나물, 깍두기, 막걸리 한 사발이 놓여 있었다. 상을 발길로 탁 차 던지며 운봉의 갈비를 뚫어지게 바라보며,

"갈비 한 대 먹고 싶소."

"다라도 잡수시오."

하고 운봉이 하는 말이,

"이러한 잔치에 풍류로만 놀아서는 맛이 적으니 차운(次韻)129)이나 한 수씩 해 보면 어떠하오?"

"그 말이 옳소."

하니, 운봉이 높을 고(高), 기름 고(膏) 두 자를 내어 놓고 차례로 운을 달 때에 어사또가 말하였다.

"걸인도 어려서 추구권(抽句卷)이나 읽었는데, 좋은 잔치를 당하여서 주효를 배불리 먹고 그저 가기 염치 없으니 차운 한 수 하겠습니다."

운봉이 반겨 듣고 붓과 벼루를 내어 주니, 좌중이 다 못하여 글 두 구를 지었으되 민정을 생각하고 본관 정체(政體)를 생각하여 지었다.

금잔 속의 아름다운 술은 일천 백성의 피요
옥소반의 맛 좋은 안주는 일만 백성의 기름이라,
촛불의 눈물이 떨어질 때 백성의 눈물이 떨어지고
노랫소리 높은 곳에 원망 소리 높았더라.

이렇듯이 지었으되 본관은 몰라봐도 운봉이 글을 보고 속으로 생각하기를,

'아뿔사! 큰일났구나.'

---

129) 차운(次韻) — 남이 지은 시(詩)의 운자(韻字)를 따서 시를 짓는 것.

이때 어사또가 하직하고 간 연후에 공형(公兄)을 불러 역마(驛馬)를 단속하고, 관청색을 불러 다담(茶啖)을 단속하고, 옥 형리를 불러 죄인을 단속하고, 집사(執事)를 불러 형구(刑具)를 단속하고, 형방을 불러 문부(文簿)를 단속하고, 사령을 불러 합번(合番)을 단속하며 한참 이리 요란할 때 물색 없는 저 본관이,

"여보, 운봉은 어디를 다니시오?"

"소변을 보고 들어옵니다."

본관이 분부하였다.

"춘향을 급히 올리라!"

하고 주광(酒狂)이 난다.

이때 어사또가 군호할 때 서리(胥吏)에게 눈짓을 하니, 서리와 중방의 거동 좀 보소. 역졸을 불러 단속을 할 때 이리 가며 수군, 저리 가며 수군수군, 서리와 역졸의 거동을 보소. 외올 망건, 공단 싸개, 새 패랭이를 눌러쓰고 석자 감발을 두르고, 새 짚신에 한삼 고의를 산뜻이 입고 육모 방망이와 녹피(鹿皮) 끈을 손목에 걸어 쥐고, 여기서 번쩍 저기서 번쩍 남원읍이 술렁술렁한다. 청파 역졸의 거동을 보소. 달 같은 마패(馬牌)를 햇빛같이 번쩍 들어,

"암행어사 출두야!"

외치는 소리 강산이 무너지고 천지가 뒤집히는 듯, 초목금수인들 아니 떨겠느냐.

남문에서,

"출두야!"

북문에서,

"출두야!"

동서문에서 출두 소리가 청천에 진동하고,

"공형(公兄)130) 들라!"

외치는 소리에 육방이 넋을 잃어,

"공형이오!"

등채찍으로 후다닥 갈기니,

"애고 죽는다!"

"공방, 공방."

공방이 포진(鋪陳)을 들고 들어오며,

"안 하려던 공방을 하라더니 저 불 속에 어찌 들어가노?"

등채찍으로 갈기니,

"애고, 박 터졌네."

좌수(座首)131), 별감(別監)132)은 넋을 잃고, 이방, 호방도 넋을 잃고 파랑, 빨강, 노랑색의 옷을 입은 나졸들은 분주하네. 모든 수령들이 도망할 때, 거동 좀 보소. 인궤(印櫃)를 잃고, 과줄133)을 들었으며, 병부(兵符) 대신 송편을 들고, 탕건(宕巾) 대신 용수를 쓰고, 갓 대신 소반을 쓰고, 칼집을 쥐고 오줌을 누려 한다. 부서지니 거문고요, 깨지느니 북과 장구로다.

본관은 똥을 싸고, 멍석 구멍의 생쥐 눈 뜨듯 하고 내아로 들어가서,

"어 추워라! 문 들어온다. 바람 닫아라. 물 마른다. 목 들여라!"

관청색은 상을 잃고 문싹 이고 내닫으니 서리, 역솔이 달려들어 후닥닥,

"애고 나 죽네!"

이때 어사또 분부하되,

---

130) 공형(公兄) ─ 호장·이방·수형리.

131) 좌수(座首) ─ 조선 시대 향소(鄉所)의 우두머리.

132) 별감(別監) ─ 고을의 좌수(座首)에 버금가던 자리.

133) 과줄 ─ 밀가루를 기름과 꿀에 반죽한 뒤 과줄판에 박아서 지진 유밀과.

"이 고을은 대감이 좌상하시던 고을이라 훤화(喧譁)134)를 금하고 객사로 옮기어라!"

좌정한 후에,

"본관은 봉고파직(封庫罷職)135)하라!"

사대문에 방을 붙이고 옥 형리를 불러 분부하였다.

"네 고을 옥수(獄囚)를 다 올려라."

호령하니 죄인을 올리거늘, 다 각각 문죄한 후에 죄 없는 자는 놓아주었다.

"저 계집은 무엇이냐?"

형리가 여쭈었다.

"기생 월매의 딸이온데, 관청 뜰에서 포악하게 군 죄로 옥중에 있사옵니다."

"무슨 죄냐?"

형리가 아뢰었다.

"본관 사또의 숙청을 들라 하였더니 수절이 정절이라 수청을 아니 들려 하고 관정(官庭)에서 포악을 떨던 춘향이로소이다."

어사또가 분부하였다.

"네년이 수절한다고 관정 포악하였으니 살기를 바랄쏘냐? 죽어 마땅하되, 내 수청도 거역할까?"

춘향이 기가 막혀,

"내려오는 관장(官長)마다 모두가 명관이로구나. 수의 사또 들으소서. 층암 절벽 높은 바위가 바람이 분들 무너지며, 청송(靑松), 녹죽(綠竹) 푸른 나무가 눈이 온들 변하리까. 그런 분부 마옵시고 어서 바삐 죽여

---

134) 훤화(喧譁) ― 지껄여서 떠듦.
135) 봉고파직(封庫罷職) ― 어사나 감사가 못된 원을 파면시키고, 관가의 창고를 봉하여 잠그던 일.

주오."

하며,

"향단아, 서방님 어디 계신가 보아라. 어젯밤에 옥문간에 오셨을 때 천만 당부하였더니 어디로 가셨는지 나 죽는 줄 모르는가."

어사또가 분부하였다.

"얼굴을 들어 나를 보라!"

하시니, 춘향이 고개를 들어 대 위를 살펴보니 걸객으로 왔던 낭군이 어사또로 뚜렷이 앉았구나. 반 웃음 반 울음으로,

"얼씨구나 좋을씨고. 어사 낭군 좋을씨고, 남원 읍내 추절(秋節) 들어 떨어지게 되었더니, 객사에 봄이 들어 이화춘풍 날 살린다. 꿈이냐, 생시냐, 꿈이라면 깰까 염려로다."

한참 이리 즐길 때에 춘향 어미 들어와서 한없이 기뻐하는 말을 어찌 다 말할 수 있으랴.

춘향의 높은 절개가 광채 있게 되었으니 어찌 아니 좋을쏜가. 어사또는 남원 공사(公事) 닦은 후에 춘향 모녀와 향단이를 서울로 데려갈 때, 위세가 당당하니 세상 사람들 그 누가 칭찬하지 않으리오?

이때 춘향이 남원을 하직할 때 영귀(榮貴)하게 되었건만 고향을 이별하게 되니 기쁘기도 하고 슬프기도 하였다.

놀고 자던 부용당아
너 부디 잘 있거라.
광한루 오작교며
영주각도 잘 있거라.
'봄 풀은 해마다 푸르건만
왕손(王孫)은 다시 못 돌아오느니라'
나를 두고 이른 말이로다.

다 각기 이별하게 되었으니

만세 무량하옵소서.

다시 보기 망연하네.

　이때 어사또는 좌우도(左右道)를 돌며 민정을 살핀 후에 서울로 올라
가 어전에 절하니, 삼당상(三堂上)에 입시(入侍)하여 문부(文簿)를 사정
(査正)한 후 임금께서 크게 칭찬하시고 즉시 이조참의(吏曹參議) 대사
성(大司成)을 봉하시고 춘향에게 정렬부인(貞烈夫人)을 봉하시니, 은혜
에 감사하며 물러나와 부모 앞에 뵈오며 넓으신 은혜에 감사드리었다.
　이때 이판(吏判), 호판(戶判), 좌우영상(左右領相)을 지내고 벼슬을 물
러난 후에 정렬부인과 더불어 백년을 동락할 때에 정렬부인에게서 삼남
이녀를 두었다. 모두가 총명하여, 그 부친을 압두(壓頭)하고 계계승승하
여 직이 일품(一品)으로 만세에 유전(流傳)하였더라.

《춘향전》 바로 읽기

권순긍(세명대 교수, 문학평론가)

춘향(春香), 아름답고 매운 봄의 향기

　어느 나라나 고금을 막론하고 가장 애독되는 작품이 있기 마련이다. 진정한 의미의 고전(古典)이라 할 수 있겠는데, 그 작품 속에는 민족 정서를 대변할 수 있는 그 무엇이 있다. 흔히 '인구에 회자'된다는 그 고전의 목록에 맨 위를 차지하는 건 무엇일까? 중국에 <삼국지연의(三國志演義)>가 있고, 일본에 <겐지모노가따리(原氏物語)>가 있다면, 우리나라엔 <춘향전(春香傳)>이 있다.

　18·9세기엔 판소리 <춘향가>가 12마당 중 가장 인기를 끌었을 뿐 아니라, 고전소설로도 무수하게 많은 이본을 파생시켰다. 게다가 서양의 오페라와 유사한 창극으로도 공연됐으며 1923년 처음으로 영화화된 후 무려 11번이나 영화로 제작되었다. 최근 임권택 감독에 의해 10대 춘향과 이몽룡을 주인공으로 하여 판소리 뮤식 비디오 같은 <춘향뎐>을 제작하여 칸느 영화제에 진출하기도 했다. 실상 근대문학이 개척된 192
0·30년대에도 대중적 인기 면에서는 <춘향전>이 단연 베스트 셀러였다. 당시의 기록을 보자.

　지금 조선서 가장 많이 팔리는 책이 무엇이냐 하면 춘향전(春香傳)이나 심청전(沈淸傳)이라고 한다. 이 춘향전과 심청전의 애독자는 만히 중류 이상

가정부인이다. (H.K生, <가정과 구소설>, 《동아일보》 1929. 4. 2)

잘 팔리고 말구요. 지금도 잘 팔리지요. 예나 이제나 같습니다. 춘향전, 심청전, 유충렬전 이 셋은 농촌의 교과서이지요.
(박문서관 주인인 노익형의 말, 《조광》 4권, 1938. 12)

이런 <춘향전>의 인기 때문에 1920년대 말에는 KAPF의 논객이었던 김기진에 의해 당시의 소설을 <춘향전> 식으로 쓰자는 대중소설론도 제기될 정도였다. 무엇이 <춘향전>을 이토록 널리 읽힐 수 있게 만들었을까? 소설뿐이 아니다. 영화로도 <춘향전>만 만들면 흥행에 대박을 터트린다는 것이다. 방화 사상 <춘향전>이 한 번도 흥행에 실패한 적은 없다. <춘향전>은 어쩌면 문학사를 뛰어넘어 문화사 예술사에 이르기까지 하나의 거대한 숲을 이루고 있는 셈이다. 그 말이 믿기지 않으면 남원 광한루(廣寒樓)에 가보라. 주변의 모든 것이 <춘향전>으로 도배를 하고 있다. 춘향장, 도령 여관, 월매집, 춘향 식당, 몽룡 다방, 방자 슈퍼…… 실존했던 역사적 인물도 아니고 단지 소설 속의 주인공일 뿐인데 어떻게 이렇게 폭넓은 지지를 획득했을까? 춘향은 분명 우리의 가슴속에 살아 있다. 무엇이 300년의 시차를 뛰어넘어 우리를 감동시키는 것일까? 그 비밀의 숲으로 들어가 보자.

(2)

흔히 쓰는 말에 '춘향 같은 여자'란 말이 있다. 그저 남자만 바라보고 모든 걸 바치는 지고지순한 열녀(烈女)를 뜻한다. 그래서 장가 못간 총각들은 어디 춘향 같은 여자 없냐고 하지만 어림도 없는 소리다. 요즘 같은 세상에 어디 가서 그런 소리하면 뺨 맞기 십상이다. 실제 춘향도 그런 여자가 아니었다. 대중적으로 알려져 있는 <춘향전>의 가장 큰 오해도 여기에서 시작된다. 변학도에게 죽도록 매를 맞고 긴 칼을 쓰고 앉아 옥중에서 하염없이 눈물만 흘리는 춘향, 이게 일반인들이 알고 있는 춘향의 모습이다. 이당(以堂) 김은호(金殷鎬) 화백이 그렸다는 광한루 춘향 사당의 춘향 영정이 딱 그런 분위기를 띠고 있다. 건드리기만 해도 눈물을 주르르 흘릴 것 같은 청순 가련형 여인의 정화로 보인다.

하지만 한번 생각해 보라. 일개 기생인(물론 춘향전은 비기생계 이본도 있지만 대다수는 기생계이다) 천민 신분의 여자가 명문대가 양반 도령을 맞아 사랑을 이루었다는 것이 어디 그리 쉬운 일인가. 요즘도 빈부나 처지가 다르기에 결혼하지 못하는 일이 흔한데 신분을 지고의 척도로 삼았던 봉건시대에는 오죽했겠는가. 바로 그런 험난한 사랑의 여정을 극복하고 부부가 되기 위해서는 얼마나 많은 고통을 겪어야 했던가. 그 험난한 여정을 눈물만 흘리는 청순 가련형 여자가 어찌 극복해 낼 수 있겠는가. 어쩌면 춘향에게 부과된 그 고통 때문에 이 작품이 많은 사람들에게 감동을 준 것이 아닌가.

처음 남원부사 아들인 이몽룡이 그네 뛰는 춘향이를 대면했을 때, 이몽룡은 춘향을 기생의 딸이라 잠깐 즐기는 대상으로밖에 여기지 않았다. 그네 뛰는 춘향이를 물어보니 방자가 "다른 무엇이 아니오라 이 골 기생 월매 딸 춘향이란 계집아히로소이다." 하자 "장이 좋다. 훌륭하다"고 하고 "들은 즉 기생의 딸이라니 급히 가 불러 오라"고 한다. 동등한 사랑이 아니라 미색을 탐하는 양반 난봉꾼의 모습이다. 하지만 이 제의를 춘향은 매몰차게 거절한다. 실상 춘향의 매력은 바로 여기에 있다. 한 인간의 존엄성을 지키고자 하는, 그것이 춘향의 본 모습이다. 결국 사또 자제 이몽룡은 "내가 너를 기생으로 앎이 아니라 들으니 네가 글을 잘 한다기로 청하노라."고 궤도를 수정하기에 이른다.

두 청춘 남녀가 만나 첫 눈에 반하고 사랑하기에 이른다. 그 사랑은 상대방의 신분을 고려하지 않은 것이다. 그저 상대방이 마음에 드는 지인지감(知人知鑑)의 대상이었기 때문이다. 하지만 두 사람 사이에는 양반과 천민이라는 신분적 장애가 가로 놓여 있고, 그 간극은 당시의 통념상 도저히 넘을 수 없는 것이었다. 만약 이들의 사랑이 진정한 것이 아니라 잠깐 즐기는 대상이었다면 신분은 그리 문제되지 않을 것이다. 하지만 진정으로 사랑하기에 문제가 되는 것이다.

그날 밤 이몽룡은 춘향이의 집을 방문해 서로가 부부가 될 것을 약속하고 불망기(不忘記)까지 적어 준다. 요즘 식으로 말하면 '혼인 서약서'가 되는 셈인데 당시의 관습으로 그것이 사회적 구속력을 지녔다고 보기는 어렵다. 다만 신분을 뛰어넘어 서로에 대한 사랑을 확인하는 절차인 셈이다. 적어도 둘 사이에는 신분이 문제가 될 것이 없어진 것이다.

그 첫날 밤 춘향과 이몽룡의 질탕한 사랑놀음은 <춘향전>을 외설 시비에 휘말리게 한다. 개화기 신소설 작가였던 이해조(李海朝)는 '춘향전은 음탕 교과서'라 했으며 초기 국문학 연구에 지대한 업적을 남겼던 조윤제는 <춘향전>의 주석에서 그 일부분을 아예 삭제하기도 했다. 심지어는 얼마 전 마광수의 <즐거운 사라> 공판 과정에서 지지 의견을 내놓았던 민용태는 <즐거운 사라>를 <춘향전>에 비견하기도 했다. 필자에게도 웃지 못한 사연이 있는데 대학 국어 교재에 <춘향전>의 그 부분을 주석까지 붙여 자세히(!) 실었더니 원로 교수 한 분이 국어 강의를 하고 와서 그렇게 야한 것을 실으면 어떡하냐고 해서 한 바탕 웃은 적이 있다. 결론부터 말하면 얼마나 발랄하고 생동감이 넘치는가. 학생들과 수없이 이 부분을 강독해 왔지만 야하거나 외설스럽다고 생각한 적은 한 번도 없다. 그 장면을 자세히 따져 보면 포르노와 별 다를 게 없다(16살밖에 안 되는 것들이 밤새 온갖 짓을 다하니 이거야말로 <빨간 마후라> 원조가 아닌가!). 하지만 진정한 사랑, 영혼의 만남이 있는 사

128

랑의 행위는 그 자체로 너무 아름답다.

<챠텔리 부인의 사랑>이란 영화를 본 적이 있다. 산지기인 멜로즈가 챠텔리 부인과 사랑을 나누는 장면인데 벌거벗은 온몸에 꽃을 올려 놓고 키스하는 장면이 등장한다. 하지만 야하다거나 외설스러운 느낌이 조금도 들지 않고 너무 아름답다고 느껴졌다. 포르노의 한 장면이나 마찬가지일 텐데 그것이 아름답게 느껴지는 건 그 사랑이 대상화되거나 도구화되는 것이 아니라 온 존재로써 이루어지기 때문일 것이다.

<춘향전>의 이 부분을 강독할 때마다 학생들에게 하는 말이 있다. 정말 미치도록 서로 사랑한다면 어떻게 하겠는가? <춘향전>의 '사랑가' 중에 한 예를 보라. "나는 죽어 인경마치 되야 … 인경 첫마디 치는 소리 그저 뎅뎅 칠 때마닥 다른 사람 듣기에는 인경소리로만 알아도, 우리 속으로는 춘향뎅 도련님뎅이라 만나 보자꾸나." 이 세상의 모든 것들이 사랑의 자장(磁場)안으로 들어오는 그런, 이명세 감독의 <첫사랑>에서 김혜수가 하늘로 날아오르는 그런 경지다. 봉건시대 고루한 예교의 허울을 벗어 던지고 인간의 개성을 마음껏 발산하는 그런 발랄하고도 도발적인 춘향의 모습이 바로 여기서 확인된다. 르네상스의 숱한 그림과 조각들이 왜 중세의 음울한 휘장을 벗어 버리고 모두 인간의 아름다운 육신을 드러내는가를 생각해 보라. 단 물신화된 요즘 사회의 성(性)과는 질적으로 다르다는 것을 염두에 두어야 한다. 무조건 성이면 다 좋은 것이 아니다. 진정한 사랑이 동반될 때 그것은 아름다운 것이다. <춘향전>의 성은 진정한 사랑이 만나서 펼쳐지는 한 없이 아름다운 진경(眞景)인 것이다. 춘향이의 성을 이 물신화되고 파편화된 현대의 퇴폐적 성과 동일시 해서 안 되는 이유가 여기에 있다.

(3)

자 이제 다음 장면으로 넘어가 보자. 상호 신뢰와 애정에 의해 감추어져 있던 신분적 갈등이 현실의 고난으로 나타난 것은 이몽룡과 이별하고 변학도가 남원부사로 내려오면서부터다. 이 고통의 긴 터널을 통과하면서 <춘향전>은 비로소 위대한 작품으로 자리잡게 된다.

아름다운 기생을 사이에 두고 한량들이 서로 차지하려고 다투는 '미기담(美妓談)' 혹은 '탐화담(探花談)'은 조선 후기 수를 헤아릴 수 없을 정도로 많이 등장한다. 어느 고을에 원님으로 내려 왔던 양반이 그곳의 아리따운 기생과 사랑을 나누었고 임기가 다하여 서울로 올라가지만 기특하게도 그 기생은 절개를 지켜 나중에 면천시켜 첩으로 삼았다는 얘기가 대표적인 경우일 것이다. 어찌 보면 아름다운 사랑 얘기가 아니냐고 할지 모른다. 하지만 과연 이것이 동등한 인격체의 사랑인가는 여러 모로 생각해 봐야 한다. 아름다운 꽃을 꺾듯이 여성은 단지 장식물에 불과하며 철저하게 남성 중심인 것이다. 그저 얼굴 하나 잘나서 뽑히게 된 것이다. 이들 이야기의 제목으로 많이 등장하는 '탐화(探花)' 혹은 '절화(折花)'라는 표현이 그 단적인 예다. 사랑하고 괴로워하는 여성의 살아 있는 모습은 어디에도 없다. 게다가 정식 부인이 아닌 첩으로 삼았다는 대목도 눈여겨볼 필요가 있다. 물론 당시의 실정으로 부부가 된다는 것은 불가능하지만 여성의 주체적인 모습이 드러나지 않는다는 것이다. <춘향전>이 여느 미기담(美妓談)과 다른 이유가 여기에 있다. <춘향전>은 여성 주인공인 춘향이의 얘기인 것이다.

남원에 내려 온 변학도는 만사를 제쳐놓고 '기생 점고'부터 하고 춘향이를 찾는다. 어떤 이본에 보면 기생 명부에 없으니 집어넣고 데려 오라고까지 한다. 춘향이를 대하는 이몽룡과 변학도의 태도부터 다르다. 동등한 인격체로 대하는 이몽룡과 우격다짐으로 수청을 강요하는 변학도, 바로 이 변별점이 춘향이가 그토록 강하게 수청을 거부한 근거가 된다. 변학도는 춘향을 인격체가 아닌 양반의 노리개로 보고 수청을 강요한 것이다. 춘향이의 수청 거부는 이몽룡을 위해 절개를 지킨다는 의미보다도 바로 이런 무지한 폭압에 대한 인간의 존엄성을 지키기 위한 몸부림인 것이다. 변학도가 기생이 무슨 정절이 있냐고 조롱하자 춘향은 다음과 같이 대꾸한다.

충불사이군(忠不事二君)이요 열불경이부절(烈不更二夫節)을 본받고자 하옵는듸 연차 분부 이러하니 생불여사(生不如死)이옵고 열불경이부(烈不更二夫)오니 처분대로 하옵소서. …… 충효열녀 상하있소. 자상히 들으시오. 기생으로 말합시다.(<열녀춘향수질가> 중에서)

춘향이가 강변하는 것은 봉건적 덕목인 '열(烈)'인 것 같지만 사실은 다르다. 자유의지에 의해 선택한 사랑하는 남성과의 사랑을 위해서 수청을 거부하겠다는 말이다. 곧 자신의 인간적 권리를 주장한 셈이다. 이런 춘향의 항변에 대해 "지나 가던 새도 웃겠다."거나 "기생이 정절이면 우리 마누라는 기절"이라고 비아냥거릴 정도로 당시 기생은 인간도 아니었다. 이 때문에 당시의 실정법에 해당되는 '열'이라는 명분을 통해서 자신의 행위를 정당화시켜야 했다. 당시의 봉건적 덕목을 이용한 것이지만 춘향이 강조하는 '열'은 한 인격체의 권리나 인간의 존엄성을 지키기 위한 외피의 역할을 한다. 춘향이가 주장하는 '열'은 그 핵심에 있어서는 봉건적 덕목과 상반되는 당당한 인격체로서의 자유의지를 포함하고 있다.

왜 춘향이가 죽을 각오를 하면서까지 변학도의 수청을 거부했을까? 사건의 진행 과정을 보면 춘향이 매를 맞아 거의 죽을 지경에 이르렀고, 거지꼴로 내려온 이몽룡을 보고 살아날 희망을 포기하고 사후 처리까지 부탁한다. 아주 독하게 마음먹고 여러 유혹도 뿌리친다. 변학도는 사람을 보내 "네가 수청을 들면 관고 돈이 다 네 돈이 될" 것이라고 하고, 어머니인 월매는 "이번 만은 눈 질끈 감고 수청 한 번 들라"고 한다. 실상 기생들에게 있어 잠자리 한 번 하는 게 뭐 그리 대단할 것도 없다. 하지만 춘향은 양반의 노리개가 되어 구차하게 사느니 당당하게 죽겠다고 했다. 이런 당돌하고도 독한 모습이 춘향이의 진면목이다.

춘향이 바라는 것은 사랑하는 남자를 만나 평범한 지어미로 한 가정을 꾸미고 행복하게 살고 싶다는 것이다. 그런데 양반의 노리개가 되어야 하는 신분적 질곡 때문에 그것이 불가능하게 된 것이다. 이 신분적 질곡에 당당히 맞섰던 여자가 바로 춘향이다. 춘향이와 비교해 볼 때 이몽룡은 그리 대단한 존재가 아니다. 그저 사랑하는 상대일 뿐이고 명문대가의 양반이기에 사랑의 성취가 그만큼 어려웠던 것이다. 이 때문에 춘향이는 양반으로의 '신분 상승'을 이룬 것이 아니라 천민인 기생도 한 인격체로서 당당하게 살아가야 한다는 '신분 해방'을 현실화시킨 것이다. <춘향전>은 한국판 신데렐라 이야기가 아니다. 어찌 보면 처절한 한 천민의 투쟁사인 것이다. 이 끔찍한 고통의 터널을 경과하면서 <춘향전>은 위대한 고전으로 자리매김하게 된다.

곧 남녀의 사랑 얘기를 통하여 작품의 주제를 정치적이고도 사회적인 의미로까지 확대한 것이기 때문이다. 당시 봉건 신분제 사회에서 가장 민감한 문제였던 '신분 해방'의 의지를 실현시켰을 뿐만 아니라 변학도의 수청 강요로 대변되는 탐관오리의 폭압에 대한 항거로까지 읽히게 된다. 변학도가 누군가? "욕심이 어떠한 도적놈인지 민간 미전 목포를 고래질하여 백성이 모두 거상지경(居喪之境)"에 빠질 정도로 탐학한 탐관오리의 전형적 인물이다. 자연 그 인물에 대한 수청 거부는 부패한 봉건 통치에 대한 저항으로까지 확대될 수 있다. 매맞는 춘향이를 보면서 남원 부민들이 눈물을 흘리고 춘향이를 지지한 이유가 거기에 있다.

세계 명작이나 위대한 고전치고 사랑의 얘기가 없는 작품이 없다. 중

요한 것은 그 사랑의 얘기를 통해 당대 사회의 모습과 민중들의 정치적
이고 사회적인 염원을 담아냈기에 그 작품이 고전의 반열에 오를 수 있
는 것이다. 우리의 <춘향전>이 바로 그렇다.

운 영 전
(雲英傳)

운영전

　수성궁(壽聖宮)은 안평대군(安平大君)의 옛날 집으로, 장안성 서쪽 인왕산(仁王山) 밑에 있다. 산천이 수려하여 용이 서리고 호랑이가 쭈그려 앉아 있는 것과 같이 험준하다. 사직(社稷)이 남쪽에 있고 경복궁(景福宮)이 동쪽에 있다.

　인왕산의 산맥이 굽이쳐 내려오다가 수성궁이 있는 곳에 이르러서는 높은 봉우리를 이루었다. 비록 험준하지는 않으나 올라가서 내려다보면, 거리에 흩어져 있는 점포와 온 장안의 저택이 바둑판과 같고, 하늘의 별과 같아서 역력히 헤아릴 수 있었다. 그 모양은 베틀의 실오라기가 갈라진 것처럼 정연했다.

　동쪽을 바라보면 궁궐이 아득하며 복도(複道)가 공중에 비껴 있고, 구름과 연기는 아침 저녁으로 푸름을 더하여 아름다운 운치를 한층 더하여 주고 있어 가장 아름다운 곳이라고 말할 수 있다. 한때의 주도(酒徒)들은 몸소 가아(歌兒)와 적동(赤銅)을 동반하고 가서 놀았으며, 소인(騷人)[1]과 묵객(墨客)[2]들은 삼월 봄날 꽃피는 시절과 구월 단풍이 익어 가

---

1) 소인(騷人) — 소인과 문사(文士).
2) 묵객(墨客) — 먹을 가지고 글씨를 쓰고 그림을 그리는 사람.

는 시절에는 그 위에 올라가서 놀지 아니하는 날이 없었고, 음풍영월(吟風咏月)하면서 즐기느라고 집으로 돌아가는 것조차 잊을 정도였다.

청파사인(靑坡士人) 유영(柳泳)은 이 동산의 아름다운 경치를 이미 들어 알고 있었다. 그래서 그도 한번 가서 놀고 싶다는 생각이 간절했으나 의복이 남루하고 얼굴빛이 파리하여 유객(遊客)의 비웃음을 살 것 같아 가려다가 주저한 지가 오래 되었다.

만력(萬曆) 신축(辛丑) 춘삼월 보름쯤 탁주 한 병을 샀으나, 동복(童僕)도 없고 친구나 아는 사람도 없었다. 몸소 술병을 차고 홀로 궁문(宮門)으로 들어가 보니, 구경 온 사람들 모두 돌아보고 손가락질을 하며 웃지 않는 이가 없었다. 유생(柳生)은 하도 부끄러워 몸둘 바를 몰랐으나, 바로 후원으로 들어갔다.

높은 곳에 올라가서 사방을 바라보니 새로 병화(兵火)를 겪은 터라 장안의 궁궐과 성안의 화려했던 집들은 탕연(蕩然)하였다. 무너진 담도, 깨어진 기와도, 묻혀진 우물도 흙덩어리가 된 섬돌도 찾아볼 수 없었다. 풀과 나무만이 우거져 있었으며 오직 동문(東門) 두어 칸만이 우뚝 홀로 남아 있을 뿐이었다.

유생은 천석(泉石)이 있는 그윽하고도 깊숙한 서원(西園)으로 들어갔다. 온갖 풀이 우거져서 그림자가 맑은 못에 떨어져 있고, 땅 위에 가득 떨어져 있는 꽃은 사람의 발자취가 이르지 아니하여 미풍이 불 때마다 향기가 코를 찔렀다.

유생은 바위 위에 앉아 소동파(蘇東坡)가 지은 '아상조원춘반로 만지낙화무인소(我上朝元春半老 滿地落花無人掃)[3]'라는 시구를 읊다가, 갑자기 차고 있던 술병이 생각나 풀어서 다 마시고는 취하여 바윗가에 돌을 베개 삼아 누웠다.

---

3) 내가 조원전에 오르니 봄이 벌써 깊어, 당에 가득한 낙화를 쓰는 이 없구나.

얼마 후 술이 깨어 얼굴을 들어 살펴보니 유객은 다 흩어지고 없었다. 어느새 동산에는 달이 떴으며, 연기는 버들가지를 포근히 감쌌으며, 바람은 꽃잎을 어루만지고 있었다.

그때 한 가닥 부드러운 말소리가 바람을 타고 들려왔다. 유영은 이상히 여겨 일어나서 찾아가 보았다. 한 소년이 절세 미인과 마주 앉아 있다가 유영이 오는 것을 보고 홀연히 일어나서 반갑게 맞이하였다. 유영은 그 소년에게 물었다.

"수재(秀才)는 어떠한 사람인데 낮을 택하지 않고 밤을 택해서 놀고 있는가?"

소년이 빙긋이 웃으며 대답하였다.

"옛 사람이 말한 경개여고(傾蓋如故)⁴⁾란 말은 바로 우리를 두고 한 말이지요."

그리하여 이 세 사람은 같이 앉아서 이야기를 시작했다. 미인이 나지막한 소리로 아이를 부르니, 시녀 두 명이 숲 속에서 나왔다. 미인은 그 아이들을 보고 말했다.

"오늘 저녁에 우연히 고우(故友)를 만났고 또한 기약하지 않던 반가운 손님도 만났으니, 오늘 밤을 쓸쓸히 헛되이 넘길 수 없구나. 그러니 네가 가서 주찬(酒饌)을 준비하고 아울러 붓과 벼루도 가지고 오너라."

두 시녀는 명령을 받고 갔다가 잠시 후 돌아왔다. 매우 기볍게 오고가는데 마치 나는 새와 같았다. 유리로 만든 술병과 술잔, 그리고 자하주(紫霞酒)와 진기한 안주 등이 모두 인간 세상의 물건은 아니었다.

세 사람이 석 잔씩 마시고 나자, 미인이 새로운 노래를 불러 술을 권했다. 그 가사는 이러했다.

---

4) 경개여고(傾蓋如故) — 길을 가다가 만나 서로 차개(車蓋)를 기울이고서 이야기를 한다는 뜻으로, 길을 가는 도중에 만나 서로 정지(停止)하고 서서 이야기하는 것을 이르는 말.

깊고 깊은 궁 안에서 고운 님 이별하니
천연은 미진한데 뵈올 길 바이 없네.

꽃 피는 봄날 애태우기 그 몇 번인가.
밤마다의 상봉은 꿈이지 참은 아니었네.

지난 일은 허물어져 티끌이 되었어도
부질없이 나로 하여 눈물 짓게 하누나.

노래를 마친 후 한숨을 쉬면서 흐느껴 우니 구슬 같은 눈물이 얼굴을 온통 덮었다. 유영은 이상한 생각이 들어 일어나 절을 하고 물었다.

"내 비록 양가(良家)의 집에서 태어난 몸은 아니지만, 일찍이 문묵(文墨)에 종사하여 문필(文筆)의 공(功)을 조금 알고 있소이다. 가사를 들으니 격조가 맑고 뛰어나나 시상이 슬프니 매우 괴이한 생각이 드는구려. 오늘 밤은 마침 월색이 낮과 같고 청풍이 솔솔 불어와 이 좋은 밤을 즐길 만하거늘, 서로 마주 대하여 슬피 읊은 무슨 까닭이오. 술잔을 더함에 따라 정의가 깊어졌어도 서로 이름을 알지 못하고 회포도 펴지 못하고 있으니, 또한 의심하지 않을 수가 없구려."

하고, 유영은 먼저 자기의 이름을 말하였다. 이에 소년이 대답하였다.

"이름을 말하지 아니함은 어떠한 뜻이 있어 그러하온데 당신이 구태여 알고자 한다면 가르쳐 드리는 것이 무엇이 어려우겠습니까마는, 말을 하자면 깁니다."

그리고는 수심이 가득한 얼굴을 하고 있다가 한참 만에야 입을 열었다.

"나의 성은 김(金)이라 합니다. 나이 십 세에 시문(詩文)을 잘하여 학당에서 유명하였고, 나이 십사 세에 진사(進仕) 제이과에 오르니, 모든

140

사람들이 김진사라고 부르더군요. 호협한 기상으로 마음의 호탕함을 억누르지 못하고 또한 이 여인으로 인하여 부모의 유체(遺體)를 받들고서 마침내 불효의 자식이 되고 말았으니, 천지간에 이 죄인의 이름을 억지로 알아서 무엇하리까? 이 여인의 이름은 운영(雲英)이요, 저 두 여인의 이름은 하나는 녹주(綠珠)요, 하나는 송옥(宋玉)이라 하는데 모두 옛날 안평대군의 궁인이었습니다."

유영이 다시 입을 열었다.

"말을 하다가 끝을 맺지 아니하면 처음부터 말을 하지 않은 것만 같지 못합니다. 안평대군의 성시(盛時)의 일이며, 진사가 상심하시는 까닭을 자세히 듣고 싶소이다."

진사가 운영을 돌아보면서 말했다.

"성상(星霜)이 여러 번 바뀌고 일월(日月)이 오래 되었는데, 그때의 일을 그대는 모두 기억할 수 있겠소."

운영이 대답하였다.

"심중에 쌓여 있는 원한을 어느 날인들 잊으리까. 제가 이야기해 볼 테니 낭군님은 옆에 있다가 빠지는 것이 있거든 덧붙여 주옵소서."

하고는 이야기를 시작하였다.

세종대왕이 왕자 팔대군(八大君) 중에서 안평대군이 가상 영특하셨지요. 그래서 상(上)께서 매우 사랑하시어 무수한 전민(田民)과 재화(財貨)를 하사하시니, 여러 대군 중에서 가장 나으셨답니다.

나이 십삼 세에 사궁(私宮)에 나와서 거처하시며 궁명을 수성궁(壽聖宮)이라 하였습니다. 유업(儒業)에 힘써 밤에는 독서하고, 낮에는 시를 읊거나 글씨를 쓰면서 잠시도 허송치 아니하셨습니다. 그때의 문인재사(文人才士)들은 다 그 문하에서 장단을 비교했고, 혹 새벽 닭이 울어도 그치지 않고 담론을 하였습니다. 대군은 특히 필법이 뛰어나 나라 안에 이름이 났지요.

문종대왕(文宗大王)이 세자로 계실 때에 매양 집현전의 여러 학사와 같이 안평대군의 필법을 논평하시기를,

"우리 아우가 만일 중국에서 태어났더라면, 비록 왕희지(王羲之)에게는 미치지 못하겠지만, 어찌 조맹부(趙孟頫)의 뒤에 가리오."

하시며, 칭찬하기를 마지않았습니다.

하루는 대군이 저희들에게 이렇게 말씀하셨습니다.

"천하의 모든 재사(才士)는 반드시 안정한 곳에 나아가서 갈고 닦은 후에야 학문을 이룰 수 있는 법이니라. 도성(都城) 문 밖은 산천이 고요하고 인가에서 좀 떨어졌으니 업(業)을 닦으면 대성할 수 있을 것이다."

그리고는 곧 그 위에다 정사(精舍) 여남은 칸을 짓고 당명을 비해당(匪懈堂)이라 하였습니다. 또한 그 옆에다 단을 구축하고 맹시단(盟詩壇)이라 하였으니, 다 명(名)을 돌아보고 의(義)를 생각하신 뜻이었지요. 문장(文章)과 거필(巨筆)들이 그 단상에 다 모이니, 문장에는 성삼문(成三問)이 으뜸이었고, 필법에는 최흥효(催興孝)가 으뜸이었습니다. 비록 그러하오나 대군의 재주에는 모두 미치지 못하였지요.

하루는 대군이 술에 취하여서 궁녀에게 말씀하셨습니다.

"하늘이 재주를 내리심에 있어서, 남자에게는 풍부하게 하고 여자에게는 적게 하셨겠느냐. 지금 세상에 문장으로 자처하는 사람이 많지마는 다 능히 상대할 수는 없다. 아직 특출한 사람이 없으니 너희들도 또한 힘써서 공부하여라."

그리고는 궁녀 중에서 나이가 어리고 얼굴이 아름다운 열 명을 골라서 가르치기 시작하셨습니다.

먼저 언해소학(諺解小學)을 가르쳐서 암송시킨 후에, 중용(中庸)·대

학(大學)·맹자(孟子)·시경(詩經)·서경(書經)·통감(通鑑)·송서(宋書) 등을 차례로 가르치고, 또 이두(李杜)·당음(唐音) 수백 수를 뽑아서 가르치니, 과연 오년 안에 모두 대성하였지요. 대군은 바깥에서 들어오시면 저희들이 대군의 눈 앞에서 떠나지 못하게 하시고는 상과 벌의 구분을 명확히 하시어 권장하시니, 그 탁월한 기상은 비록 대군에게는 미치지 못하였지만 음률의 청아함과 구법(句法)의 완숙함은 물론 성당(盛唐) 시인의 울타리를 엿볼 수 있었습니다.

열 명의 이름은 곧 소옥(小玉)·부용(芙蓉)·비경(飛瓊)·비취(翡翠)·옥녀(玉女)·금련(金蓮)·은섬(銀蟾)·자란(紫鸞)·보련(寶蓮)·운영(雲英)이니, 운영은 바로 저입니다. 대군은 모두를 몹시 사랑하시어 항상 궁내에 있게 하시고, 바깥 사람과는 어울려 이야기도 못하게 하셨답니다. 날마다 문사들과 같이 술을 마시면서 시재(詩才)를 다투었지만, 아직 한번도 첩들을 가까이하지 못하게 하셨음은 바깥 사람들이 혹 알까 봐 두려워서였지요. 그래서 항상 영(令)을 내리셨습니다.

"시녀로서 한 번이라도 궁문을 나가는 일이 있으면 그 죄는 죽음을 당할 것이다. 또 외인 중에서 궁녀의 이름을 아는 이가 있다면, 그 죄도 또한 죽음을 면치 못할 것이다."

하루는 대군이 바깥에서 돌아와 저희들을 불러 놓고 말씀하셨습니다.

"오늘 문사 모모(某某)와 술을 마시고 있는데, 상서로운 푸른 연기가 궁중의 나무로부터 일어나, 성첩(城堞)[5]을 에워싸고 산록(山麓)[6]을 날고 있었다. 내가 오언(五言) 일절(一絶)을 읊고 나서, 객으로 하여금 차운(次韻)하라 하였으나 하나도 마음에 드는 것이 없었다. 그러니 너희들이 나이 순대로 각각 시를 지어 올려라."

---

5) 성첩(城堞) — 성 위에 낮게 쌓은 담. 여기에 몸을 숨기고 적을 쏘거나 침.
6) 산록(山麓) — 산기슭.

그래서 먼저 소옥이 지어 올렸고, 다음엔 차례대로 부용·비취·비경·옥녀·금련·은성·자란과 첩, 그리고 보련이 각기 지어 올렸습니다.

푸른 연기는 가늘기 비단 같은데
바람 따라 문으로 들어오네.
짙어지는 듯 옅어지니
황혼이 다가옴도 미처 몰랐네.

하늘로 날아올라 비를 몰아오니
땅으로 떨어졌다 다시 구름되네.
저녁이 다가오니 산빛은 어두운데
깊은 생각은 초군을 그린다네.

꽃이 시드니 벌은 기운을 잃고
대밭이 울밀하니 새는 보금자리를 찾지 못하네.
황혼에 부슬비 내리니
창 밖에 빗방울 떨어지는 소리를 듣노라.

작은 은행나무 우거지기 어려운데
홀로 선 대나무는 저마다 푸르구나.
가벼운 그늘은 잠시 무거울 뿐
해가 지면 또다시 황혼이 오네.

해를 가린 얇은 깁은 가늘기도 한데
산을 비낀 푸른 띠는 길기도 하네.
미풍에 불려 점점 사라지니
남은 것은 촉촉한 연못뿐이어라.

산 밑에 가득한 연기 싸이고 싸여
궁전의 나뭇가를 비껴 흐르는구나.
바람에 불리어 가누지를 못하는데
저녁의 햇빛은 푸른 하늘에 가득하구나.

산골짜기에는 검은 그늘 일어나고
못가에는 푸른 그림자 흐르는구나.
날아서 돌아가니 찾을 길 바이 없고
연잎에 구슬 같은 이슬만이 남아 있구나.

이른 아침 동문은 아직 어두운데
연기 비껴 높은 나무 낮아 보이네.
깜짝하는 사이에 홀연 날아올라
서쪽 산 앞내로 가 버리는구나.

멀리 바라보니 푸른 연기 가늘기도 한데
미인은 깁 짜기를 멈추네.
바람을 쏘이며 홀로 슬퍼하니
생각은 날아 무산(巫山)7)에 떨어지네.

골짜기는 봄 그늘에 딮여 있고
장안은 물 기운에 싸여 있네.
능히 인간 세상을 명하니
홀연 취주궁이 되누나.

대군이 보기를 마치고 나서 놀라시며 말씀하셨습니다.

---

7) 무산(巫山) — 중국의 동쪽에 있는 명산(名山).

"비록 만당(晚唐)8)의 시에 비교하더라도 또한 백중하여 근보(謹甫) 이하는 채찍도 잡지 못하겠구나."

그리고는 재삼 음미하셨습니다. 그래도 고하를 알지 못하시더니 얼마 후에야 말씀하셨어요.

"부용의 시상은 초군(楚君)을 그리워하고 있어 내 매우 가상히 여기는 바이며, 비취의 시는 소아(騷雅)와 비할 만하고, 옥녀의 시는 의사가 뛰어나고 끝구에 은은한 여의(餘意)가 있으니, 이 두 시를 으뜸으로 삼아야겠다."

하고는 또 말씀하셨습니다.

"내 처음 볼 때에는 우열을 판단할 수 없다가 다시 음미하여 생각해 보니, 자란의 시는 의사가 심원(深遠)하여 사람으로 하여금 찬탄하다가 춤을 추기 시작하는 것도 깨닫지 못하게 하는 바가 있고 나머지 시도 다 맑고 좋으나, 단지 운영의 시만이 외로이 사람을 그리워하고 있는 뜻이 뚜렷하구나. 어떠한 사람을 생각하고 있는지 알 수 없어서, 마땅히 심문을 해야겠지만 내 그 재주를 애석히 여기므로 아직은 그냥 두겠노라."

서는 즉시 뜰에 내려가 엎드려 울면서 대답했습니다.

"시를 지을 때에 우연히 떠오른 것이오니, 어찌 다른 뜻이 있겠사옵니까. 이제 대군께 의심을 샀으니 저는 만번 죽어도 애석한 일이 없겠습니다."

대군은 앉기를 명령하면서 말씀하셨습니다.

"시는 성정(性情)에서 나오는 것이므로 가리거나 숨길 수 없는 것이니, 너는 다시는 말하지 말라."

하시고는, 곧 비단 열 필을 내어 다섯 명에게 나누어 주셨어요.

---

8) 만당(晚唐) — 중국 문학사에서 당대(唐代)를 넷으로 나눈 마지막 시기.

대군은 저에게 한 번도 뜻을 둔 일이 없었으나, 궁인들은 대군의 뜻이 저에게 있는 줄로 알고 있었지요.

열 명은 다 동쪽 방으로 물러나와 촛불을 높이 켜놓고 칠보서안에다 당률(唐律) 한 권을 갖다 놓고, 옛날 궁녀들이 지은 시의 고하를 논하였습니다. 저 홀로 병풍에 기대어 수심에 잠긴 채 입을 열지 않고 있었으니, 진흙으로 만든 사람과 같았습니다. 소옥이 저를 돌아보면서 말했어요.

"낮에 지은 부연시(賦煙詩)로 인하여 대군의 의심을 사서 숨은 근심이 되어 말하지 않느냐. 그렇지 않으면 대군의 뜻이 비단이불 속에 있으므로, 그 이불 속의 즐거움을 맞이하여 기뻐하느라고 말하지 않느냐. 네가 마음 속에 품고 있는 뜻을 도무지 알 수 없구나."

"내 어찌 나의 마음을 모르겠니. 내 방금 시 한 수를 생각하다가 기밀한 글귀를 얻지 못하여 곰곰 생각하느라고 말하지 않았을 뿐이란다."

은섬이도 말했습니다.

"뜻이 다른 곳에 가 있고 마음에 있지 아니한 까닭으로, 옆 사람의 말을 바람이 귀를 스쳐가듯 하니, 네가 말하지 않아도 알기 어렵지 않다. 내가 시험해 볼 테니, 저 창 밖의 포도를 시제로 하여 칠언사운을 지어보아라."

하며 재촉하기에, 말이 떨어지자마자 비로 지어냈는데 그 시는 다음과 같았어요.

꾸불꾸불 덩굴은 용이 움직이는 듯하고
푸른 잎 그늘 이루어 문득 풍치를 자아내누나.
더운 날의 맹위는 환히 비치고
흐린 하늘 찬 그림자 도리어 밝아라.
덩굴은 뻗어 정을 둔 듯 난간을 감고

열매 맺어 구슬인 양 드리니 따다가 효성을 본받고자.

행여 다른 날 변화하길 기다려

비구름을 몰아타고 삼청궁에 오르리라.

소옥이 시를 보더니 일어나 절을 하고 말했습니다.

"정말로 천하의 기재구나! 풍격이 높지 아니함은 구조(舊調)와 같은 바가 있으나, 갑자기 이와 같이 지어냈으니, 이것이 시인에게는 가장 어려운 것이다. 내 진정 마음으로 기뻐하고 복종함은 칠십제자(七十第子)가 공자에게 복종하는 것과 같으니라."

자란도 평을 했어요.

"말은 삼가야 하는데, 어찌 그렇듯이 지나친 칭찬을 하느냐? 다만 문자가 완곡하고 비등(飛騰)하는 듯한 태(態)가 있다면 그러한 것은 있구나."

하니 모든 사람이 다,

"정확한 평이로군."

하더이다. 저는 비록 이 시로써 모든 의심을 푼 셈이나 그래도 다 풀리지는 않은 것 같았어요.

이튿날 문 밖에서 요란한 수레 소리가 들려오더니, 문지기가 쫓아 들어와서 알렸습니다.

"여러 손님이 오셨습니다."

이에 대군이 동각(東閣)을 청소하게 하고 맞아들이니, 모두 문인과 재사였습니다.

자리를 정하고 나서 대군께서 저희들이 지은 부연시(賦煙詩)를 내보이니 모두 크게 놀라면서 말했습니다.

"뜻밖에 오늘 성당(盛唐)의 음조를 다시 보는 것 같습니다. 우리로서는 견줄 바가 못 됩니다. 그런데 이와 같은 지보(至寶)를 어떻게 얻었습니까?"

대군은 미소를 지으면서 말씀하셨습니다.

"무엇이 그러하오? 종 녀석이 우연히 길에서 주워 가지고 왔으므로 어떤 사람이 지었는지 알 수 없거니와, 미루어 생각건대 필시 여염집 재주 있는 여인의 손에서 나온 것 같소이다."

여러 사람이 의심을 풀지 못하고 있는데, 잠시 후에 성삼문(成三問)이 말했어요.

"재주를 다른 시대에서 빌릴 것이 아니라, 전조(前朝)로부터 지금에 이르기까지 육백여 년 동안 시로 동국(東國)의 이름을 날린 자는 그 수를 헤아릴 수 없습니다. 그러나 혹은 침탁(沈濁)해서 불아(不雅)하고, 혹은 경청(輕淸)하고 부조(浮藻)하여 모두 음률에 맞지 않고 그 성정을 잃었습니다. 그런데 이 시를 보니 풍격이 청진하고 사의가 초월하여 조금도 속세의 태가 없으니, 이 시는 반드시 심궁에 있는 사람이 속인과 서로 접하지 아니하고, 다만 고인의 시를 읽고 밤낮으로 읊고 외워서 스스로 체득한 것입니다. 그 뜻을 자세히 음미해 보면 '임풍독추창(臨風獨惆悵)'이라고 한 구절은 뚜렷이 사람을 생각하는 뜻이 있고, '풍취자부정(風吹自不定)'이라고 한 구절은 난보(難保)의 태가 있고, '고황독보청(孤篁獨保靑)'이라고 한 구절은 정절을 지키는 뜻이 있고, '유사향초군(幽思向楚君)'이라고 한 구절은 군왕에 대한 정성이 있고, '하엽로주류(荷葉露珠留)'와 '서악여전계(西岳與前溪)'라고 한 구절은 천상의 신선이 아니면 이와 같은 표현을 할 수 없을 것입니다. 격조에는 비록 고하가 있으나 닦은 기상은 모두 똑같습니다. 궁중에 열 명의 여선(女仙)을 기르고 있는 것 같은데, 숨기지 마시고 한번 보여 주옵소서."

대군이 속으로는 탄복하면서도 겉으로는 고개를 끄덕이지 아니하고 말씀하셨습니다.

"누가 근보(謹甫)더러 시감(詩監)을 하라고 하였는가. 내 궁중에 어찌 그러한 사람이 있겠는가. 의아함도 심하군."

이때 열 명은 창 틈으로 조용히 엿듣다가 즐거워하고 탄복하지 않는 사람이 없었지요.

그날 밤 자란이 지성으로 저에게 말했습니다.

"여자로 태어나서 시집가고자 하는 마음은 누구나 가지고 있단다. 네가 생각하고 있는 애인이 어떠한 사람인지는 모르겠으나, 네 안색이 날로 수척해 가니 안타깝게 여겨 지성으로 묻노니, 조금도 숨기지 말고 이야기해 주기를 바란다."

저는 일어나 사례하며,

"궁인이 하도 많아 남이 엿들을까 두려워 말을 못했는데, 지극한 우정으로 물으니 어찌 감히 숨길 수 있겠니."

하고는 이야기를 해 주었습니다.

지난 가을 국화꽃이 피기 시작하고 단풍이 떨어지기 시작할 때, 대군이 서당에 홀로 앉아 시녀를 시켜 먹을 갈고 비단을 펴게 하고는 칠언 사운(七言四韻) 열 수를 쓰고 있는데, 이때 동자가 들어와 아뢰더구나.

"나이 어린 선비가 자신을 김진사라 소개하면서, 대군을 뵈옵겠다 합니다."

대군은 크게 기뻐하시면서,

"김진사가 왔구나."

하시고는 맞아들이게 하자, 베옷을 입고 가죽 띠를 두른 선비가 빠른 걸음으로 섬돌에 오르는데, 그 모습은 마치 새가 날개를 펴는 것과 같더라.

자리에 와서 절을 하고 앉는데, 얼굴과 거동은 마치 신선계의 사람과 같았어.

대군이 한 번 보고 마음을 기울여 곧 자리를 옮겨 마주 앉으니 진사
님이 자리를 피해 절하며 사례하였어.

"분수에 지나친 사랑을 입고 여러 번 존명(尊命)을 욕되게 하고 있다
가 이제야 인사를 올리게 되니, 황송하기 이루 말할 수 없습니다."

대군이 위로하여 말씀하셨어.

"오래 전부터 명성을 우러러 듣고 있다가 이렇게 앉아서 인사를 받게
되니 영광이 온 집안에 가득하고, 나에게 온갖 광명을 주었소."

진사가 처음 들어올 때에 이미 우리와 상면을 하였으나, 대군은 진사
가 나이가 어리고 착하므로 마음 속으로 어렵게 여기지 아니하시고, 우
리에게도 피하지 않도록 하셨지. 대군이 진사를 보고 말씀하시기를,

"가을 경치가 매우 좋으니, 원컨대 시 한 수를 지어 이 집이 광채가
나도록 하여 주오."

하시니 진사님은 자리를 피하고 사양하며 말하더라.

"헛된 이름이 사실을 가리고 말았습니다. 시의 격률을 소인이 어찌
감히 알겠습니까?"

이때 대군은 금련에게 노래를 하게 하고, 부용에게는 거문고를 타게
하고, 보련에게는 단소를 불게 하고, 나에게는 벼루를 받들게 하시니, 그
때 내 나이는 십칠 세였단다. 낭군을 한 번 보니 정신이 어지러워지고
가슴이 울렁거렸으며, 진사님도 나를 돌아보며 웃음을 머금고 자주 눈
여겨보더라.

대군이 진사를 보고 말씀하시기를,

"나는 그대를 진심으로 기다렸노라. 그러한데 그대는 어찌하여 구슬
처럼 고운 목소리를 한번 토하기를 아껴서 이 집으로 하여금 안색이 없
게 하는가."

하니, 이 말에 진사가 붓을 잡고 오언사운(五言四韻) 한 수를 쓰는데, 그 시는 이러하더라.

기러기 남을 향해 날으니
궁 안에 가을 빛이 깊었어라.
물이 차 연꽃은 구슬되어 꺾이고
서리 무거워 국화는 금빛을 드리우네.
비단 자리에는 홍안미녀요
옥 같은 거문고 줄엔 백설 같은 소릴레.
유화주 한 말 술에
먼저 취하다 몸을 가누기 어려워라.

대군이 두세 번 읊으시다가 놀라면서 말씀하시기를,
"진실로 천하의 기재로다. 어찌 서로 만나기가 이리 늦었던가."
하시었다. 시녀 열 명도 동시에 서로 돌아보면서 얼굴빛을 움직이지 않는 사람이 없고 이구동성으로 말하기를,
"이는 반드시 선인이 학을 타고 속세에 오신 것이니 어찌 이와 같은 사람이 있으리오."
라고 하겠지. 대군이 잔을 잡으면서 묻더라.
"옛 시인 중에서 누가 종장(宗匠)9)이 되겠느냐."
"제 소견으로는 이백(李白)은 신선으로 오래도록 옥황상제의 향안 앞에 있다가, 곤륜산(崑崙山)10) 현보에 내려와 놀면서 옥액(玉液)을 다 마시고 취홍을 이기지 못하여 계수나무 가지를 꺾고 바람을 따라 비를 맞

---

9) 종장(宗匠) ― 경학(經學)에 아주 밝고 글을 잘 짓는 사람.
10) 곤륜산(崑崙山) ― 중국의 전설 속에 나오는 산. 처음에는 하늘에 이르는 높은 산. 또는 아름다운 옥(玉)이 나는 산으로 알려졌으나 전국(戰國) 말기부터는 서왕모(西王母)가 살며, 불사(不死)의 물이 흐르는 신선경(神仙境)이라 믿었음.

으면서 인간에 떨어진 기상이옵니다. 노옥(盧玉)은 해상선인(海上仙人)이니 일월이 출몰함과 구름이 변화함과 창파가 동요함과, 경어(鯨魚)가 분출함과 도서(島嶼)가 창망함과 풀 나무가 울밀함과 갈대의 꽃마름의 잎사귀와 물새의 노래와 교룡(蛟龍)의 눈물 등을 전부 가슴에 품고 있으니, 이것이 시의 조화로소이다. 당나라의 시인 맹호연(孟浩然)[11]은 음향이 가장 높으니 이것은 진(晋)나라 음악가 사광(師曠)에게 배워 음률을 습득한 사람이옵니다. 또 당나라 시인 이의산(李義山)은 선술을 배워 얻고 일찍부터 시마(詩魔)를 부렸으며 일생에 지은 글이 귀어(鬼語) 아님이 없습니다. 이 외에도 다 자기의 특색을 가지고 있으니 어찌 다 말씀드리겠습니까."

"날로 문사와 같이 시를 논하되, 두보(杜甫)[12]로 으뜸을 삼는 이가 많은데 이것은 무엇 때문일까."

"그렇습니다. 속유(俗儒)들이 숭상하는 것으로 말씀할 것 같으면, 회자(膾炙)가 사람의 입을 즐겁게 하는 것과 같소이다."

"백체(百體)가 구비하고 비흥(比興)이 지극한데 어찌 두보를 가볍게 보는가."

"제가 어찌 감히 가볍게 보겠습니까. 좋은 점을 말할 것 같으면, 곧 한무제(漢武帝)가 미앙궁(未央宮)에 앉아 오랑캐가 중원(中原)을 침공하는 것을 원통하게 여기고서 장수에게 명하여 치게 할 때, 백만 군사가 수천 리를 이은 것과 같고, 그 아름다운 점을 말할 것 같으면, 한나라의 사마상여(司馬相如)가 장양부(長楊賦)를 읊고, 사마천(司馬遷)이 봉선문(封禪文)을 초한 것과 같으며, 그 신선을 구하는 것인즉 한나라 동방삭

---

11) 맹호연(孟浩然) — 중국 당나라 때의 시인. 양양(襄陽) 사람으로, 벼슬에 나아가지 아니하고 녹문산(鹿門山)에 숨어 시를 즐겼음. 특히 오언시에 뛰어났음.
12) 두보(杜甫) — 중국 당나라 때의 시인으로 자는 자미(子美), 호는 소릉(小陵). 서사시에 뛰어났음.

(東方朔)이 좌우에 서왕모(西王母)13)를 모시고 상제에게 천도(天桃)를 올리는 것과 같으니, 이것이 두보(杜甫)의 문장이요 백체(百體)를 구비하였다고 말할 수 있습니다. 이백에 비교한다면 곧 자미(子美)가 말을 몰아 앞서가고 왕유(王維)와 맹호연이 채찍을 잡고 길을 다투는 것과 같습니다."

"그대의 말을 들으니 가슴 속이 시원하여 긴 바람을 타고 태청궁(太淸宮)14)에 올라가는 것과 같구려. 다만 두보의 시는 천하의 고문(高文)이라, 비록 악부(樂府)15)에는 족하지 않지만 어찌 왕맹(王孟)과 같이 길을 다투겠는가. 비록 그러하나 이만 그치고, 그대에게 원하건대 또 한번 시를 지어 이 집으로 하여금 더욱 빛나게 하여 주오."

진사님이 곧 칠언사운(七言四韻) 한 수를 읊으니 이러하더라.

연기 흩어진 금빛 못에는 이슬 기운 차디찬데
푸른 하늘 물결인 양 맑고 밤은 어이 그리 기뇨.
미풍은 뜻이 있어 주렴을 걷고
흰 달은 정이 많아 작은 방에 들어오네.
뜰에 그늘지니 소나무 도리어 그림자 일고
잔 속의 술 맑음은 꽃향기 떠돎이라.
원공이 몸은 작았으나 자못 잘도 마셨으니
괴상타 하지 마오, 술로 취하고 또 미치는 것을.

대군은 더욱 기특하게 여기시고 앞으로 다가앉으면서 진사님의 손목

---

13) 서왕모(西王母) ── 중국 상대(上代)에 받들던 선녀의 하나로, 성(姓)은 양(楊), 이름은 회(回). 주나라 목왕(穆王)이 서쪽으로 곤륜산에 사냥을 가서 서왕모를 만나 요지(瑤池)에서 노닐며 돌아오는 것을 잊었다고 함.
14) 태청궁(太淸宮) ──옥황상제가 살고 있다는 하늘의 궁.
15) 악부(樂府) ── 한시(漢詩)의 한 형식, 인정 풍속을 읊은 것으로 글귀에 장단이 있음.

을 잡고 이렇게 말씀하시더라.

"진사는 오늘의 재사가 아니오. 나로서는 그 고하를 논할 수 없소. 한갓 문장과 필법이 능할 뿐만 아니라 또한 신묘(神妙)함을 다하였으니 하늘이 그대를 동방에 태어나게 함은 반드시 우연한 일이 아니오."

진사님이 붓을 휘날릴 때 먹물이 나의 손가락에 잘못 떨어지니 마치 파리의 날개와 같더구나. 내가 이것을 영광스럽게 여기며 씻어 버리지 않았더니, 좌우의 궁인들이 모두 바라보고 빙그레 웃으면서 등용문(登龍門)에 비교하더라. 때는 밤이 깊어져 시간을 재촉하거늘 대군이 몸을 가누지 못하고 졸면서 말씀하시더라.

"내 취했도다. 그대도 물러가 쉬고 명조유의포금래(明朝有意抱琴來)16)라는 시구를 잊지 말지어다."

이튿날 대군은 몇 번 그 두 수의 시를 읊고 탄복하며 말씀하시기를,

"마땅히 근보와 더불어 자웅을 다툴 수 있으나 그 청아(淸雅)한 시태(詩態)에 있어서는 앞섬이 있을 것이로다."

하시잖겠니.

"나는 이때부터 누워도 자지를 못하고 밥맛은 떨어지고 마음이 괴로워서 허리띠를 푸는 것조차 깨닫지 못했는데, 자란이 너는 느끼지 못했니?"

그러자 자란이 말하였습니다.

"그래, 내 잊었구나. 이제 네 말을 들으니 정신이 맑아짐이 마치 술을 깬 것과 같구나."

그후로 대군은 진사와 자주 접촉하였으나 저희들에게는 보지 못하게 하신 까닭으로 저는 번번이 문 틈으로 엿보다가 하루는 설도전(雪濤

---

16) 명조유의포금래(明朝有意抱琴來) — '내일 아침에 뜻이 있거든 거문고를 가지고 오십시오.'라는 뜻

牋)17)에다 오언사운(五言四韻) 한 수를 썼습니다.

베옷 입고 가죽 띠를 띤 선비
옥 같은 얼굴은 신선과 같네.
매양 주렴 사이로 바라보건만
어이하여 월하의 인연이 없는고.
얼굴을 씻으니 눈물은 물이 되고
거문고를 타니 원한은 줄에서 우네.
한 없는 원한을 가슴 속에 품고
머리 들어 홀로 하늘에 하소연하네.

시와 금전(金鈿) 한 척을 겹겹이 봉해 가지고 진사님에게 부치고자
하였으나 방법이 없었어요.

그날 밤 대군이 술 잔치를 베풀었는데, 손님들은 모두 진사의 재주를
칭찬했습니다. 대군이 진사님이 지은 두 수의 시를 내보이니, 돌려 보고
는 칭찬하기를 그치지 않으며, 모두 한번 보기를 원했습니다. 대군은 즉
시 사람과 말을 보내어 청하였습니다.

얼마 후 진사님이 자리에 앉는데 얼굴은 파리해지고 몸은 홀쭉해져서
옛날의 기상이 아니었어요. 대군이 위로하며 말씀하셨습니다.

"진사는 근심하는 마음이 없을 텐데 연못가를 거닐면서 시를 읊노라
고 파리해졌는가."

하니 모든 사람이 크게 웃더이다. 진사님은 일어나서 사례하고는 말하
더군요.

"제가 한 천한 선비로 외람히도 대군께 사랑을 받고 복이 지나쳐 화
를 낳았습니다. 질병이 몸을 얽어서 식음을 전폐하고 기거를 남에게 의

---

17) 설도전(雪濤牋) ― 글을 쓰는 고운 종이.

지하고 있다가 후하신 부름을 받고 아픈 몸을 이끌고 와서 뵙는 것입니다."

그러자 좌객이 모두 무릎을 가다듬고 공경을 하더이다. 진사는 나이 어린 선비로서 말석에 앉으니 안과 더불어 다만 벽 하나를 사이에 두었을 뿐이었습니다.

밤은 벌써 깊어갔고 많은 손님들은 크게 취하였습니다. 제가 벽을 헐어 구멍을 내어서 들여다보았더니, 진사님도 저의 뜻을 알고는 구석을 향하여 앉더군요. 제가 봉서(封書)를 구멍으로 던져 넣었더니, 진사님이 주워 가지고 집으로 돌아가서 펴 보고는 슬픔을 이기지 못하며 차마 손에서 놓지 못했답니다. 생각하고 그리워하는 마음은 예전보다 더하였으며, 스스로 몸을 가누지 못하는 것 같았습니다. 바로 답서를 써 가지고 부치고자 하나 청조(靑鳥)[18]가 없어 홀로 근심하고 탄식할 뿐이었어요.

하루는 동문 밖에 사는 한 무녀가, 신통함으로 명성을 얻고 대군의 궁에 드나들면서 사랑과 신용을 받고 있다는 소문을 듣고, 진사님이 그 집을 찾아갔답니다. 그 무녀는 나이가 서른도 안 되었으며, 얼굴이 아주 예쁜 여자로, 일찍 과부가 되고는 음녀(淫女)로 자처하고 있었답니다. 진사님이 오시는 것을 보고는 성대히 주찬을 갖추고서 대접하므로 진사님은 잔을 잡았으나 마시지는 아니하고 말했답니다.

"오늘은 바쁘고 급한 일이 있으니 내일 다시 오겠소."

다음날 가니, 또 그렇게 하므로 진사님은 감히 입을 열지 못하고 또 말했대요.

"내일 또 오겠소."

무녀는 진사님의 얼굴이 속되지 않은 것을 보고 마음 속으로 기뻐하

18) 청조(靑鳥) — 푸른 새가 온 것을 보고 동방삭이가 서왕모의 사자라고 한 고사.

였답니다. 진사님이 연일 왔다가 말 한번 하지 않고 가므로, 나이 어린 선비라 부끄러워 말을 하지 않는 것이 분명하니, 내가 먼저 정으로 돋우어 붙들어 놓고 밤을 새우면서, 같이 자리라 마음 먹었답니다. 다음날 목욕을 한 후 짙은 화장에 화려한 옷을 입고, 꽃 같은 담요와 옥 같은 자리를 깔아 놓고 작은 계집종에게 문 밖에 앉아서 망을 보게 하였답니다. 진사가 또 와서 그 얼굴과 옷의 화려함과 베풀어 놓은 것의 아름다움을 보고 이상하게 여겼더니 무녀가,

"오늘 저녁은 어떠한 저녁이관대 이같이 훌륭한 분을 뵈옵게 되었을까?"

하였으나, 진사님은 뜻이 없었으므로 그 말에 대답을 하지 않고 무심히 앉아 있으니 무녀가 또 말하더랍니다.

"과부의 집에 젊은이가 왕래하기를 어찌 꺼리지 아니하는지요."

그러자 진사님이 말씀하셨답니다.

"점(占)이 신통하다던데 어찌 내가 찾아오는 뜻을 알지 못하오?"

무녀가 영전(靈前)에 나아가 앉아서 신(神)에게 절을 하고는 방울을 흔들고 점대롱을 어루만지면서 온몸을 추운 듯이 떨며 한참 몸을 움직이다가 입을 열어 말하더랍니다.

"당신은 정말로 가련합니다. 불안한 방법으로써 그 뜻을 이루기 어려운 계교를 성취시키고자 하니, 다만 그 뜻을 이루지 못할 뿐만 아니라, 삼년이 못 돼 황천의 사람이 되겠습니다."

그 말에 진사님이 울면서 사례하고는 말씀했대요.

"당신이 비록 말하지 않아도 나는 다 알고 있소. 그러나 마음 속에 맺힌 한은 백 가지 약으로도 풀 수 없으니, 만일 당신으로 인해 다행히 편지를 전하게 된다면 죽어도 또한 영광이겠소."

무녀가,

"비천한 무녀로서 비록 신사(神祀)로 인해 때로 혹 드나들지만, 부르시는 일이 없으면 감히 들어가질 못합니다. 그러하오나 진사님을 위해 한번 가보겠습니다."

하더랍니다. 진사님은 품 속에서 한 봉서를 조심스레 꺼내어 내어주면서 말씀했답니다.

"조심하오. 잘못 전해 화(禍)의 근원을 만드는 일이 없도록 하여 주오."

무녀가 편지를 가지고 궁문을 들어가니, 궁 안 사람들 모두 그가 옴을 이상스레 여기기에, 그 무녀는 권사(權辭)로써 대답하고는 틈을 엿보아, 들을 사람이 없는 곳으로 저를 끌고 가서 편지를 주더이다. 제가 방으로 돌아와서 뜯어보니 그 편지의 사연은 이러했습니다.

'한번 눈으로 인연을 맺은 이후부터 마음은 들뜨고 넋이 나가 능히 마음을 진정하지 못하고 마냥 성 저쪽을 향하여 몇 번이나 애를 태웠는지요. 이전에 벽 사이로 전해 주신 편지로 인해 잊을 수 없는 옥음(玉音)[19]을 공경히 받아 들고 펴기를 다하지 못하여 가슴이 메이고, 읽기를 반도 못하여 눈물이 떨어져 글자를 적시기에 능히 다 보지를 못하였으니 이를 어찌 하오리까. 이후부터 누워도 쉽게 자지를 못하고, 음식은 목으로 내려가지 않고, 병은 골수에 사무쳐 온갖 약이 효험이 없으니 저승이 보이는 깃 같습니다. 세 소원은 오식 소용히 숙음을 따르는 것으로, 하느님께서 불쌍히 여겨 주시고, 신께서 도와 주시어 생전에 한번이라도 이 원한을 풀어 주신다면, 마땅히 몸을 부수고 뼈를 갈아서라도 천지신명(天地神明)의 영전에 제를 지내겠습니다. 편지를 쓰다 서러워서 목이 메이니, 다시 무슨 말씀을 하오리까. 예를 갖추지 못하고 삼가 쓰나이다.'

---

19) 옥음(玉音) ─ 임금의 음성. 맑고 깨끗한 소리.

사연 끝에는 칠언사운 한 수가 적혀 있었는데, 그 시는 이러했지요.

누각은 깊고 깊어 저녁 문 닫혔는데
나무 그늘 구름 그림자 모두 다 희미하여라.
낙화는 물에 떠서 개천으로 흘러가고
어린 제비는 흙을 물고 처마 끝을 찾아가네.
베개에 기대도 이루지 못함은 호접몽[20]이요
눈을 돌려 남쪽 하늘 보니 외기러기도 날지 않네.
님의 얼굴 눈앞에 있는데 어이 그리 말 없는가
푸른 숲 꾀꼬리의 울음 들으니 눈물이 옷깃을 적시누나.

저는 끝까지 다 읽고 나서 소리가 끊기고 기가 막혀서 입으로는 말을 할 수 없었고, 눈물이 다하자 피가 눈물을 이었습니다. 병풍 뒤에 몸을 숨기고서 가슴을 두드리며 사람이 알까 봐 두려워했어요. 이러한 후로부터 잠시라도 잊을 수 없었으니, 시는 성정에서 나오는 것으로 속일 수 없다는 것을 새삼스레 느꼈습니다.

하루는 대군이 비취를 불러 말씀하시더군요.

"너희들 열 명이 한 방에 같이 있으니 공부에 전념하기가 힘들다."

하시고 다섯 명을 서궁(西宮)에 머물게 하셨습니다. 저는 자란, 은섬, 옥녀, 비취와 같이 그날로 옮겼습니다. 옮기고 나서 옥녀가 말하였습니다.

"그윽한 꽃, 가는 풀, 흐르는 물, 꽃다운 수풀이 바로 산가(山家)나 야장(野莊)과 같으니, 참으로 훌륭한 독서당이라 할 수 있겠다."

이에 제가 대답했지요.

"산 사람도 아니고 중도 아니면서 이 깊은 궁에 갇히었으니, 정말로 장신궁(長信宮)[21]이다."

---

20) 호접몽 — 중국의 장자가 꿈에 나비가 되어 즐겁게 놀았다는 고사.

하였더니, 좌우 궁인들 모두가 탄식하며 울적하게 여기지 않는 이가 없었습니다.

그후 저는 편지를 써서 뜻을 이루고자 했으며, 진사님도 지성으로 무녀를 섬기며 간절히 부탁했습니다. 그러나 무녀는 오기를 허락하지 않았는데, 진사님의 뜻이 자기한테 없음을 유감으로 여겼기 때문에 그랬을 것입니다.

하루는 저녁에 자란이 제게 조용히 말하였습니다.

"궁 안 사람들이 매년 중추(仲秋)에 탕춘대(蕩春臺) 밑 개울에서 빨래를 하고는 주석을 베풀다가 파하는데, 올해는 소격서동(昭格署洞)에서 한다고 하니, 갔다왔다하는 사이에 그 무녀를 찾아가 보는 것이 가장 좋은 방법인 것 같다."

하기에 저는 그렇게 생각했습니다. 괴로이 중추를 기다리니 하루가 삼추(三秋)와 같았습니다. 비취가 그 말을 가만히 엿듣고는 짐짓 알지 못하는 척하고 제게 말했어요.

"네가 처음 올 때에는 얼굴빛이 이화(梨花)와 같아서 화장을 하지 않아도 아리따웠으므로 궁 안 사람들이 괵국부인(虢國夫人)22)이라고 불렀는데, 요즈음에는 얼굴빛이 옛날과 달라 점점 처음과 같지 않으니 무슨 까닭이 있는가."

하기에 제가 내답하였습니다.

"본래 제 기질이 허약하여 늘상 더운 계절을 맞이하면 언제나 더워서 마르는 병이 있는데, 오동잎이 떨어지기 시작하고 초가을 서늘한 기운이 나오면 그로부터 좀 나아진단다."

하였더니, 비취는 희시(戱詩) 한 수를 읊어 주었습니다. 희롱하는 뜻이

---

21) 장신궁(長信宮) ― 중국 한나라의 궁명. 한의 태후가 과부가 되어 외로이 살았다고 함.
22) 괵국부인(虢國夫人) ― 당나라 현종의 총비인 양귀비의 언니.

없지 않았으나, 시상은 절묘했습니다. 저는 그 재주를 기특히 여기면서도 그 농(弄)에 대해서는 부끄럽게 여겼어요.

그럭저럭 두어 달이 지나 계절은 다시 가을로 접어들었습니다. 서늘한 바람이 저녁에 일어나고, 가는 국화는 황금빛을 토하며 풀숲의 벌레는 소리를 가다듬고, 흰 달은 환히 비추었습니다. 저는 속으로는 기뻤지만 얼굴에는 나타내지 않았습니다.

어느 날 은섬이 물었어요.

"편지 속의 가기(佳期)가 가까워 오늘 저녁에 있으니, 인간에서의 즐거움이 어찌 천상과 다르랴?"

서궁 사람들이 모든 것을 알고 있었으므로 숨길 수가 없어서 저는 사실대로 말하고 부탁했지요.

"바라건대 남궁 사람들이 모르도록 해다오."

이때에 기러기는 남쪽을 향하여 날고 풀잎에는 구슬 같은 이슬이 맺히니, 맑은 시내에서 빨래함은 정히 그때를 당하였더이다.

여러 궁녀들과 같이 날짜를 결정하고자 했으나 서로 생각이 맞지 않았습니다. 빨래할 장소를 구하는데 남궁 사람들이 말했습니다.

"맑은 물과 흰 돌은 탕춘대 밑보다 더 나은 데가 없단다."

그러자 서궁 사람들도 말했습니다.

"소격서동의 물과 돌은 문 바깥에서 더 내려가지 않는다. 그런데 어째서 가까운 곳을 버리고 먼 데를 구하는가."

하였으나 남궁 사람들이 고집을 부려 승낙하지 아니하므로, 결정을 짓지 못하고 그만 두고 말았지요.

그날 밤, 자란이 말했습니다.

"남궁 다섯 사람 중에서 소옥이 주론(主論)이니, 내 묘계로써 그 뜻을 돌려 보리라."

하고는 옥등으로 길을 밝혀 남궁으로 가니, 금련이 반가이 맞이하면서 말했습니다.

"한번 서궁으로 갈라지니 서로 떨어지기가 진나라와 초나라 같은 사이가 되었는데, 뜻밖에 오늘 밤 이렇게 귀한 몸이 오셨으니 깊이 사례한다."

그러자 소옥이 말했습니다.

"무엇이 고마울 것이 있니, 나는 세객(說客)[23]으로 왔단다."

자란이 옷깃을 가다듬고 얼굴빛을 바로 하고는 말했습니다.

"남의 마음에 있는 것을 헤아릴 수 있다니 너 말해 주겠니."

하니 소옥이 말했습니다.

"서궁 사람들은 소격서동으로 가고자 하는데, 나 혼자만이 굳게 고집한 까닭으로 네가 밤중에 찾아왔으니 세객이라고도 말할 수 있거니와, 이러나저러나 좋지 않니."

"서궁 다섯 사람 중 나 혼자 성내로 가고자 한다."

"홀로 성내를 생각하고 있는 것은 무슨 까닭이냐."

"내 들으니 소격서동은 곧 천황을 제사 지내던 곳이므로 동명을 삼청동(三淸洞)이라 하였다 한다. 우리 열 명은 필시 삼청궁의 선녀로서 황정경(黃庭經)[24]을 잘못 읽고 인간 세상에 귀양 왔을 것이다. 이미 속세에 있은즉 산가나 야촌, 농막, 어점(漁店) 등 어느 곳이든 다 좋다. 그러나 심궁에 굳게 갇히어 마치 농중의 새와 같은 신세가 되었으니, 꾀꼬리 울음을 들어도 탄식하고 푸른 버들을 대하여도 한숨 짓고, 제비가 쌍쌍이 날고 새가 마주 앉아서 졸고 있는 것을 보아도 외로워진다. 풀도 즐거움을 같이 하는 것이 있고 나무도 마주 서나니 무지한 초목과 존재

---

23) 세객(說客) ― 능란한 말솜씨로 각지를 유세하고 다니는 사람.
24) 황정경(黃庭經) ― 도교의 경서.

없는 금수 또한 음양을 받아 즐거움을 나누지 않음이 없거늘, 우리 열 명은 무슨 죄를 지었기에 적막한 심궁에서 일신을 썩히면서, 봄꽃 가을 달을 바라보며 등불을 벗삼아 넋을 태우며 허무하게도 청춘을 포기하고 공연히 땅 속의 원한만을 끼치게 되었으니, 부명(賦命)의 박(薄)함이 어찌 이다지도 심한가. 인생은 한번 늙으면 다시는 젊어지지 아니하니, 다시 생각해도 어찌 슬프지 않단 말인가. 이제 맑은 시내로 가서 목욕하여 몸을 깨끗이 하고서 태을사(太乙祠)[25]에 들어가 머리가 땅에 닿도록 백 번 절하고 손 모아 빌며 도움을 달라고 해서 내세에 가더라도 이와 같은 고생을 면하고자 함이니, 어찌 다른 뜻이 있겠니. 우리 궁인은 정의가 동기와 같은데, 이 일로 인하여 남에게 부당한 의심을 사서야 되겠니. 내 까닭 없이 믿을 수 없는 말은 하지 않는다."

소옥이 일어나서 사과하며 말했습니다.

"내가 이치에 밝지 못하여 그대에게 미치지 못함이 멀었구나. 처음에 성내를 승낙하지 않은 것은 성내에는 본래 무뢰한 협객(俠客)의 무리가 많아서 뜻밖의 강포한 욕이 있을까 근심한 까닭으로 의심했었다. 그러나 이제 네가 나를 멀리 아니하고 다시 서로 통하게 하였으니, 이제부터는 비록 하늘에 올라간다고 할지라도 내가 따를 것이며, 강으로부터 바다에 들어간다고 할지라도 내 또한 따를 것이니, 이른바 다른 사람으로 인해 성사하여 성공에 미치는 것인즉 한가지겠지."

그러자 부용이 말했습니다.

"무릇 일이라는 것은 먼저 마음부터 정하는 것이 옳거늘 말로 결정하지도 않았는데, 둘이 서로 다투어 밤새도록 결정하지 못하고 있으니 일이 순조롭지 않겠구나. 한 집안의 일을 대군께는 알리지도 아니하고 우리끼리만 밀의(密議)를 하니 이것은 불충이라 할 수 있으며, 낮에 다툰

---

25) 태을사(太乙祠) — 음양가들이 모시는 사당.

일을 밤도 깊기 전에 굴복하고 말았으니 이것은 불신이라 하지 않을 수 없다. 또 가을에는 옥같이 맑은 시내가 없는 곳이 없거늘, 꼭 성사(城祠)로만 가려고 하니 이것도 옳다고는 할 수 없다. 비해당 앞은 물이 맑고 돌이 희므로 해마다 거기에서 빨래를 하다가 이제 와서 다른 곳으로 바꾸고자 하는 것도 또한 옳지 아니하니, 다른 사람이 다 간다고 하더라도 나는 따르지 않겠다."

또 보련이 말했어요.

"말이라고 하는 것은 문신하는 도구와 같으니, 삼가느냐 삼가지 않느냐에 따라서 복과 화가 따르는 법이다. 그러므로 군자는 말을 조심하고 입을 지키기를 병과 같이 한단다. 한나라 때의 병길(丙吉)과 상여(相如)는 하루종일 말을 하지 않아도 일을 이루지 못함이 없었으며, 색부(嗇夫)는 이로운 말을 척척 잘 하였으나 장석(張釋)의 참소한 바 되었단다. 이로써 보건대 자란의 말은 무엇을 숨겨 두고 말하지 않는 것이고, 부용의 말은 말을 꾸미는 데만 힘을 쓰니, 다 나의 뜻에 맞지 않으므로 이번 행차에 나는 가지 않겠다."

또 금련이 말했습니다.

"오늘 저녁 의논은 결국 합의를 보지 못했으니 내 점을 쳐서 화의하리라."

하고는 곧 주역을 펴놓고 점을 쳐 얻은 괘를 풀어서 말했습니다.

"내일 운영은 반드시 장부를 만나리라. 운영의 얼굴과 행동은 인간 세상에 살고 있는 사람이 아닌 것과 같다. 그래서 대군께서 운영에게 마음을 기울인 지가 이미 오래 되었으나 운영이 죽음으로써 거역하고 있는 것은 다른 이유가 있어서가 아니라, 차마 부인의 은혜를 저버리지 못하기 때문이다. 대군의 명령이 비록 엄하나 운영의 몸이 상할까 두려워하는 마음으로 감히 가까이 하지 못하고 있다. 이제 이 쓸쓸한 곳을 버리고 번화한 곳으로 가고자 하니, 만약 유협한 소년들이 그 자색을 보면 반드시 넋을 잃고 미칠 자가 있을 것이다. 비록 서로 가까이 하지는 못하나 손가락질하며 눈짓을 할 것이니 이것 또한 욕이다. 예전에 대군께서 명령하시기를, 궁녀가 문을 나가거나 궁녀의 이름을 바깥 사람이 안다면 그 죄는 죽음을 당하리라 하였으니, 이번 행차에 나는 참가할 수 없다."

이에 자란은 일이 이루어지지 않을 줄 알고는 실심한 듯이 좋아하지 아니하고 바야흐로 돌아가려고 했지요. 그런데 비경이 울면서 비단 띠를 잡고 억지로 만류하고는 앵무잔(鸚鵡盞)에다 운화주(雲華酒)를 따라 권하기에, 좌우에 있던 사람들이 다 마셨습니다.

이때 금련이 말했습니다.

"오늘 저녁 모임은 조용히 파해야 하는데, 비경이 우니 나도 정말 괴롭구나!"

비경이 말했습니다.

"처음 남궁에 있을 때 운영과 깊이 사귀어 사생과 영욕을 같이 하기로 약속하였는데, 이제 거처가 달라졌다고 해서 어찌 그 약속을 잊을 수 있겠니? 전날 대군 앞에서 문안을 올릴 때, 운영을 당 앞에서 보니 가는 허리는 말라서 더 가늘어졌고 얼굴은 핼쑥해졌으며 목소리는 가늘어서 들릴락말락하며, 일어나 절을 할 때는 힘이 없어 땅에 넘어지기에 내 붙들어 일으켜서 좋은 말로 위로하였더니 운영이 대답하기를, '불행하게 병을 얻어 명이 조석에 있으니 내 천한 목숨은 죽어도 애석하지 않지만, 아홉 명의 문장과 재화가 날로 피어나고 빛나서 훗날 아름다운 시편과 고운 작품이 일세를 움직이는 것을 볼 수 없다는 것이 슬플 뿐이다.'고 하는 그 말이 하도 처절하여서 눈물을 흘렸는데 지금 와서 생각해 봐도 운영의 병이 위중하다는 것은 기정 사실인 듯하다. 슬프다. 자란은 운영의 벗이라, 죽음에 임한 사람을 천단(天壇) 위에 두고자 하는 것도 난감한 일이니, 오늘의 계획을 만일 이루지 못한다면 황천에 가서도 눈을 감을 수 없을 것이요, 원한은 남궁으로 돌아올 것이니 그 어찌 슬프지 않겠는가? 서경(書經)에 이르기를, '좋은 일을 하면 하늘이 백 가지 상서로운 것을 내려 주시고, 좋지 아니한 일을 하면 하늘이 백 가지 재앙을 내려 주시나니'라 하였으니 오늘의 이 토론이 좋은가 좋지 않은가."

그러자 소옥이 말했습니다.

"나는 이미 허락하였으며 세 사람의 뜻도 따르기로 했으니, 어찌 중도에서 그만 두겠는가. 만약 일이 누설된다고 할지라도 운영이 홀로 그 죄를 당할 것이며, 다른 사람은 무엇 때문에 같이 당하겠는가. 나는 두 말 하지 않고 마땅히 운영을 위하여 죽으리라."

이에 자란이 말했습니다.

"따르는 사람이 반이요, 따르지 않는 사람이 반이니 일은 다 틀렸노라."

하고는 일어나 가려고 하다가 들어와 다시 앉아 그 뜻을 살피더니, 혹 따르고자 하나 일구이언하기를 부끄럽게 여기는 것 같아, 자란이 다시 말했습니다.

"세상 일에는 정도(正道)가 있고, 권도(權道)도 있는데 권도에 맞게 하면 그것이 또한 정도이다. 어찌 변통의 권도를 쓰지 않고 먼저 한 말을 굳게 지키려고 하느냐?"

하니, 좌우 사람들이 일시에 따르더군요.

또 자란이 말했습니다.

"내가 말하기를 좋아하는 것이 아니라 남을 위해서 일을 도모하다가 얻지 못하면 말하지 않는다."

하니 비경이 말했어요.

"옛날 소진(蘇秦)은 육국(六國)26)으로 하여금 합종(合從)하도록 하였거니와, 이제 자란은 능히 다섯 사람으로 하여금 승복(承服)하게 하였으니 변사(辯士)라 해도 좋겠구나."

자란이,

"소진은 능히 육국의 상인(相印)을 찾거니와 이제 그대들은 어떠한 물건을 주려고 하는가."

이에 금련이 말했습니다.

"합종(合從)은 육국의 이익이나 이제 이 승복(承服)은 우리 다섯 사람에게 무슨 이익이 있는가."

그러자 모두 마주 보며 크게 웃었습니다. 자란이,

"남궁 사람은 모두 착해서 죽을 운명의 목숨을 다시 잇게 하였으니, 어찌 사례하지 않으리오."

하면서 일어나 절을 하며 말하였다.

"오늘의 일은 다섯 사람이 따르기로 했으니, 위에는 하늘이 있고 밑에는 땅이 있으며 촛불이 비치고 귀신이 엿보고 있으니, 내일 가서 다른 뜻이야 없겠지."

하고는 일어나 다시 절하고 돌아가니 다섯 사람이 다 중문 밖에 나가 전송하였습니다.

자란이 돌아와서 저에게 말하기에, 저는 벽을 기대고 일어나서 재배하며 사례했습니다.

"나를 낳은 사람은 부모이고 나를 살려 준 사람은 너구나. 땅에 들어가기 전에 맹세코 이 은혜를 갚으리라."

앉아서 아침을 기다리는데 소옥과 남궁 네 사람이 들어와 문안을 하

---

26) 육국(六國) — 중국 전국 시대에 각지에 할거한 제후 중에서 진(秦)을 제외한 여섯 나라.

고는 물러나가 중당(中堂)에 모이니 소옥이 말했습니다.

"하늘은 명랑하고 물이 맑으니 빨래할 때가 되었구나. 오늘 소격서동에다 휘장을 치는 것이 좋겠다."

이에 반대하는 사람이 없었습니다. 저는 물러나와 서궁으로 돌아가서 흰 나삼(羅衫)에다 가슴 속에 가득 찬 슬픔과 원한을 써서 품에 넣고는 자란과 함께 일부러 뒤떨어져 마부에게 일렀어요.

"동문 밖에 있는 무당이 가장 영험하다고 하니, 내 그 집에 가서 병을 묻고 오겠다."

하였더니, 농복이 그 말내로 하였습니다.

저는 그 집에 가서 좋은 말로 애걸하였습니다.

"제가 오늘 찾아온 것은 김진사를 한번 만나보고 싶어서 온 것이니 만약 통지해 주신다면 몸이 다하도록 은혜를 갚겠어요."

무당이 그 말대로 사람을 보내었더니, 진사님이 엎어지며 쫓아왔습니다. 둘이 서로 만나니 한 마디도 하지 못하고 다만 눈물을 흘릴 뿐이었지요. 제가 편지를 주면서 말했어요.

"저녁을 타서 꼭 돌아올 것이니 낭군님은 여기에서 기다려 주세요."

하고는 바로 말을 타고 갔습니다. 진사님은 편지를 뜯었습니다. 그 사연은 이러하였습니다.

"일전에 무산 신녀가 전해 준 편지는 낭랑한 옥음(玉音)이 종이에 가득하였습니다. 정중한 마음으로 읽고 또 읽어 보니 슬프고도 기뻐서 마음을 진정하지 못하고, 바로 답서를 보내고자 하였사오나 전할 길이 없었습니다. 또한 비밀이 샐까 봐 두려워서 고개를 들어 멀리 바라보며 날아가고자 하오나 날개가 없으니 애가 끊어지고 넋이 사라져 다만 죽을 날을 기다릴 뿐이옵니다. 죽기 전에 이 편지로 제 평생의 한을 다 말씀드리고자 하오니, 바라옵건대 낭군께서는 저를 잊지 마시고 마음에 새

겨 두옵소서. 저의 고향은 남방이옵니다. 부모님이 저를 사랑하시기를
여러 자녀 가운데에서도 유별나게 사랑하셔서 나가 노는 데 있어서도
제가 하고자 하는 대로 맡겨 두셨습니다. 그래서 숲속과 돌과 매화나무,
대나무, 귤나무, 유자나무 등의 그늘에서 놀기를 일삼았으며, 이끼 낀 바
위에서 고기 낚는 무리와 소 먹이기를 파하고 피리를 희롱하는 아이들
이 아침 저녁으로 눈에 띄었으며, 그 밖에 산야의 풍경과 전가(田家)의
재미는 이루 다 말할 수 없을 정도였습니다. 부모님은 삼강오륜(三綱五
倫)의 행실을 가르치시고 또한 칠언당음(七言唐音)을 가르쳐 주셨습니
다. 나이 열세 살 때에 대군이 부르셔서 부모님과 이별하고 형제들과도
헤어져 궁중에 들어오니, 집으로 돌아가고 싶은 마음 금할 수 없었습니
다. 더벅머리와 때묻은 얼굴, 남루한 의상으로 보는 사람으로 하여금 더
럽게 보이도록 하려고 뜰에 엎드려 울었더니 궁인이 보고 말하기를, '연
꽃 한 송이가 뜰 가운데서 피어났다'라고 하였습니다. 대군의 부인은 저
를 사랑해 주기를 자식과 다름없이 해 주셨으며, 대군도 보통으로 여기
시지 않았습니다. 또한 궁 안 사람들 모두 사랑해 주지 않는 사람이 없
었고 모두 골육과 같이 여겼으며, 한번 학문에 종사한 후로부터 의리를
알았으며 음률을 능히 살폈더니 궁인이 경복하지 않음이 없었습니다.
서궁으로 옮긴 후부터는 금서(琴書)에만 전념하여 조예가 더욱 깊어져
서 문사들이 지은 시는 하나도 눈에 걸리는 것이 없었습니다. 오직 남자
가 되어서 입신양명을 하지 못하고 홍안박명(紅顏薄命)의 몸이 되어 한
번 심궁에 갇히고는 마침내 시들어 가게 되었음을 한탄할 뿐입니다. 인
생이 한번 죽으면 누가 다시 알아 주리이까. 이럼으로써 한은 마음을 얽
고 원은 가슴을 눌렀습니다. 매양 수놓기를 그치고, 마음을 등불에 붙이
며 깁 짜기를 파하고 북을 던지고 베틀에서 내려와 비단 휘장을 찢어
버리고, 옥비녀를 꺾어 버렸습니다. 잠시 주흥(酒興)을 얻으면 모든 것

에서 벗어나 산책을 하면서 섬돌의 꽃을 쳐서 떨어지게 하고 뜰의 풀은 손으로 뜯어 버리니, 어리석음과 같고 미친 것과 같았으나 스스로 억제하지 못하였습니다. 지난 가을 달 밝은 밤에 낭군님의 얼굴과 거동을 한번 보고는 마음 속으로 천상의 신선이 인간 세상에 귀양살이 왔는가 여겼습니다.

저의 얼굴이 아홉 사람들 중에서 가장 못났는데도 어떤 전생의 인연이 있었는지, 어찌 필하(筆下)의 일점(一點)을 알고서 마침내 가슴 속에 원한을 맺는 실마리가 되었는지요. 발 사이로 바라봄으로써 기추(箕帚)27)의 인연이 될까 하고 헤아려 보았으며, 꿈 속에서 만나 봄으로써 장차 있을 수 없는 사랑을 이어 볼까 하였답니다. 비록 한번도 이불 속에서의 즐거움은 없었사오나, 옥 같은 낭군님의 얼굴이 눈에 아롱거려 배꽃에서 우는 두견새의 울음과 오동잎에 떨어지는 밤의 빗소리는 슬퍼서 차마 들을 수 없었습니다. 봄이 되어 뜰 앞에 여린 풀이 나오는 것과 가을이 되어 하늘에 날고 있는 외기러기는 처량하여 차마 볼 수가 없었습니다. 혹은 병풍에 기대어 서서 가슴을 치고 발을 구르면서 푸른 하늘에 하소연할 뿐이오니, 자세히 알지는 못하오나 낭군님 또한 저를 생각하고 있는지요. 다만 한스러운 것은 낭군님을 보기 전에 먼저 죽으면 땅이 늙고 하늘이 거칠어져도 이내 정만은 사라지지 않을 것입니다. 오늘 빨래하러 가는 행차에 양궁의 시녀들이 다 모여 있는 까닭으로 여기에 오래 머물러 있을 수 없습니다. 눈물은 먹물로 화하고 넋은 비단실에 맺혔으니, 엎드려 원하건대 낭군님께서는 한번 보아 주소서. 또한 졸구(拙句)로써 전번의 시구에 삼가 답하옵니다."

이러한 글은 가을을 맞이하여 상심하는 글이고, 그 시는 상사의 시였습니다. 그날 저녁 나올 때에 자란이 저와 함께 먼저 나와서 동문 밖을

---

27) 기추(箕帚) ― 처첩(妻妾)이 되어 남편을 섬김.

향하니, 소옥이 웃으면서 절구 한 수를 지어서 주었습니다. 펴 보니 저를 희롱하지 않는 곳이 없었습니다. 저는 부끄러이 여겼으나 참고 그 시를 읽어 보니 이러했습니다.

태을사 앞 물 한번 돌아드니
천단에 구름 흩어지고 구문이 열리도다
가는 허리는 광풍을 이기지 못해
잠시 숲속에 피하였다 날 저물어 돌아오도다

자란이 곧 차운하였고 비취와 옥녀도 서로 이어서 차운하니 또한 다 저를 희롱하는 뜻이었습니다.

제가 말을 타고 먼저 돌아와서 무녀의 집에 가 보니, 무녀는 뾰로통한 얼굴을 하고 벽을 향하여 앉아 안색을 고치지 않고 있으며, 진사님은 옷소매로 얼굴을 가리고 종일 느껴 울어서 넋을 잃고 실성하여, 제가 온 것도 모르는 것 같았어요. 저는 왼손에 차고 있던 운남(雲南)의 옥색금환을 풀어서 진사님의 품 속에 넣어 주고는 말했습니다.

"낭군님께서는 저에게 박정하다 아니하시고 천금 같은 귀한 몸을 굽혀 더러운 집에 와서 기다리시니, 제가 비록 불민하오나 또한 목석이 아니오니 감히 죽음으로써 허락하리이다. 제가 만약 식언한다면 여기에 금환(金環)이 있사옵니다."

하고 갈 길이 바쁘므로 일어나 작별을 고하니 흐르는 눈물이 비와 같았습니다. 제가 진사님의 귀에다 속삭였어요.

"저는 서궁에 있으니 낭군님께서 밤을 타 서쪽 담을 넘어 들어오시면, 삼생(三生)에 있어서 미진한 인연을 거의 이을 수 있을 것입니다."

말을 마치고는 옷을 떨치고 나와서 먼저 궁문을 들어오니, 여덟 사람도 뒤따라 들어오더이다.

그날 밤 이경(二更)에 소옥이 비경과 함께 촛불을 밝히고 서궁으로 와서 말했습니다.

"낮에 읊은 시는 무정한 데서 나왔고 희롱하는 말이 되고 말았구나. 그래서 깊은 밤에 일부러 험난한 길을 무릅쓰고 찾아와서 사과하는 거란다."

하니 자란이 받아서 말했습니다.

"다섯 사람의 시는 다 남궁에서 나오지 않았느냐. 한번 궁을 나눈 후로부터 자못 형적(形跡)이 있어 당시(唐詩)에 우이(牛李)28)의 무리와 같은 것이 있으니 어찌 그렇지 않으리오. 여자의 정인즉 하나라, 오래도록 심궁에 갇히어 외그림자만을 깊이 조상하게 되었으니 오직 대하는 것이라고는 촛불뿐이요, 하는 것이라고는 거문고 타고 노래 부르는 것뿐. 백화(百花)는 꽃송이를 머금고 웃고 있으며 쌍제비는 나래를 엇바꾸면서 즐기고 있으나 박명한 우리들은 다 같이 심궁에 갇히어 사물을 볼 때마다 봄을 생각하니 그 심정이 오죽하겠는가. 아침에는 구름이 되고 저녁에는 비가 된다는 무산의 신녀는 자주 초왕(楚王)의 꿈에 돌아갔으며 왕모(王母) 선녀는 요대(瑤臺)의 잔치에 여러 번 참여하였거니와, 여자의 뜻은 의당 다름없거늘 남궁 사람들은 어찌하여 홀로 항아(姮娥)와 같이 정절을 굳게 지키면서 영약(靈藥)을 도적질하였음을 뉘우치지 아니하는가."

비경과 옥녀는 눈물을 막지 못하고 말했습니다.

"한 사람의 마음은 곧 천하 사람의 마음이란다. 이제 성교(盛敎)를 들으니 슬픈 회포가 유연(油然)히 일어나는구나."

하며 일어나 절하고는 가더이다. 제가 자란에게 말했습니다.

"오늘 저녁에는 나와 진사님 사이에 금석의 약속이 있으니, 오늘 오

---

28) 우이(牛李) — 중국 당대의 우승유(牛僧儒)와 이종민(李宗閔).

시지 않으면 내일은 반드시 담을 넘어 오시리라. 오시면 어떻게 대접해야 할까."

"수놓은 휘장이 겹겹이 둘러 있고 비단 좌석이 찬란하며, 술은 냇물과 같이 있고 고기는 언덕과 같이 있으니 안 오면 그만이지만, 온다면 대접하기가 무엇이 어렵겠니."

그날 밤에는 과연 오지 않았습니다. 진사님이 가만히 그곳을 돌아보니 담이 높고 험준하여 몸에 날개를 갖추지 않으면 능히 넘어갈 수 없었더랍니다. 집으로 돌아가서 맥맥히 말도 아니하고 근심을 얼굴에 나타내고 있는데, 특(特)이라는 이름을 가진 꾀 많은 동복이 진사님의 얼굴을 보고는 나아가 무릎을 꿇고 말하기를,

"진사님은 필경 이 세상에서 오래 사실 것 같지 않습니다."
하고는 뜰에 엎드려 울기에 진사님이 꿇어앉아 그의 손목을 잡고 회포를 다 말하였더니 특이 말하기를,

"어찌 일찍 말씀하지 아니하였습니까. 제가 일이 되도록 해 보겠습니다."
하고는 곧 사다리를 만들었는데, 매울 가벼울 뿐만 아니라 걷었다 폈다 할 수 있으며 접으면 병풍을 접는 것과 같고 펴면 오륙장(五六丈) 가량이나 되지만 손바닥 위에서 운반할 수 있듯이 편리했답니다. 특이 진사님에게 가르쳐 주었습니다.

"이 사다리를 이용해 궁전의 담을 올라 넘어가서는 안에서 접어 두었다가, 돌아올 때에도 또한 그와 같이 하십시오."

진사님이 특에게 뜰에서 시험해 보라고 하였더니 과연 그의 말과 같은지라 진사님은 매우 기뻐하였습니다. 그날 밤 궁중으로 가려고 할 때, 특이 품 속에서 털옷과 가죽 버선을 내어 주면서 말했습니다.

"이것이 있으면 넘어가는데 어려움이 없을 것입니다."

진사님은 그 계교를 써서 담을 넘어가 숲속에 엎드리니 달빛은 낮과 같았으며 궁 안은 조용했습니다. 잠시 후 사람이 안에서 나와 거닐면서 작은 소리로 시를 읊기에 진사님은 숲을 헤쳐 머리를 내어놓고 말했습니다.

"어떠한 사람인데 여기에 오는가."

그 사람이 웃으면서 대답했습니다.

"이리 나오세요. 이리 나오세요."

진사님이 나아가 절을 하고 말했습니다.

"나이 어린 사람이 풍류의 흥취를 이기지 못하여 만사를 무릅쓰고 감히 여기에 들어왔사오니, 엎드려 원하건대 낭자께서는 나를 가련히 여겨 주시오."

자란이 말했습니다.

"진사님이 오시기를 대한(大旱)에 비를 바라는 것처럼 고대하였는데, 이제야 뵈옵게 되니 다행입니다. 원하건대 진사님은 의심하지 마옵소서."

하고는 바로 이끌고 들어가기에 진사님이 층계를 거쳐 굽은 난간을 따라 몸을 가다듬고 들어오실 때, 저는 사창을 열어놓고 옥등(玉燈)을 밝혀 놓고 앉아서 짐승 모양의 금화로에다 향을 피우고 유리 같은 서안에다 태평광기(太平廣記)29) 한 권을 펴들고 있다가, 신사님이 오심을 보고 일어나 맞이하고 절을 하니 진사님도 또한 답례를 하였습니다. 손님과 주인의 예로써 동서로 나누어 앉고, 자란이 진수성찬을 차려놓고 자하주를 따라서 권하니 진사님은 석 잔을 마시고 좀 취한 듯이 말했습니다.

---

29) 태평광기(太平廣記) ― 중국 송나라의 이방(李昉) 등이 칙명을 받들어 지은 책.

"밤이 얼마나 길지요."

자란이 곧 그 뜻을 알아채고는 휘장을 드리우고 문을 닫고 나갔습니다. 제가 등불을 끄고 잠자리에 들어가니 그 즐거움은 가히 알 것입니다. 밤은 어느새 새벽이 되고 뭇 닭은 날 새기를 재촉하기에 진사님은 바로 일어나 돌아가셨습니다. 이때부터 진사님은 어두울 때 들어와서는 새벽에 돌아가시니 그렇게 하지 않은 저녁이 없었지요. 사랑은 깊어가고 정은 두터워져 스스로 그치기를 알지 못했어요. 이 때문에 궁중 담 안의 눈 위에는 자주 발자취가 나게 되었습니다. 궁인들은 다 그 출입을 알고 위험하다 하지 않는 이가 없었습니다.

하루는 진사님이 좋은 일의 끝이 화기(禍機)가 될까 근심하고는 마음 속으로 크게 두려워서 종일 즐거워하지 아니하고 있으니, 특이 바깥에서 들어와 물었습니다.

"이번 일에는 제 공이 매우 컸는데, 지금까지 상을 논하지 않음이 옳은 일이옵니까."

"내 마음 속에 깊이 새겨 놓고 잊지 않고 있으니 조만간 상을 후히 내리리라."

"그런데 진사님의 얼굴빛을 보니 또 다른 근심이 있는 듯합니다. 잘은 모르겠사오나 무슨 까닭이옵니까?"

"보지 못한즉 병이 마음과 골수에 있고, 본즉 헤아릴 수 없는 죄가 되니 어찌 근심하지 않겠나."

"그러면 어찌하여 남몰래 업고 도망가지 않으십니까."

진사님은 그렇게 하기로 하고 그날 밤 특의 계교를 저에게 말씀하셨습니다.

"특이 노비지만 본시 꾀가 많아, 이 계교를 가르쳐 주니 그 계교가 어떠하오."

저는 허락하여 말했습니다.

"제 부모님은 재산이 많은 까닭으로 제가 떠나올 때에 의복과 보화를 많이 실어 주셨으며, 또한 대군이 주신 것이 매우 많으니 이 물건들을 내버리고 갈 수는 없습니다. 그러니 어떻게 하면 좋을까요. 이것들을 운반하려면 말 열 필이 있다 하더라도 다 운반할 수 없어요."

진사님이 돌아가서 특에게 말하니 특이 크게 기뻐하며 말했습니다.

"무엇이 어려울 게 있습니까."

하기에 진사님이 말씀하셨어요.

"그럴 것 같으면 계교를 세워 보아라."

"제 친구 중에 역사(力士) 이십여 명이 있는데, 나날이 강해져서 나라를 위하여 일을 하고자 하거니와 능히 당할 사람이 없사옵니다. 저하고 깊은 우정을 맺고 있어서 오직 명령만 있으면 좋을 것이니, 이 무리들에게 운반하게 하면 태산도 또한 옮길 수 있을 것입니다."

진사님이 돌아와서 저에게 말하기에, 저도 그렇게 생각하고는 밤마다 수습하여 이레 만에 바깥으로 다 운반하자 특이 말했습니다.

"이와 같은 보물을 본댁에 쌓아 두면 큰 마님께서 반드시 의심할 것이며, 저의 집에 쌓아 두면 이웃 사람이 반드시 의심할 텐데 어떻게 하시렵니까? 다른 도리가 없을 것 같으면 산중에다 구멍을 파고서 깊이 묻어 두고는 굳게 지키는 것이 좋을 것 같습니다."

"그러다 혹 잃게 되면 나와 너는 도적이라는 이름을 면하기 어려울 테니, 조심해서 지키도록 해라."

"저의 계교가 이와 같이 깊고 제 친구들 또한 많으니 천하에 있어서 어려운 일이 없습니다. 하물며 저 특이 긴 칼을 가지고 밤낮으로 떠나지 않을 테니, 눈은 뺄 수 있겠지마는 보화는 뺏을 수 없을 것입니다. 또한 저의 발이 성하므로 보화를 취하지 않을 것이니 원하건대 의심하지 마십시오."

　그런데 특의 속뜻은 이 보물을 얻은 후에 진사님을 산골짜기로 끌고 들어가서 진사님을 죽이고는, 저와 재물을 자기가 차지하려는 계획이었습니다. 그러나 진사님은 사리에 어두운 선비라 특의 간계를 알아채지 못했습니다.

　대군이 이전에 비해당을 구축하고는 좋은 작품을 얻어 현판에다 걸고자 하였으나 여러 문사들의 시가 다 마음에 들지 않아서 진사를 강제로 맞이하여 잔치를 베풀어 놓고 간청했습니다. 진사님이 한번 붓을 휘둘러 글을 지어내니, 한 점도 더할 수 없이 산수의 경색과 집 지은 모습을 표현하지 않은 것이 없어 가히 풍우(風雨)를 놀라게 할 만했습니다.

　대군이 칭찬하며 말씀하셨습니다.

　"뜻밖에 오늘 다시 선인을 보게 되었구나."

하시고는, 조용히 읊으시기를 마지 않다가 '수장암절풍류곡(隨墻暗竊風流曲)'이라는 시구에 와서 멈추고는 의심스러워했습니다. 진사님은 일어나 절을 하면서,

　"취하여 글씨를 살필 수 없사오니, 바라건대 물러가게 하여 주옵소서."

　이에 대군은 노복에게 명하여 부축하여 보냈습니다. 이튿날 밤에 진사님이 들어와서 저에게 말했습니다.

　"도망가는 것이 좋겠소. 어제 지은 시에서 대군의 의심을 샀으니, 오늘 밤에 도망가지 않으면 후환이 있을까 두렵소."

　"지난 밤 꿈에 한 사람을 보았는데, 얼굴이 흉악하고 모돈단우(冒頓單于)라 칭하면서 말하기를, '이미 약속한 바 있어 장성(長城) 밑에 오래도록 기다렸노라' 하기에 깜짝 놀라서 일어났는데 꿈자리가 예사롭지 않을 것 같으니 낭군님도 생각하여 보옵소서."

"꿈은 허망하다고 하는데 어찌 믿을 수 있겠소."

"장성이라고 말한 것은 궁장(宮墙)30)이며, 모돈(冒頓)이라고 말한 것은 특이니, 낭군임은 그 노복의 마음을 잘 알고 계신지요?"

"그놈이 본래 미련하고 음흉하기는 하지만 전일 나에게 충성을 다하였고, 오늘 낭자와 더불어 좋은 인연을 맺게 한 것은 다 그놈의 계교요. 어찌 처음에는 충성을 바치다가 나중에는 악한 일을 하겠소."

"낭군님의 말씀을 어찌 감히 거역하리이까. 다만 자란이와 나는 형제와 같으니 말하지 않을 수 없어요."

바로 자란을 불러 세 사람이 둘러앉아서 진사님의 계교를 말하였더니, 자란이 크게 놀라며 꾸짖어 말하였습니다.

"서로 만나 즐거워한 지가 오래 되었는데 어찌 스스로 화근을 만드느냐. 한두 달 동안 사귐이 족한데 담을 넘어 도망치려 하다니, 어찌 사람으로서 그러한 일을 할 수 있으리요. 대군이 뜻을 기울이신 지 이미 오래 되었으니 도망할 수 없음이 그 하나요, 부인이 근심해 주시고 사랑해 주심이 지극하였으니 도망하지 못함이 그 둘째요, 화가 양친에게 미칠 것이니 도망할 수 없음이 넷째다. 또한 천지는 한 그물 속이니 하늘로 올라가거나 땅으로 들어가지 않는 이상 도망간들 어디로 가겠느냐. 만약 잡힐 것 같으면 그 화가 어찌 너의 몸에만 미치겠느냐. 꿈자리가 상서롭지 못하다 함은 그만두고라도, 만약 길하다 하면 즐거이 갈 수 있겠느냐. 마음을 굽히고 뜻을 누르고 정절을 지켜 평안히 있으면서 천이(天耳)를 듣는 것만큼 좋은 것이 없겠다. 너의 얼굴이 좀 쇠하면 대군의 사랑도 풀어질 것이니, 사세를 보아 병이라 칭하고 누워 있으면 반드시 고향으로 돌아가도록 허락해 주실 것이다. 그때에 낭군과 함께 손을 잡고 같이 돌아가서 해로함이 가장 큰 계교인 것 같은데, 이와 같은 것은 생

---

30) 궁장(宮墻) — 궁궐을 싸고 있는 성벽.

각해 보지 않았니? 그와 같은 계교로 사람을 속일 수는 있으나 감히 하늘을 속일 수 있겠느냐."

이에 진사님은 일이 이루어지지 못할 것을 알고는 탄식하면서 눈물을 머금고 나갔습니다.

하루는 대군이 서궁 수헌(繡軒)에 앉아 계시다가 철쭉이 만발한 것을 보시고, 시녀들에게 명하여 오언절구를 지어 올리라 하셨습니다. 대군이 보시고 크게 칭찬하여 말씀하셨습니다.

"너희들의 글이 날로 발전하므로 내 매우 가상히 여기는 바이다. 다만 운영의 시에는 뚜렷이 사람을 생각하는 뜻이 있구나. 전일 부연시(賦煙詩)에도 다소 그러한 뜻이 비쳐졌는데, 지금도 이와 같으니 네가 좇고자 하는 사람이 어떠한 사람이냐. 김생의 상량문(上梁文)에도 의심할 만한 대목이 있었는데, 혹 김생을 생각하고 있는 것은 아니냐."

이에 저는 즉시 뜰에서 내려 머리를 땅에 대고 울면서 고했습니다.

"대군께 한번 의심을 사고는 바로 자결을 하고자 했으나, 나이가 아직 이십 미만이고, 또 부모님을 뵙지 아니하고 죽으면 구천지하에 죽어서도 유감이 있는 까닭으로 살기를 도적하여 지금까지 이르렀다가 또 의심을 사게 되었으니 한번 죽기를 어찌 애석히 여기리이까? 천지 귀신은 밝게 살피소서. 시녀 다섯 사람이 잠시라도 떠나지 아니하였사온데, 더러운 이름이 저에게만 돌아왔사오니 살아도 죽는 것만 같지 못하옵니다. 그러나 이제 죽을 바를 얻었사옵니다."

그리고는 바로 비단 수건으로 난간에다 스스로 목을 매었더니 자란이 말했습니다.

"대군께서는 이와 같이 총명하고 죄없는 시녀에게 스스로 죽을 땅으로 나아가게 하시니, 이제부터 저희들은 맹세코 붓을 잡아 글을 짓지 아니하겠습니다."

대군이 비록 크게 노하셨으나 죽이고 싶은 마음은 없었기에 자란에게 죽지 못하게 구하라고 하고는, 흰 비단 다섯 필을 내어 다섯 사람에게 나누어 주면서 말씀하셨습니다.

"가장 잘 짓는 사람에겐 이것으로 상을 주겠다."

이후로 진사님은 다시는 출입하지 아니하고, 문을 닫아 걸고 병으로 누워 눈물이 이불과 베개를 적시니 목숨은 가는 실오라기와 같았어요. 특이 와서 보고는 말했습니다.

"대장부 죽으면 죽었지, 어찌 상사원결(想思怨結)을 참지 못하여 아녀자처럼 상심하여 스스로 천금 같은 귀한 목숨을 버리려고 하십니까. 이제는 계략을 펴야 할 때입니다. 깊은 밤 고요할 때에 담을 넘고 들어가서, 솜으로 입을 틀어 막고는 업고 뛰어나오면 누가 감히 저를 쫓겠습니까."

"그 계교도 위험하니 신중을 기하여 풀어 보는 것만 같지 못하다."

진사님이 그날 밤 찾아오셨으나 저는 병이 깊어 일어나지 못하고, 자란으로 하여금 맞이해 술 석 잔을 권하고는 편지를 주면서 말했지요.

"이후로는 다시 볼 수 없으니 삼생의 인연과 백년의 가약이 오늘 밤 다한 것 같습니다. 혹 천연(天緣)이 끊어지지 않는다면 마땅히 구천지하에서 서로 찾게 되겠지요."

진사님은 편지를 받고는 우두커니 서서, 맥맥히 마주 보다가 가슴을 치고 눈물을 흘리면서 나갔습니다. 자란은 그 모습이 너무 처량하여 차마 볼 수 없어 기둥에 몸을 숨기고 기대어 눈물을 뿌리며 서 있었습니다. 진사님은 집으로 돌아가서 편지를 뜯어보았습니다. 그 사연은 이러했지요.

'박명(薄命)한 첩 운영은 재배하고 낭군님 발 밑에 사뢰옵니다. 저의 변변치 못한 자질로 불행히 낭군님의 뜻한 바와 같이 서로 애모하는 정을 맺어 며칠 동안 몇 시간씩이나마 다행히 밤의 즐거움을 나누었으나, 바다같이 깊은 정을 다하지는 못하였습니다. 인간 좋은 일에는 조물의 시기함이 많사옵니다. 궁인이 알고 대군이 의심하시와, 화가 눈앞에 닥쳐왔으니 죽을 뿐이옵니다. 엎드려 바라건대 낭군님께서는 작별한 후 저를 가슴에 품어 마음을 상하지 마시고 학문에 매진하여 과거 급제 후 벼슬길에 올라, 후세에 이름을 날리시어 부모님을 나타나게 하시옵소서. 저의 의복과 보화는 모두 팔아서 부처님께 바치시고 백반(百般)³¹⁾으로 기도하시고, 지성으로 발원하셔서 삼생에서의 미진한 연분을 후세에 다시 잇게 해 주시면 고맙겠습니다.'

진사님이 미처 다 보지를 못하고 기절하여 땅에 넘어지니 집안 사람들이 급히 구하여 다시 깨어났습니다. 특이 바깥에서 들어와 물었습니다.

"궁인이 무슨 말을 하였기에 죽으려고 하십니까."

진사님은 다른 말은 하지 않고 오직 한 가지만 말했습니다.

"보물은 네가 잘 지키고 있겠지. 내 장차 다 팔아 부처님께 바쳐서 약조를 실천하리라."

특은 집으로 돌아와서 생각하기를,

'궁녀가 나오지 아니하니 그 보물은 하늘과 나의 것이겠지.'

하며 벽을 향하여 남몰래 웃었으나 사람들은 까닭을 알 수 없었어요.

하루는 특이 스스로 옷을 찢고 코를 쳐서 피가 흐르게 하여 온몸을 더럽히고, 머리를 흩뜨리고는 맨발로 달려들어 와서는 뜰에 엎드려 울면서 말했어요.

"제가 강적의 습격을 받았습니다."

하고는 다시는 말을 아니하고 기절한 사람처럼 하니, 진사님은 특이 죽

---

31) 백반(百般) — 여러 가지.

으면 보화를 묻어 둔 곳을 영영 찾지 못할까 근심이 되어, 친히 약물을 달여 여러 가지로 구하여 살려냈습니다. 끼니 때마다 술과 고기를 주니, 십여 일 만에 일어나서 말하였습니다.

"홀로 산 속에서 지키고 있는데 수많은 도적들이 습격해 왔습니다. 형세를 보니 죽을 것 같아 목숨을 걸고 도망쳐 나와 겨우 실오라기 같은 목숨을 보존하게 되었습니다. 만일 그 보화가 아니었다면 어찌 이와 같은 위험이 있었겠습니까. 명령을 어겼으니 어찌 빨리 죽지 아니하오리까."

하고는 발로 땅을 구르고 주먹으로 가슴을 치면서 통곡하므로, 진사님은 부모님이 알까 두려워 따뜻한 말로 위로하여 보냈다 합니다.

얼마 후 진사님은 그것이 특의 소행임을 알고 노복 십여 명을 거느리고 가서 불의에 그 집을 둘러싸고 수색을 하였으나, 다만 금팔찌 한 쌍과 운남보경(雲南寶鏡) 하나가 있을 뿐이었습니다.

그것을 장물(贓物)32)로 삼아 관가에 고소하여 찾아내고자 하였으나 일이 샐까 두렵고, 만일 그 보화를 얻지 못하면 부처님께 바칠 수 없고, 특을 죽이고자 하나 힘으로 능히 누를 수 없어서 입을 다물고 묵묵히 말을 하지 않고 있을 뿐이었습니다. 특이 스스로 그 죄를 알고는 궁장 밖에 있는 소경에게 가서 물었습니다.

"내 일진 새벽에 이 궁장 밖을 지나가다가 어떤 사람이 궁중에서 담을 넘어 나오기에 도둑인 줄로 알고 큰소리를 치면서 뒤를 쫓았습니다. 그놈이 가지고 있던 물건을 버리고 도망가기에 내가 주워 가지고 돌아와서 감추어 두고 임자가 오기를 기다리고 있는데, 우리 주인이 내가 물건을 주워 왔다는 말을 어디선가 듣고 나를 찾아왔습니다. 내가 다른 재화는 없고 팔찌와 거울 두 개를 얻었다고 하니 주인이 직접 들어와서

---

32) 장물(贓物) — 강도·절도 등의 범죄 행위로 부당하게 얻은 타인 소유의 물품.

뒤지다가 그 두 물건을 얻고도 마음에 차지 않아 계속 무언가를 찾다가, 나를 죽이려고 했습니다. 그러니 제가 주인으로부터 달아나면 길하겠습니까."

"길하겠소!"

하니 그 옆에 있던 사람들이 특의 말을 듣고는 물었습니다.

"너의 주인은 어떠한 사람이기에 노복을 이토록 학대하는가?"

특이 대답하였습니다.

"우리 주인은 나이는 어리지만 조만간 당당히 급제할 것입니다. 그러나 탐욕하기가 그와 같으니 훗날 조정에 설 때의 마음 쓰는 것을 가히 알 수 있지요."

하고 대답했습니다.

이 말이 널리 퍼져 궁중에 들어가고, 궁인이 대군에게 고하니 대군이 크게 노하시어 남궁 사람에게 서궁을 찾아보게 하니, 저의 의복과 보화가 모두 없어졌으므로 대군이 서궁 궁녀 다섯 명을 뜰 가운데 불러놓고 형장(刑杖)을 눈앞에다 엄하게 갖추어 놓고는 영을 내려 말씀하셨어요.

"이 다섯 명을 죽여서 다른 사람을 경계하라!"

하시고는 집장(執杖)한 사람에게 분부하셨습니다.

"장수(杖數)를 헤아리지 말고 죽을 때까지 쳐라!"

이에 다섯 명이 호소했습니다.

"바라건대 한번 말이나 하고 죽게 하여 주소서."

하니 대군이 말씀하셨습니다.

"하고 싶은 말이 무엇인가. 그 사정을 다 말해 보아라."

은섬이 먼저 글월을 올리니 이러했습니다.

"남녀의 정욕은 음양의 이치에서 받은 것이므로 사람이라면 누구나 귀천을 막론하고 다 가지고 있습니다. 한번 심궁에 갇히니 외로운 몸이 되어 꽃을 봐도 눈물이 눈을 가리며 달을 대하여도 넋을 잃으니, 매화나무에 앉은 꾀꼬리로 하여금 짝을 지어 날지 못하게 하며, 발 사이에 드나드는 제비에게 하여금 양소(兩巢)를 얻지 못하게 하는 것입니다. 이것은 다름이 아니라, 스스로 정욕의 뜻을 이기지 못함이며, 또한 투기의 정을 이기지 못해서 그러할 뿐이오니 어찌 슬프지 않겠습니까. 한번 궁장을 넘어가면 인간의 낙을 알 수 있으나 저희들은 오래도록 심궁에 갇히어 이와 같은 일을 하지 못하고 있사오니, 어찌 저희들의 힘으로 능히 할 수 있으며 또 마음으로 참을 수 있겠습니까. 오직 대군의 위엄이 두려워서 마음을 굳게 지키고 있다가 시들어 죽어갈 뿐입니다. 궁중이 일에 있어서 범한 죄가 없는데도 불구하고 죽을 땅에 두고자 하시니, 어찌 원통하지 않겠습니까. 저희들은 구천지하에서 죽어도 눈을 감을 수 없을 것입니다.”

다음으로 비취가 올리니 이러했습니다.

“대군께서 사랑해 주시는 은혜는 산보다 높고 바다보다 깊사온데, 어찌 감동함이 없겠습니까. 저희들이 대군의 깊은 은혜에 감축하고는 홀로 심궁에 거처하면서 달 밝은 가을 밤, 꽃 피는 봄날에도 이 뜻을 변치 않고 오직 문묵(文墨)과 현가(絃歌)33)에 종사하고 있을 따름이온데, 이제 씻을 수 없는 누명이 서궁에 미치고 말았사오니 어찌 원통하지 않겠습니까. 이는 살아도 죽는 것만 같지 못하옵니다. 오직 엎드려 바라건대 빨리 죽을 땅으로 나아가게 해 주십시오.”

세 번째로 자란이 올리니 이러했습니다.

“오늘 일은 죄가 헤아릴 수 없는데 있으니, 마음 속에 품고 있는 것을 어찌 차마 숨겨두겠습니까. 저희들은 여항(閭巷)의 미천한 계집으로서 아버지가 대순(大舜)이 아니고 어머니가 이비(二妃)가 아닌즉 남녀간의

---

33) 현가(絃歌) ― 현악기를 타면서 부르는 노래.

정욕이 어찌 저희들에게만 없겠습니까. 주나라 목왕(穆王)도 천자로서 매양 요대(瑤臺)의 즐거움을 생각하였고, 항우 같은 영웅도 해하(垓下)34)의 눈물을 금치 못하였으며, 당현종(唐玄宗) 같은 슬기로운 임금도 마냥 마외(馬嵬)의 한35)을 생각하였는데, 대군께서는 어찌하여 운영이 홀로 운우(雲雨)36)의 정이 없다고 할 수 있습니까. 김생은 곧 당대의 단정한 선비로 내당으로 끌어들인 것도 대군께서 하신 일이오며, 운영에게 명하여 벼루를 받들게 한 것도 대군님의 영이었습니다. 운영이 오래도록 심궁에 갇혀 있으면서 달 밝은 가을 밤, 꽃 피는 봄날이면 늘상 마음을 상하였고, 오동잎에 떨어지는 밤비에 몇 번이나 애를 끓였습니다. 한번 호협한 남성을 보고 나서는 넋을 잃고 실성하여 병이 골수에 사무쳐서, 비록 죽지 않는 약과 월나라 사람의 손으로도 효력을 보기가 어렵게 되었습니다. 하루 저녁에 아침의 이슬과 같이 죽어지면 대군께서 비록 측은한 마음이 있어 돌보고자 하신들 무슨 소용이 있겠습니까. 저의 어리석은 생각으로는 김생과 운영을 만나 보게 하여 두 사람의 맺혀진 원한을 풀어 주신다면, 대군님의 적선이 막대할 것입니다. 전일 운영의 변절은 죄가 저에게 있지 운영에게는 없습니다. 저의 이 한 말씀은 위로는 대군님을 속이지 아니하고 아래로는 동료를 저버리지 아니할 것이며, 오늘의 죽음은 죽어도 또한 영광이라 생각합니다. 엎드려 바라건대 대군께서는 저의 몸으로써 운영의 목숨을 이어 주옵소서."

네 번째로 옥녀가 올리니 이러하였습니다.

"서궁의 영광을 저도 이미 같이 하였사온데 서궁의 액운을 저 혼자

34) 해하(垓下) — 기원전 202년에 한고조(漢高祖)의 군사가 초(楚)나라 항우를 쳐서 깨뜨린 곳.
35) 마외(馬嵬)의 한(恨) — 중국 당나라 현종이 마외(馬嵬)에서 사랑하는 양귀비를 죽인 일.
36) 운우(雲雨) — 남녀간에 육체적으로 관계하는 일.

면할 수 있겠습니까. 곤강(崑崗)37)도 같이 타고 옥석도 같이 타는데, 오늘의 죽음은 그 죽을 바를 얻었으니 죽어도 유감이 없겠습니다."

끝으로 제가 말했습니다.

"대군님의 은혜는 산과 같고 바다와 같사온데, 능히 정절을 굳게 지키지 못하였으니 그 죄 하나이며, 전후로 지은 시에서 대군님에게 의심을 사고도 끝내 바로 아뢰지 못하였사오니 그 죄 둘이옵고, 서궁의 죄 없는 사람들이 저 때문에 같이 죄를 받게 된 것이 그 죄 셋이옵니다. 이와 같은 큰 죄를 셋이나 짓고서 산들 무슨 면목으로 살며, 만약 죽음을 면하여 주신다 하더라도 저는 마땅히 자결하여 처분을 기다리겠습니다."

대군이 보기를 마치시고 다시 한번 자란의 초사를 펴 보시고는 노염이 좀 풀리는 것 같으므로 소옥이 꿇어앉아 울면서 아뢰었습니다.

"전날 빨래하러 갈 때에 성 안으로 가지 말자고 한 것은 저의 의견이었으나, 자란이 밤에 남궁으로 와서 매우 간절히 청하기에 제가 그 뜻을 안타까이 여겨, 군의(群議)를 물리치고 따랐사오니, 운영의 변절은 그 죄가 저의 몸에 있사옵고 운영에게 있지 아니하오니 저의 몸으로서 운영의 목숨을 이어 주옵소서."

이에 대군의 노여움이 좀 풀어져서 저를 별당에다 가두고 다른 궁녀들은 다 돌려 보냈는데, 그날 밤 지는 비단 수건으로 목을 매어 숙었습니다.

진사는 붓을 잡아 기록하고 운영은 옛일을 당겨서 이야기하는데 매우 자상하였다. 두 사람은 마주 보고 슬픔을 억제하지 못하다가, 운영이 진사에게 말하였다.

---

37) 곤강(崑崗) — 곤륜산(昆崙山).

"이제부터 다음 이야기는 낭군님께서 하십시오."

이에 진사는 이야기를 하기 시작하였다.

운영이 자결한 후 통곡하지 않는 궁인이 없어 부모가 돌아간 것과 같이 했습니다. 곡성이 궁문 밖에까지 들려 저 또한 듣고서 오래도록 기절하여 있었습니다. 집 사람들이 초혼(招魂)하고 발상(發喪)하려고 할 때에 다시 살아나 해질 무렵에서야 겨우 깨어나 정신을 차리고 생각해 보니, 모든 일이 이미 끝난 것 같았습니다.

저는 공불(供佛)의 약속을 저버릴 수 없어 구천의 영혼을 위로해 주고자 그 금팔찌와 보경(寶鏡)과 문방 제구를 다 팔아 가지고 쌀 사십 석을 사서 청녕사(淸寧寺)로 보내어 재를 올리고자 했습니다. 그러나 믿을 만한 사람이 없기에 사환을 시켜 특을 불러오게 하고는 그놈에게 말했습니다.

"너의 전날의 죄를 모두 용서해 줄 테니, 이제 나를 위하여 충성을 다하겠느냐?"

특이 엎드려 울면서 대답했습니다.

"제가 비록 어리석고 완악하나 또한 목석이 아니오니, 한 몸에 지은 죄를 머리카락을 뽑으면서 헤아려도 헤아리기가 어려운 것을 이제 용서해 주시니, 이것은 나무에 잎이 나고 백골에 살이 붙는 것과 같사옵니다. 감히 진사님을 위하여 죽음을 다하지 아니하겠습니까."

"내 운영을 위하여 초례(醮禮)를 베풀어 놓고 불공을 드려 발원을 하고자 하나 신임할 만한 사람이 없으니 네가 가지 않겠느냐."

"삼가 분부를 받들겠습니다."

하고는 즉시 절로 올라가서 삼일 동안 궁둥이를 두드리면서 누워 놀다가 중을 불러 일렀답니다.

"사십 석의 쌀을 어디에 쓰겠소. 다 부처님께 바치겠는가. 오늘은 술

188

과 고기를 많이 장만해 놓고 오가는 객을 불러 먹이는 것이 좋겠소.”

그리고는 마을 여인이 지나가는 것을 보고 강제로 끌고 들어와, 승당(僧堂)에서 같이 자기를 수십 일을 지내고도 재를 올릴 생각을 하지 않더랍니다. 중들이 이를 괘씸히 여기다가, 그 초렛날에 미쳐서 특을 보고 말했습니다.

“불공하는 일은 시주(施主)가 중하온데 시주가 이처럼 불결하니, 일이 극히 미안하오나 저 맑은 시내에 가서 목욕을 하여 몸을 깨끗이 하고 예를 행함이 좋겠소.”

특은 마지못하여 나가 물로 씻고 들어와서는 부처님 앞에 꿇어앉아서 빌었습니다.

“진사는 오늘 당장 죽고 운영은 내일 다시 살아나 특의 짝이 되게 하여 주소서.”

이와 같이 삼일 밤낮으로 발원하는 말이 오직 이것뿐이었습니다. 특은 돌아와서 저에게 말했습니다.

“운영 아씨는 반드시 살 길을 얻을 것입니다. 재를 올리는 그날 밤에 저의 꿈에 나타나서 ‘지성으로 발원해 주니 감사한 마음을 다할 수 없다’고 하면서 절을 하고 울었으며, 중들의 꿈도 또한 그러하였다 합니다.”

하기에 저는 그 말을 믿었습니다.

마침 계수나무가 누렇게 익는 계절이었습니다. 저는 비록 과거에 나아갈 뜻은 없었으나, 마음을 가다듬고 독서하고 있다가 청녕사에 올라가 수일을 묵었습니다. 그리고 그 동안 특이 한 일을 중들로부터 자세히 듣고는 그 분함을 이기지 못하였으나, 특이 없으니 어찌할 수 없고 목욕하여 몸을 깨끗이 하고 부처님 앞에 나아갔지요. 절을 하고 머리를 땅에 대고 향을 사르면서 합장하고 빌었습니다.

"운영이 죽을 때의 유언이 하도 처량하여 차마 저버릴 수 없어 노복 특을 시켜 지성으로 재를 올려 명복을 빌게 하였습니다. 이제 축언(祝言)[38]을 들으니 그 패악(悖惡)[39]함이 이루 말할 수 없고, 운영의 유언을 헛곳으로 돌아가게 하였사오니 소자가 감히 무슨 면목으로 축언하리이까. 엎드려 바라건대 부처님께서는 운영을 다시 살아나게 하시와 이 김생과 더불어 짝을 짓게 하시고, 운영과 이 김생이 후세에 가서 이 원통함을 면하게 하여 주옵소서. 또 부처님께서는 특을 죽여 철가(鐵枷)를 입혀 지옥에다 가두어 주시옵소서. 부처님께서 정말로 제 소원을 들어 주신다면, 운영은 비구니가 되어 십지(十指)를 불살라 가지고 십이 층 금탑을 짓게 해 주시고, 이 김생은 비구승이 되어 오계(五戒)[40]를 닦아 새 거찰(巨刹)을 지어 부처님의 은혜를 갚게 하여 주옵소서."

빌기를 마치고 일어나 머리가 땅에 닿도록 수없이 절을 하고 나왔습니다. 그랬더니 칠일 만에 특이 우물에 빠져 죽었습니다.

이런 후로부터 저는 세상 일에 뜻이 없어 목욕하여 몸을 정결히 하고 새옷으로 갈아입고 고요한 곳에 누워 나흘을 먹지 않았습니다. 마침내 한번 깊이 탄식하고는 다시 일어나지 못할 몸이 되고 말았습니다.

쓰기를 마치자 붓을 던지고 두 사람은 마주 보며 슬피 울면서 그칠 줄을 몰랐다. 유영(柳泳)은 두 사람에게 위로의 말을 해 주었다.

"두 사람이 다시 만났으니 소원이 없겠소. 원수인 노복도 이미 없어졌고 분통함도 사라졌을 텐데, 어찌 그리 슬퍼하는가. 다시 인간 세상에 나오기를 얻지 못하여 그러는 것인가."

---

38) 축언(祝言) ─ 축하나 축복하는 말.
39) 패악(悖惡) ─ 도리에 어그러지고 흉악하다.
40) 오계(五戒) ─ 세속에 있는 불자들이 지켜야 할 다섯 가지 금계(禁戒). 곧 살생 (殺生), 투도(偸盜), 사음(邪淫), 망어(妄語), 음주(飮酒)를 금하는 일.

김생은 눈물을 흘리면서 사례하고 말하였다.

"우리 두 사람 모두 원한을 품고 죽었기에 염라대왕이 그 죄 없음을 불쌍히 여겨 다시 인간 세상에 태어날 수 있도록 선처해 주셨습니다. 그러나 지하의 낙이 인간 세상보다 못하지 않은데, 하물며 천상의 낙은 어떠하겠습니까. 그래서 저희는 인간계에 나가기를 원치 않습니다. 다만 오늘 저녁의 슬픔은 대군이 돌아가시자 고궁에 주인이 없고 까마귀와 새들이 슬피 울고, 사람의 자취가 사라졌음을 슬퍼할 뿐입니다. 게다가 새로 병화를 겪은 후로는 빛나던 집이 재가 되고 옥 같은 섬돌, 분 같은 담이 모두 무너지고, 오직 섬돌 위에 피어 있는 꽃만이 향기롭고 뜰에는 무성한 풀이 봄빛을 자랑할 뿐이니, 그 옛날의 모습을 찾아볼 수 없음을 슬퍼할 뿐입니다. 인사의 변하기 쉬움이 이와 같거늘 옛일을 생각하니 어찌 슬프지 아니하겠습니까."

"그러면 그대들은 천상의 사람인가."

"우리 두 사람은 본래 천상 선인으로 오래도록 옥황상제를 모시고 있다가, 하루는 상제께서 태청궁에 앉아 저에게 옥동산의 과실을 따 오라 하기에 제가 반도(蟠桃)[41]를 많이 따 가지고 와서 운영과 같이 먹다가 발각되어, 진세에 적하(謫下)되어 인간의 괴로움을 골고루 겪다가, 옥황상제께서 전의 허물을 용서하시어, 삼청궁으로 올라가서 다시 옥황상제의 향안(香案) 앞에서 상제를 모시게 되었으며, 돌아가는 이때를 나서 바람의 수레를 타고 다시 진세의 옛날 놀던 곳을 찾아와 보았을 뿐입니다."

하며 김생이 말을 마치고는 눈물을 뿌리면서 운영의 손을 잡고 또 말하였다.

"바다가 마르고 돌이 불에 타 버린들 우리 사랑은 사라지지 않을 것

41) 반도(蟠桃) — 삼천 년 만에 한번씩 열매가 열린다는 선도(仙桃).

이요, 또 땅이 늙고 하늘이 거칠어진들 우리들의 원한은 지우기 어려울 것입니다. 오늘 저녁에 존군(尊君)과 서로 만나 이와 같이 따뜻한 정을 나누었으니, 속세의 인연이 없으면 어찌 얻을 수 있겠습니까. 엎드려 바라건대 존군께서는 이 원고를 거두어 가지고 돌아가시어 영원히 전해 주옵소서. 그리고 경솔한 사람들의 입에 전하여 웃음거리가 되지 않도록 하여 주시면 매우 다행으로 생각하겠습니다."

그리고는 김생은 취하여 운영의 몸에 기대어 시 한 수를 읊었다.

꽃 떨어진 공중에 연작(燕雀)이 날고
봄빛은 예와 같건만 주인은 간 곳 없구나.
중천에 솟은 달은 차기만 한데
아직은 푸른 이슬 우의(羽衣)를 적시지 않았네.

운영도 이내 받아서 읊었다.

고궁의 고운 꽃은 봄빛을 새로 띠고
천년 만년 우리 사랑 꿈마다 찾아오네.
오늘 저녁 예와 놀며 옛 자취 찾아보니
막을 수 없는 슬픈 눈물은 수건을 적시네.

이때 유영도 또한 취하여 잠깐 누워 있다가 산새 소리에 깨어났다. 구름과 연기는 땅에 가득하고 새벽빛은 창망한데 사방을 살펴보아도 사람은 보이지 않고, 다만 김생이 기록한 책자만이 있었다.

유영은 쓸쓸한 마음을 금할 수 없어 신책(神冊)을 거두어 가지고 돌아와 장 속에 감추어 두고는 때때로 내어 보고 망연히 자신을 잃고 침식을 전폐했다. 후에는 명산을 두루 돌아다녔는데 그 마친 바를 알 수 없다고 한다.

《운영전》바로 읽기

권순긍(세명대 교수, 문학평론가)

봉건 시대 금지된 사랑의 비극

<운영전>은 작가가 청파사인 유영이라는 설도 있으나 그는 작품의 등장인물에 불과하며 누구인지 확실하지 않다. 창작 연대는 17세기 초로 추정된다. 그것은 작품 내용에 "만력신축(萬曆辛丑)"이라는 연도와 "갓 전란을 겪은 뒤인지라 장안의 궁궐과 성안에 가득했던 집들이 텅 빈 채 남아 있지 않았다."라 하여 임진왜란 직후 황폐화된 서울의 모습이 비교적 자세히 묘사되었다는 것에 근거하고 있다. 곧 '만력신축' 년인 1601년 이후 임진왜란의 상처가 채 아물지 않았던 시점에 창작된 것으로 보인다.

<운영전>은 기이하고도 낭만적인 이야기인 전기소설(傳奇小說)로, 몰락한 선비 유영(柳泳)이 안평대군의 수성궁을 구경하러 갔다가 궁녀였던 운영과 김신사의 혼령을 만나 그늘의 비극적인 사랑 이야기를 듣고 옮겨 적은 것이다. 일종의 '액자소설'로 줄거리는 다음과 같다.

세종대왕의 셋째 아들인 안평대군은 수성궁에서 시와 풍류를 즐기며 소일하고 있었다. 주인공 운영은 수성궁의 궁녀로서 자색이 아름다운데다 나이도 어리고 문장과 재능을 겸비하여 안평대군을 비롯한 뭇사람들의 남다른 사랑을 받고 있었다. 하지만 궁녀인 운영은 무서운 감시와 엄격한 단속을 받으며 살지 않으면 안 되었다. 대군이 궁녀들에게 바깥사람들과의 일체 접촉을 못하도록 하였기 때문이다.

그러던 어느날 운영은 대군의 서재에서 먹을 갈다가 대군을 만나러 온 김진사를 처음 만나 보고 사랑을 느끼게 되었다. 진사 역시 자색이 아름답고 마음이 순결한 운영에게 애정을 느끼게 되었다. 며칠 뒤 안평대군의 부름으로 김진사가 다시 수성궁에 오게 되는데, 운영은 남 몰래 자신의 마음을 적은 편지를 김진사에게 전달한다. 편지를 통해 운영의 마음을 알게 된 김진사는 수성궁에 출입하는 무녀를 통해 답서를 전달한다. 이후 운영과 김진사는 동료 궁녀인 자란과 김진사의 노비인 특의 도움으로 밤마다 수성궁에서 밀회를 즐긴다. 그러나 이들의 만남은 오래가지 않았다. 대군이 운영의 시와 "밤마다 담을 넘어 풍류곡을 훔쳐간다."라는 김진사의 상량문을 보고 이들의 관계를 의심했던 것이다. 이에 김진사와 운영은 흉악한 특의 말만 믿고 달아날 계획을 세워 운영의 모든 재물을 궁궐 밖으로 내보낸다. 하지만 특이는 운영을 궁중에서 빼낸 다음 김진사를 죽이고 운영과 재물 모두를 자기가 차지하려고 대군에게 그들의 관계를 폭로한다. 이 소문을 들은 안평대군은 함께 거처했던 5명의 궁녀를 문초하고 운영은 별당에 가두었으나 운영은 스스로 목숨을 끊는다. 한편 김진사는 운영의 명목을 빌어주고 4일 동안 아무것도 먹지 않고 있다가 운영의 뒤를 따라 죽는다. 이 이야기를 들은 유영은 그 뒤에 침식을 전폐하고 명산을 두루 돌아다녔는데, 그가 어디서 생을 마쳤는지는 알 수 없다.

이상의 줄거리를 통해 알 수 있듯이 <운영전>은 궁녀인 운영과 젊은 선비 김진사의 비극적인 사랑을 통해 중세적 이념과 사회 질서의 반인륜적 측면을 문제 삼은 작품이다. 애정 전기소설이란 측면에서 <운영전>은 <이생규장전>, <주생전>, <위경천전> 등의 주제를 이어 받은 작품이다. 하지만 <운영전>이 이들 작품과 다른 것은 애정의 파탄을 전란과 연결시키지 않고 신분에 따르는 사회적 장벽을 문제 삼고 있다는 점이다. <이생규장전> 등은 애정의 파탄이 예기치 않은 전란에 기인한다. <이생규장전>의 이생과 최랑은 신분 처지의 차이에도 불구하고 결혼을 하나 홍건적의 침입으로 최랑은 목숨을 잃는다. 그런데 <운영전>은 외부의 전란이 아니라 궁녀라는 처지와 안평대군의 완고한 입장에 의해 비극적 결말을 맞이하는 것이다.

운영은 당시 사랑할 자유마저 빼앗긴 궁녀의 신분이다. 그는 가혹한 봉건적 억압에 굴하지 않고 참된 사랑을 위하여 생명을 바침으로써 한 인간의 고귀한 자유의지를 수호한 것이다. 더욱이 운영의 벗인 자란의 형상을 통하여 사랑과 자유를 갈망하는 욕구를 대변하고 있다. 자란은 운영의 소원을 풀어 주기 위하여 죽음을 무릅쓰고 대담하게 행동하며 상전인 안평대군에게 남녀의 정욕은 인간의 자연스런 마음이라고 당당히 항변한다.

작품의 중요인물인 김진사 역시 봉건윤리 도덕을 위반하는 이단자의 형상으로, 진정한 사랑을 위하여 생명까지 잃는 비극적 인물로 그려지고 있다. 김진사는 안평대군의 신임과 사랑을 받았으며 따라서 출세의 길도 활짝 열려 있었다. 하지만 그는 당대 사회에서의 출세나 명예보다 참된 사랑을 갈망했으며 운영을 만나 이를 실현하고자 했다. 그로 인해 결국 생명까지 잃는 비극적 운명에 처하게 되었다.

<운영전>은 운영과 김진사의 비극적 사랑을 통해 유교사상에 기초한 봉건 도덕 규범의 불합리성을 폭로하고 청춘 남녀의 아름다운 사랑을 긍정했으며 봉건사회에서 무참히 짓밟힌 여성들의 처지를 진실하게 보여 주었다. 즉 <운영전>은 중세적 이념과 질서의 반인륜적인 측면을 객관적인 시각에서 사실적으로 형상화했다는 점에서 큰 의의를 지니고 있다.

이 외에도 <운영전>은 형식적 측면에서도 새로운 모습을 보인다. 소설 구성에서 일대기적 틀을 벗어나 주인공의 출생담으로부터 이야기를

펼치는 것이 아니라 주인공들이 사랑하게 되는 경위와 그 발전 과정, 그리고 그로 인하여 비극을 맞이하게 되는 짧은 시간 상의 사건을 중심으로 이야기를 엮어가고 있다. 이 점 대단히 신선한 구성 방식이다. 또한 작중인물의 심리가 잘 그려져 있다. 작자는 사건 위주의 이야기 전개 방식이 아니라 주인공들의 성격창조를 고정시켜 사건들을 심화시키면서 자연스럽게 전개해 나갔다.

하지만 <운영전>은 한계 또한 지니고 있다. 김진사는 자신의 노비인 특에게 속아 운영의 목숨과 재물을 모두 빼앗겼음에도 불구하고 힘이 없어 처단하지 못할 뿐만 아니라, 도리어 이러한 특에게 쌀 40석을 주어 운영의 명복을 빌어달라고 부탁한다. 사악한 특이 운영의 명복을 빌기는커녕 패악한 짓만 저지르자 김진사는 부처에게 특을 처단해 달라고 기원해, 김진사의 기원대로 특은 함정에 빠져 죽는다. 여기에서 노비 특은 조선 후기에 이르러 점차 성장해 가는 노비 계층의 현실을 일정하게 반영한 것으로 볼 수 있다. 하지만 노비 계층이 아무리 성장했다고 할지라도 주인인 김진사가 부처의 염험을 빌어 노비 특을 처단한다는 해결 방식은 비현실적인 것임에 틀림없다.

현재까지 확인된 <운영전>의 이본은 20여 종이며, 내용상의 차이는 크지 않다. 대부분이 한문본이고 한글 필사본과 활자본이 각각 1종 있는데, 이들은 모두 한문본을 저본으로 삼아 번역하는 가운데 윤색과 첨삭을 가한 것이다.

옥 단 춘 전
(玉丹春傳)

옥단춘전

숙종대왕(肅宗大王) 즉위 후 십년 동안 나라가 태평하고 백성이 편안하며 집집마다 살림 형편이 넉넉하고 풍족하여, 그야말로 요(堯) 임금의 시대요, 순(舜) 임금의 천하 같은 좋은 세상이었다. 이런 태평세월에 백성은 먹을 것이 풍족하여 좋아하고 즐기며 격양가(擊壤歌) 부르기를 일삼았다.

이때 서울에 유명한 재상 두 사람이 살았는데, 한 명은 이정(李楨)이요, 다른 재상은 김정(金楨)이었다. 그들은 생활이 검소할 뿐만 아니라 성품도 인자했으며 정의가 매우 남달랐다. 또한 두 사람 모두 대를 이을 아들이 없어서 같은 사정을 위로하며 서러워하였다.

그러던 어느 날, 이정의 꿈에 청룡이 오색 구름을 타고 여의주를 희롱하는데 난데없는 백호(白虎)가 달려오기에 한강으로 백호를 쫓아 내버리고 하늘로 올라가는 것을 보았다. 그 달부터 이정의 부인에게 태기가 있어 열 달 만에 아들을 낳으니 이름을 혈룡(血龍)이라 하였다.

김정도 같은 때에 꿈을 꾸었는데, 백호가 산을 넘어 한강을 건너려고 하는데 용감한 청룡이 나타나 백호가 물에 빠지는 것을 보고 놀라서 깨어나니 남가일몽(南柯一夢)[1]이었다. 이 꿈을 부인과 이야기하고 이상히 여겼는데 그 달부터 태기가 있어 김정의 부인 역시 아들을 낳으니 이름

어나니 남가일몽(南柯一夢)[1]이었다. 이 꿈을 부인과 이야기하고 이상히 여겼는데 그 달부터 태기가 있어 김정의 부인 역시 아들을 낳으니 이름을 진희(震喜)라 지었다.

이 두 재상의 아들은 무럭무럭 자라 씩씩하고 용감했으며, 그 또래의 다른 아이들에 비해 지혜도 뛰어났다.

김진희와 이혈룡은 한 글방에서 공부하였는데 그 총명한 재주가 옛 사람들을 능가하게 되었다. 어려서부터 함께 공부한 그들의 정의는 동골동태(同骨同胎)의 친형제와 같았다. 두 집이 대대로 친구로 사귀어 오는 사이라 후세의 자손들도 자연 세의(世誼)[2]를 언약하였다.

"우리 두 사람의 정의를 생각하면 우리들이 살아 있는 동안은 물론이요, 후세의 자손들까지 우리 조상들이 하신 것처럼 세의를 이어서 저버리지 말자. 세상의 복록이란 변화 무쌍해서 어찌 될지 모르니, 네가 먼저 귀하게 되면 나를 도와 주고 내가 먼저 귀하게 되면 너를 도와 주기로 약속하자."

서로 이처럼 태산같이 맺은 언약을 금석같이 여겨서 한결같이 의좋게 지냈다. 그런데 뜻밖에도 김정과 이정이 우연히 병을 얻어 백약의 효험이 없는 천명이라 회생하기가 어렵게 되었다. 병세가 점점 위중해지자 상감께서 대경실색하고 만조백관(滿朝百官)[3]을 모아놓고 말씀하셨다.

"과인의 수족 같은 신하 김정승과 이정승이 공교롭게도 함께 병을 얻어 백약이 무효하고 매우 위중하니 어떻게 하여야 회생시킬 수 있겠는가."

---

1) 남가일몽(南柯一夢) — (당나라의 순우분(淳于棼)이 술에 취하여 홰나무의 남쪽으로 뻗은 가지 밑에서 잠이 들었는데, 대괴안국(大槐安國)으로 영접을 받아 20년 동안 영화를 누리는 꿈을 꾸었다는 고사에서) 꿈과 같이 헛된 한때의 부귀 영화를 말함.
2) 세의(世誼) — 대대로 사귀어 온 정의(情誼).
3) 만조백관(滿朝百官) — 조정의 모든 벼슬아치.

백관이 상감의 명을 받들고 황송하여 어찌할 바를 모르나 인력으로 어찌 천명을 어길 수 있겠는가.

상감은 어의(御醫)를 불러서 말씀하셨다.

"전의는 급히 가서 두 재상의 병을 구하라."

하고 명하여 보냈으나 두 재상 모두 병세가 위중하므로 비록 편작(編鵲)4) 같은 명의라도 살릴 수는 없었다.

두 승상이 마침내 같은 날에 함께 별세하자, 두 집의 유족과 친척들 모두 하늘을 우러러 통곡하였다. 상감께서는 이 슬픈 소식을 들으시고 슬퍼하시며 금은 삼백 냥을 각각 부의로 내려주셨다. 두 집에서 천은에 감격하고 초종지례(初終之禮)를 극진히 지내고, 이어서 삼년상을 지성으로 모셨다.

이때 김진희는 가세가 부유하여 잘살았으나, 이혈룡은 가세가 점점 기울어 그날그날 살아가기도 곤궁하게 되었다. 게다가 김진희는 운수도 좋게 소년등과(少年登科)하여 평양 감사가 되어서 도임 길을 떠나게 되었다. 도임 행차가 지나는 곳마다 각 읍(邑)에서 바치는 물건과 환영하기 위하여 나온 백성들이 역로(驛路)를 메우고 그 위세가 진동하였다.

평양에 당도하자 팔백 명의 나졸들이 늘어섰고, 육각(六角)의 풍류 소리가 났으며, 신임 감사는 찬란한 금마 위에서 위엄이 당당하였다. 그리고 영축하는 녹의홍상(綠衣紅裳)5)의 기생들은 특별히 곱게 단장하고, 구름 같은 머리채를 반달같이 둘러 얹고, 버들잎 같은 두 눈썹은 여덟 팔(八) 자로 다듬고, 옥 같은 두 연지 볼은 삼사월 호시절의 꽃송이 같았다. 묘한 태도로 고운 옷을 단정히 차려 입고, 박 속 같은 잇속은 두 이(二) 자로 반만 벌리고서 방그레 웃고, 흰 모래밭에 금자라 같은 걸음

---

4) 편작(編鵲) — 중국 고대의 전설적인 명의(名醫).

5) 녹의홍상(綠衣紅裳) — (연두 저고리에 다홍 치마라는 뜻) 젊은 여자의 고운 옷 치장을 이르는 말.

으로 아기작 아기작 왕래하니, 칭찬하지 않는 사람이 없었다.

평양 감사 김진희는 도임 후에 각 읍 수령들의 연명6)을 받고, 이삼일 후에 육방(六房) 점고도 마친 다음, 기생 점고를 하였다. 영주선(瀛州仙)이, 김선월(金先月)이, 옥문(玉門)이, 옥단춘(玉丹春)이 등등 앵무 같은 기생들이 옷 모양과 얼굴을 곱게 꾸미고 갖은 교태의 걸음걸이로 아양을 떨어 어떻게 해서든 감사의 눈에 들어서, 수청이나 한번 들까 서로 시기하고 아양 떠는 거동이 볼 만하였다.

그중에서 옥단춘이라는 기생은 지체가 비록 기생이나 행실이 송죽 같고 본심이 정결하여 부임하는 수령들과 감사들이 수청을 들기를 명하여도 모두 거절하고 글공부에만 힘쓰며 세월을 보내고 있었다. 그녀는 기적(妓籍)에 매인 몸이라 점고는 받을망정 정조를 굳게 지키고 있었다.

김감사가 기생을 일일이 점고한 끝에 옥단춘이 가장 마음에 들어, 호장을 불러서 오늘부터 옥단춘을 수청 들게 하라고 분부하였다. 호장이 감사의 분부를 듣고 옥단춘의 집으로 달려갔다.

"춘아 춘아, 옥단춘아, 버들잎에 피어난 춘아, 사또께서 너를 불러 수청 들라 명하시니 아니 가진 못하리라. 네가 만일 이번에도 수청을 거역하면, 너 때문에 우리가 경을 맞으니 단장하고 어서 가자."

옥단춘이 깜짝 놀라서 다시 물었다.

"여보 호장, 들어보소. 내가 비록 기생이나 공부하는 처녀인데 수청이라니 웬 말이오?"

"네 사정은 그러하나, 사또의 분부가 지엄하니 아니 가진 못하리라. 우리 또한 너를 데리고 가지 않으면 난처해지니 잔말 말고 어서 가자."

옥단춘은 어쩔 수 없이 옷을 채복으로 갈아입고 미친 여자 모양으로

---

6) 연명 ─ 감사나 수령이 부임할 때에 궐패(闕牌) 앞에서 임금의 명령을 알리던 의식.

들어가니, 사또는 옥단춘의 손을 잡아 앉힌 후에 온갖 희롱과 수작을 서슴지 않았다. 옥단춘은 하는 수 없이 수응수답(酬應酬答) 건성으로 감사의 비위만 맞추고 어물쩍거렸다. 그날부터 김감사는 옥단춘에게만 빠져서 관가의 일에는 관심이 없고, 오직 풍악과 주색만 일삼았다.

한편 이혈룡은 가세가 기울어 늙은 모친과 처자를 데리고 살 길이 막막하였다. 날품을 팔자하니 배우지 못한 상일이요, 빌어 먹자하니 가문을 더럽힐까 두려웠고, 굶어서 죽자 해도 늙은 모친과 연약한 처자를 두고 차마 죽지도 못하는 처지였다. 자기 배가 아무리 고파도 노모에게 그런 눈치를 보이지 않으려고 참았다. 고심 끝에 그는 집에 있는 물건들을 하나씩 내다 팔이 끼니를 해결하기 시작했다. 그것마저도 다 팔고 없어지자, 혈룡은 자기 머리카락을 잘라 팔아 곡식과 바꾸어서 한두 끼를 먹었으나 그것도 그때뿐이었다. 머리 또한 빨리 자라 줄 리도 없었다.

바로 이 무렵, 그는 친구 김진희가 장원 급제하여 평양 감사가 되었다는 소식을 듣고 깜짝 놀랐다.

'내가 이렇게 죽을 지경에 처했는데 우정을 깊이 나눈 친구가 큰 벼슬을 하고 있다니 듣던 중 반가운 말이다.'

혈룡은 친구의 도움을 받을 생각으로 모친에게 상의를 하였다.

"김정승 아들 진희와 친히 지낼 적에 맺은 언약이 있었는데, 지금 들으니 그가 평양 감사로 갔다 합니다. 옛날 정부과 약속을 생각해서리도, 제가 찾아가면 괄시는 하지 않고 도와 줄 테니 가 볼까 합니다. 그러나 재상가의 자손으로 구걸하는 모양으로 갈 수는 없고, 그렇다고 노자 한 푼 없으니 갈 일이 막막합니다. 하지만 의식(衣食)이 없으니 무슨 염치를 차리겠습니까. 좌우간 빨리 다녀오겠으니 고생이 되시더라도 용서하고 기다려 주십시오."

혈룡은 평양까지 갈 일을 생각하니, 날아갈까 뛰어갈까 마음만 초조하였다. 친구를 찾아가기만 하면 배고픔을 면할 것이요, 돈냥이나 얻어 가지고 집으로 돌아올 듯한데, 노자 한 푼 없이 먼길을 걸어 갈 생각을 하니 막막하였다.

'우리와 같은 충신의 자손으로서 그는 저렇듯 귀하게 되었는데 나는 왜 이토록 궁핍함이 심할까. 참으로 슬픈 팔자다.'

혈룡은 통곡을 하다가 또 혼자 넋두리를 하였다.

'내 복록 운수가 부족하거나, 죄 주는 귀신이 나를 시기하여 천운이 이러하니 누구를 원망하랴.'

하고 탄식하자 모친이 아들을 위로하며 말하였다.

"너무 슬퍼하지 마라. 남자에게는 빈궁과 영달이 때가 있는 법이니, 하늘이 어찌 너에게만 무심하겠느냐."

혈룡이 모친 앞을 물러나와서 아내에게 당부하였다.

"당신은 어머니를 모시고 내가 다녀올 때까지 잘 있으시오."

부인이 울면서 대답하였다.

"제 생각에도 당신이 평양에 가시면 그 친구 분이 괄시는 아니할 듯하니 우선 가실 방도를 구하십시오."

하고 우례(于禮)7) 때 입었던 의복을 팔아서 받은 약간의 돈을 내주면서 노자로 쓰라고 한 뒤 빨리 떠나기를 권하였다. 약간의 노자가 마련되자, 혈룡은 모친과 아내에게 하직 인사를 하면서 말하였다.

"나는 가서 한때나마 연명하겠지만, 어머님과 당신은 어떻게 지내겠는가?"

하면서 슬피 우니 그 소리를 듣는 사람마다 그들을 불쌍하게 생각했다. 마침내 혈룡이 떠날 때에 모친께 들어가 앞에 엎드려 대성통곡하며,

"소자는 자식으로서 부모를 봉양하며 그 은공을 갚지 못하고 유리걸

_____

7) 우례(于禮) — 신부가 처음으로 시집으로 들어가는 예식.

식하러 가오니 어디 간들 이 불효의 몸을 용서받을 수 있겠습니까?"

혈룡이 눈물로 가족과 작별하고 평양으로 가는데, 자신의 신세를 생각하니 슬픔을 헤아릴 수 없었다.

'어쩌면 내 행색이 이리 초라할까.'

혈룡은 죽장망혜(竹杖芒鞋)[8]로 오백 리 길을 걸어서 마침내 평양에 당도했는데, 평양은 그야말로 절승의 강산을 이루고 있었다. 그러나 그는 이런 경치를 구경할 여유도 없이 동문 밖에 여관을 정하고 관속을 불러내어 성명을 통지하라고 일렀다. 그러나 관원은 남루한 행각으로 감사를 함부로 만나게 할 수가 없다고 냉정하게 거절하였다. 이혈룡이 다시 청하며 자기와 감사와의 관계를 말하였다.

"나는 너의 사또와 죽마고우요 한 형제처럼 지낸 사람이다. 네가 가서 내 이름 석 자만 대면 사또가 반가워할 것이니 염려하지 말고 어서 아뢰주시오."

하고 재삼 청하였으나 문지기는 들은 체도 하지 않았다.

'이 일을 어찌할까. 애고 애고 어찌할까. 어머님과 아내는 날 보내고 배가 고파 기진하며 오늘이나 올라올까, 내일이나 올라올까, 돈 얻어서 돌아올까, 주야장천 기다릴 텐데 어찌하란 말인가.'

이런 탄식으로 슬피 울며 십여 일이나 주막집에 묵으면서, 평양 감사 김진희를 만나려고 애를 썼다. 그러는 동안에 노자는 다 떨어지고 그내로 돌아가면 어머님과 처자는 무슨 낯으로 대할 것인가. 빈손으로 돌아가려고 해도 노자 한 푼 없어 갈 수 없고 평양에 있을 수도 없고 서울로 올라갈 수도 없게 되었다.

"집으로 돌아가려 한들 노자 한푼 변통할 수 없고 이곳에 머무르려

---

8) 죽장망혜(竹杖芒鞋) — 대지팡이와 짚신. 곧, 먼길을 떠날 때의 아주 간편한 차림새를 이름.

한들 주인이 싫어하니 이 일을 어찌하면 좋단 말인가."

하면서 통곡하니 그를 불쌍히 여기지 않을 사람이 없었다.

모든 것이 절망이라 눈앞이 캄캄해진 이혈룡은 대동강 깊은 물에 빠져 죽을 결심도 하였으나, 다시 생각하니 차마 죽을 수는 없었다.

'불쌍한 어머님과 처자는 내 신세가 지금 이렇게 된 줄도 모르고 돈 푼이나 얻어 가지고 오늘이나 올까, 내일이나 올까, 주야장천 기다릴 텐데, 객지에서 죽을 수도 없고 푼전의 노자도 없는 과객을 괄시하는 주막집 주인은 나가라고 구박하니 이 넓은 천지간에 이런 팔자가 어디 또 있으랴.'

이런 탄식을 하면서도 굶으면 죽을 목숨이라 혈룡은 어쩔 수가 없어서 입고 있던 옷을 하나씩 벗어 팔아 하루하루를 버텼지만 그것도 잠시였다. 하루 종일 영문에 가서 문지기에게 사또 면회를 청하였으나, 처음에는 거지로 알고 사또에게 통지 않던 문지기들도 이제는 정신 나간 사람으로 여기고 아예 대꾸조차 하지 않았다. 그의 애걸하는 꼴은 마치 실성한 사람 같기도 하려니와, 때묻고 낡은 속옷을 입고 다녀 거지 중에서도 상거지 모양이었다. 그래도 산 목숨이라 평양거리를 헤매며 문전걸식을 하던 차에, 하루는 이감사가 각 읍 수령을 모아놓고 대동강변 연광정(練光亭)에서 큰 잔치를 베푼다는 소문을 들었다.

그날이 되자 대동강변 연광정에 큰 잔치가 베풀어졌고 풍악 소리가 낭자하며, 팔십 명의 기생들은 제각기 재주를 자랑하며, 모인 세도가들의 흥을 돋우어 주고 있었다.

김감사는 취흥을 못이겨 시조 가락을 읊었다.

"백구야 펄펄 날지 마라, 너 잡을 내 아니다. 어허 하수령들아, 내 말을 들어보아라. 삼사월 호시절에 온갖 잡화 다 피었는데, 세류 청천 저 버들과 좌우편의 저 두견아, 슬피 우는 네 소리 들어보니 철석인들 뉘 아니 슬퍼하랴."

하며 도도한 취흥으로 마음 내키는 대로 놀고 있었다.

이때 혈룡이는 연광정 밑에서 기진맥진한 빈 배를 움켜잡고 그 풍성한 음식을 바라보니 뱃속의 회가 동하였으나 그림의 떡이라 먹을 수가 없었다. 눈을 돌려 경치를 바라보니, 십 리 청강에 오리들은 물결에 따라 둥실둥실 높이 떠서 쌍쌍이 놀고, 백리 평사(平沙)에 백구들은 쌍을 지어 한가롭게 놀고 있었다.

이혈룡은 마침내 결심하고 잔치의 흥이 무르익어 갈 무렵, 연회장으로 접근해 가서 갑자기 큰소리로 외쳤다.

"평양 감사 김진희야, 너는 여기 와 있는 이혈룡을 모르느냐?"

두세 번 외치는 소리에 김감사가 알아 듣고, 한참을 보다가 호장을 불러 호통을 쳤다.

"호장, 저 놈이 어떤 놈이냐!"

호장이 겁을 먹고 뛰어와서 이혈룡의 뺨을 치고 등을 밀며, 상투를 잡아 끌고 가서 감사 앞에 꿇어 앉혔다. 그러자 술에 취한 김감사가 눈을 가늘게 뜨고 노발대발 화를 내며 대답하였다.

"네 이놈 들어라, 웬 미친놈이 와서 감히 내 이름을 욕되게 부르느냐."

이혈룡은 너무 어이가 없어서 태연한 태도로 말하였다.

"나는 이정승의 아들 이혈룡이다. 너를 친구라고 믿고 그 먼 길을 찾아왔으나 감사의 영문 턱이 하도 높아서 성명조차 알리지 못하고 한 달이나 묵느라 노자도 떨어지고 배고픔을 견디지 못하여 문전걸식하고 다니다가, 오늘에서야 너를 보게 되니 이젠 죽어도 한이 없다. 그러나 너를 친구라고 찾아왔는데 어찌 이토록 괄시를 한단 말이냐? 오랜 친구도 쓸데없고 결의형제(結義兄弟)도 쓸데없구나. 내가 네 처지라면 친구 대접을 이렇게 하지는 않을 거다. 그러나 모든 모욕을 참고 한 가지 청을 하니, 배고픔으로 신음하는 늙은 어머니와 처자를 살리게 돈 좀 빌려 주게."

하며 창피를 무릅쓰고 간절히 사정을 하였다. 그러나 김감사는 불쾌한 안색으로 말이 없었다. 이혈룡은 다시 울먹이며 호소하였다.

"이 몹쓸 김진희 놈아, 내겐 지금 푼전의 노자가 없으니 멀고 먼 서울 길을 어찌 돌아가겠느냐."

그러자 김감사는 노발대발하며 호통을 쳤다.

"이런 미친놈 봤나. 내가 너 같은 미친 거지 놈을 언제 봤다고 아는 친구라는 거냐."

하며 대동강의 뱃사공을 불러 엄명하였다.

"이 미친놈을 배에 실어다가 대동강 깊은 물 한복판에 던져 버려 물 고기 밥을 만들어라."

사공들이 영을 받고 물러나와 이혈룡을 잡아 묶어 배에 실었다. 이때 연회장에서 이것을 지켜 보던 옥단춘은, 의복은 비록 남루하나 얼굴이 비범한 것을 보고 가엾게 여겨 김감사에게 거짓말을 하였다.

"소녀 지금 오한이 나고 몸이 괴로워 견딜 수가 없습니다."

"그러면 물러가 약을 써서 빨리 치료하라."

옥단춘은 물러 나와서 이혈룡을 잡아 가는 사공들을 급히 불렀다.

"저기 가는 사공들 잠깐만 기다리시오."

사공들이 가던 걸음을 멈추자 옥단춘이 입을 열었다.

"내 이 양반의 몸값을 후하게 줄 테니 이 양반을 죽이지 말고 죽인 듯이 모래를 덮어서 숨겨 두고 오시오."

옥단춘의 부탁을 받은 사공들은 귀가 솔깃하여 서로 얼굴을 쳐다보면서 수군거렸다.

"여보게 자네 생각은 어떤가, 내 생각에는 아무리 사또님 영이지만 죄도 없는 사람을 어찌 우리 손으로 죽이겠는가."

사공들이 옥단춘에게 눈짓으로 약속하였다. 그리고 이혈룡을 배에 싣고 대동강에 둥실둥실 젓고 가서 깊은 곳을 향하여 갔다. 이런 일은 꿈에도 알지 못한 혈룡은 속절없이 대동강 물귀신이 되어 죽는 줄로만 알고 하늘을 우러러 대성통곡하였다.

"천지 신명은 굽어서 살피소서. 불쌍한 이혈룡의 목숨을 살려 주옵소서. 서울에 남은 어머니와 처는 나를 평양에 보낸 후에 이렇게 죽게 될 줄은 꿈에도 모르고, 오늘 올까 내일 올까 밤낮으로 기다릴 테데, 무슨 죄를 지었기에 내 팔자가 이리도 기박하단 말입니까?"
하고 통곡하므로 슬퍼하지 않는 이가 없고, 산천초목까지 슬퍼하는 듯하였다.

그런데 사공들의 거동은 백리청강 맑고 깊은 물에 두둥실 높이 떠서, 어기여차 노래하며 물결 따라 떠내려갈 때 좌우 경치를 바라보니, 장성 일면(長城一面)에 점점산(點點山)이라는 글처럼 이 땅의 승경(勝景)이었다.

"무이산(武夷山) 열두 봉은 구름 밖에 솟아 있고, 연광정 내린 물은 대동강을 따라 있고, 산천초목 좋은 경치 홍홍백백 고운 곳에, 범파창랑(汎波滄浪) 어부들은 청강홍미(淸江紅眉) 좋은 경치, 백구는 하늘과 물 사이에 너울너울 높이 떠서, 쌍쌍 지어 노는 모양 사람 흥미 자아내고, 동정호(洞庭湖) 추야월(秋夜月)에 어수청풍(魚水淸風) 노니는데, 내 팔자는 무슨 죄로 성은(聖恩)을 못다 갚고, 어복중(魚腹中)의 혼(魂)이 되려는가. 나 한 몸 죽기는 서럽지 않으나, 북당(北堂)의 팔십 어머니가 나를 보내시고 밤낮으로 기다리다가 이런 줄도 모르시고, 자식 낳아 쓸데없다 하실 것이요, 불쌍한 처는 늙은 어머니를 모시고서 오늘 올까 내일 올까 밤낮으로 문 밖에 나와서 기다릴 때 소식이 묘연하니 죽은 줄 모르고 모친 처자 잊었는가 야속한 우리 낭군 어찌 그리 무정한가. 눈물로 보낼 텐데, 애고 답답한 이 신세야, 어찌하면 어머니와 처를 만나 볼 수 있단 말인가. 아아 나 죽은 혼백이라도 천리 고향 어찌 갈까."

이혈룡이 슬피 통곡하며 말하였다.

"수중고혼의 귀신이 되어 물과 하늘 사이를 다닐 것을 생각하면 원통하고 서러우니 명천은 밝게 살펴서 이 신세를 도와 주시옵소서. 한 번만 살려 주시면 어떤 고생도 감수하겠으니, 생전에 어머님과 아내를 만날 수 있도록 해 주십시오. 하늘에 울고 가는 저 기러기야, 한양성 서울을 지날 적에 우리 어머님 계신 곳을 지나게 되거들랑 여기서 나를 보았다고 부디부디 전해다오. 불효자 이혈룡은 억울하게 대동강에 수중의 고혼이 되어 팔십 노모를 버린 죄로 이승도 저승도 갈 수 없어 물과 하늘 사이를 떠다니며 애고 애고 통곡하며, 어머님과 처자의 머리 위를 주야 장천 다닌들, 불쌍한 우리 어머님과 처자는 나를 어이 볼 수 있으리오. 남쪽 가는 기러기야, 내가 여기서 죽는 소식 부디부디 전해다오. 아아 무심한 저 기러기 창망한 구름 밖에 두 날개 훨훨 치며 대답 없이 울고 가니, 내 마음 둘 데 없다. 애고 애고 내 신세야 어찌하면 살겠느냐. 어머님과 처자를 고향 집에 두고 무슨 일로 평양 왔다가 이 모양이 되었는가. 고금사를 생각하니 한심하고 가련하다."

이렇게 울며 호소하는 이혈룡을 실은 배가 대동강을 내려갈 때, 좌우 산천에는 황금 같은 꾀꼬리가 버들 속을 왕래하고, 뻐꾹새는 신세 한탄하는 울음을 울고, 저편을 바라보니 한 많은 두견새가 이리 가며 울고 저리 가며 울어서 혈룡의 심사를 더욱 산란케 하는데 때는 마침 춘삼월이었다.

"이같이 슬픈 원정(怨情)을 글로 지어 옥황상제께 올리려고 한들 구만리 장천이라 바칠 길이 전혀 없네. 구중궁궐 우리 성군(聖君), 이런 일을 아시면 선악 구별 못하실까."

목을 놓고 통곡하니 일월에 빛을 잃고, 산천초목과 비금주수(飛禽走獸)9)도 슬퍼하고, 대동강 맑은 물도 흐르지 않고 울렁출렁 머물렀다.

사공들이 이혈룡을 비로소 위로하며 말하였다.

"여보 그만 진정하고 안심하시오. 사또님 영이 비록 지엄하나, 우리가 어찌 무죄한 사람을 함부로 죽이겠소. 당신은 모래 속에 몸을 숨기고 있다가 해가 지고 어둡거든 멀리 도망치시오. 만일 사또께서 이 사실을 알게 되면 우리가 잡혀 죽을 테니 조심하여 도망가시오."

사공들은 신신 당부한 연후에 이혈룡을 물가에 내려놓았다. 이혈룡은 일어나서 사공들의 손을 잡고 말하였다.

"죽게 된 이 인생을 이처럼 살려 주니 성명을 가르쳐 주십시오."
하고 백배사은하며, 후일에 은혜를 갚으려고 성명을 물었다. 사공들이 이혈룡의 손을 잡고 말하였다.

"남아하처불상봉(男兒何處不相逢)이라 했습니다. 후일 다시 만납시다."
하면서 성명도 알리지 않고 배를 돌려서 돌아갔다.

이혈룡은 사공들의 말대로 모래를 파고 몸을 숨겨 해가 지기를 기다렸다. 그런데 이번에는 배기 고파서 기의 죽을 지경이었나. 이때 늦밤에 어떤 사람이 와서 모래를 파헤치면서 일어나라고 두세 번 불렀다. 혈룡이 깜짝 놀라 숨을 죽이고 죽은 듯이 그냥 누워 있었다. 그러자 그 사람이 은근한 말투로 조용히 말했다.

"여보시오, 겁내지 말고 일어나 정신을 차리고 나를 보십시오. 나는 당신을 죽이려고 찾아온 사람이 아닙니다. 염려 말고 어서 일어나서 나

---

9) 비금주수(飛禽走獸) — 나는 새와 기는 짐승.

를 자세히 보고 요기를 하십시오."

하고 은근한 목소리로 말하였다. 이혈룡이 그제야 안심하고 기운을 차려서 눈을 뜨고 바라보니, 어떤 아름다운 여인이 미음 한 그릇을 손에 들고 지성으로 권하고 있는 것이 아닌가. 혈룡이 꿈 같은 혼미 중에 생각하였다.

'부모 은혜를 하늘이 살피셨는가, 아님 내 동갑의 어떤 사람이 원통하게 죽은 귀신인가.'

아무리 생각하여도 꿈인지 생시인지 전혀 알 수 없었다. 그러나 배고픔이 심하던 차라 먹을 것을 보자마자 살 것같이 반가웠다. 미음 그릇을 반갑게 받아서 단숨에 마시자 정신이 번쩍 들었다.

"당신은 어떤 분인데 죽어 가는 목숨을 살려 주십니까. 이 은혜는 백골난망이오니 거주지와 성명을 알려 주십시오."

옥단춘이 방긋 웃으면서 말했다.

"저는 평양에 사는 기생 옥단춘인데, 오늘 선비님이 무고하게 죽게 됨을 보고 불쌍하게 생각하여 사공들에게 부탁하여 이곳에 살려 두라고 부탁한 사람이니 안심하시고 제 집으로 가시지요."

그러나 이혈룡은 만일 이 여인을 따라 평양성 안으로 들어갔다가 김 감사에게 발각되어서 잡혀 죽을까 겁이 나서 굳이 사양하였다.

"죽었던 사람을 살려 주신 은혜는 결초보은(結草報恩)하겠으나, 내 신세가 이 땅에서는 일분 일초도 머물러 있을 수 없으니 이 길로 도망쳐 가게 놓아 주시오."

"제가 비록 기생의 몸이오나 당신을 살린 사람이니 아무 염려 말고 가십시다."

하고 옥단춘이 은근히 권하자 이생원은 생각하였다.

'한번 죽으면 그만인 것을 어찌 은인의 호의를 의심하고 거절하랴.'

이혈룡은 권하는 대로 옥단춘을 따라갔다. 이혈룡은 미인인 기생에게 구원되어서 그의 집으로 가는 자기가 마치 새 세상을 만난 듯하였다.

'사지(死地)에 빠진 뒤에 내 몸이 꿈같이 살아났으니 이것이 무슨 천행일까.'

이런저런 생각을 하면서 옥단춘의 집에 이르렀다. 단정하고 정결하고 주위의 경치도 좋았다. 좌우를 살펴보니 온갖 화처가 만발한 가운데 화중부귀(花中富貴) 모란꽃이며, 화중선(花中仙) 해당화며, 어화일(御花逸) 국화며, 충신 회일화(回日花)가 만발하였고, 달빛은 뜰에 가득하고 단청 색깔이 찬란하였다. 뜰 아래에는 학과 두루미 등이 주적주적 걸으면서 짧은 목을 길게 늘여 끼룩끼룩 소리를 내면서 사람을 보고 반기는 듯하였다.

방 안으로 들어가니 분벽사창(粉壁紗窓)[10]이 찬란한데, 좌우를 둘러보니 천하 명화의 좋은 그림이 여기저기 걸려 있었다. 위수(渭水)의 강태공(姜太公)이 문왕(文王)을 보려고 곧은 낚시를 물에 던지고 어엿이 앉아 있는 모양이 역력히 그려 있고, 또 다른 그림에는 시중천자(詩中天子) 이태백이 채석강 밝은 달에 술을 취하게 먹고 물 속에 비친 달을 잡으려고 섬섬옥수를 넌지시 넣은 광경이 역력했다. 또 저편 벽에는, 한나라 종실 유황숙이 와룡 선생 제갈량을 맞으려고 남양(南陽) 땅의 초당으로 풍설 속에 적토마(赤兎馬)를 빗겨 타고 지향 없이 가는 정경이 선명했다. 또 한편에는 푸른 하늘에 외기러기 짝을 잃고 끼룩끼룩 울고 가는 모습이 역력히 그려 있고, 또 한편을 보니 산중처사 두 노인이 한가롭게 앉은 모양이 역력히 그려 있었다. 또 다른 그림에는 상산사호(常山四皓) 네 노인이 바둑판을 앞에 놓고 흑백 바둑알을 두고 있는 모양이

---

10) 분벽사창(粉壁紗窓) — (하얗게 꾸민 벽과 깁으로 바른 창이라는 뜻) 여자가 거처하는 아름답게 꾸민 방.

역력히 그려져 있고, 또 저편 벽을 바라보니 대동강의 좋은 풍경을 그린 그림도 여기 저기 걸려 있었다.

이혈룡이 차례로 구경을 하고 있자니 옥단춘이 주안상을 들여놓고, 맛좋은 계강주(桂薑酒)[11]를 유리잔에 가득 부어 들고 권주가를 한 곡 부르면서 이혈룡에게 술을 권하였다.

"잡으시오, 잡으시오. 일배 일배 부일배라 이 술이 보통 술이 아니오라, 한무제(漢武帝) 승로반(承露盤)[12]에 이슬 받은 술이오니, 이 술 한 잔 잡수시면 천만 년을 사시리다. 권할 때 잡으시오, 전에 한 번도 못 뵈었으나 내일 보면 구면이라."

하며 옥단춘이 술을 권하니, 이생원은 한두 잔 먹는 사이에 어느덧 취하였다. 취중에 하는 말이,

"지난 일을 생각하니 세상사가 허무하다. 천만 무궁한 이 자리의 흥취를 어찌 다 말하리요."

이럭저럭 노닐 적에 세월이 흘러서 왕실에 세자(世子)가 탄생하자, 나라의 경사를 축하하여 태평과의 과거를 치른다는 소문을 들은 옥단춘이 기뻐하고 이혈룡에게 권하였다.

"과거를 치른다는 소식이 들리니 낭군님은 과거를 보러 상경하십시오. 충신의 후손으로서 이런 기회를 어찌 허송하겠습니까?"

하니 이생원이 말하였다.

"그대 말이 당연하니 북당에 계신 우리 모친이 내가 오늘 올까 내일 올까 하고 기다리시면서, 초조하게 간장을 녹이고 계실 것을 생각하면 오늘까지 이렇게 편히 지낸 일이 불효임을 어찌 모르리요. 그러나 이 꼴로 서울 가서 무슨 면목으로 늙으신 어머님과 처자를 대하리요."

---

11) 계강주(桂薑酒) ― 계피와 생을 넣어 맛과 향취를 돋우는 술.
12) 승로반(承露盤) ― 한(漢)나라의 무제(武帝)가 감로를 받기 위하여 건장궁(建章宮)에 만들어 두었던 동반(銅盤).

하며 탄식하는 그의 두 눈에서 눈물이 주르르 흘러내렸다. 옥단춘이 거듭 위로하면서 말했다.

"과거를 힘써 봐서 입신양명하온 후에 영화를 볼 것이니 너무 상심 마시고 속히 상경하십시오."

하고 행장을 수습하여 주면서 다시 신신 당부하였다.

"이 길로 올라가시되 새문 밖 경기 감영 앞의 이섬부댁(李贍富宅)을 찾아가십시오. 그 댁에 제가 부탁할 말씀도 있고, 제 하인도 그 댁에 있으니, 그 하인을 데리시고 과장(科場)에 나아가십시오. 이제 이별하오나 후일 다시 만날 것이니, 조금도 섭섭하게 생각하지 마시고 입신양명하온 후에 북당 기후 안녕하거든 다시 돌아와 주십시오."

하고 손을 잡고 이별할 때, 옥단춘은 그 동안의 정을 잊지 못하고 무척이나 아쉬워했다.

이때 이혈룡은 서울로 올라와서 우선 새문 밖의 이섬부 집을 찾아갔다. 옥단춘의 편지를 전하고 하인의 인도로 대문에 들어서니, 고대광실은 아니지만 십여 칸의 집이 정결하고, 솟을대문의 별배(別陪)13)들이 일시에 인사를 하고 공손히 내정(內庭)으로 모셔 들였다. 이생원이 궁금하여 물었다.

"이 댁이 뉘 댁인가?"

하인들이 대답하였다.

"서방님, 이 댁이 바로 서방님 댁입니다."

이혈룡이 깜짝 놀라며 안으로 들어가니 뜻밖에도 자기의 모친이 계셔 반갑게 맞이하거늘, 혈룡은 모친 앞에 엎드려 통곡하였다.

"불효자 혈룡이 이제야 돌아왔습니다. 어머님 그 동안 안녕하셨습니까. 불효한 이 자식을 생각하며 얼마나 기다리셨습니까?"

---

13) 별배(別陪) — 벼슬아치 집에서 부리던 하인.

어머니도 아들의 뜻밖의 태도에 놀라면서 혈룡의 손을 잡고 슬피 울면서 말하였다.

"혈룡아, 너는 충신의 아들이라 효성이 이렇듯 지극하니 어찌 기쁘지 않겠느냐. 네가 평양에 간 후에 근근이 지내던 중, 너의 친구 평양 감사가 보내 주신 재물로 가세가 이만큼 부유해져서 노비와 전답을 많이 샀으니, 만년(晩年)의 재미를 보며 편하게 지내왔다. 다만 네가 빨리 오기만을 기다렸더니 이제야 너를 보니 어찌 즐겁지 않고 반갑지 않겠느냐. 이제는 죽어도 한이 없다. 그래 너는 객지에서 얼마나 고생하였느냐?"

혈룡은 그제야 옥단춘의 호의로 모든 것이 마련된 것임을 깨닫고 감격하였다. 그리고 아내를 돌아보고 위로하였다.

"당신은 어머님을 모시고 얼마나 고생이 많았소?"
하니 부인이 반기며 말하였다.

"저는 서방님 덕택으로 잔명을 보전하였으니 감사할 따름입니다. 그런데 이처럼 후한 우정으로 우리를 살려 주신 평양 감사님 은혜를 어찌 다 갚아야 하는지 모르겠습니다."

혈룡은 어쩔 수 없이 평양 간 이후의 모든 사연을 낱낱이 알렸다. 그러자 모친과 아내가 그 사실을 듣고 눈물을 흘렸다. 동시에 옥단춘의 은혜를 치하하여 마지않았다. 오래간만에 만난 가족들은 그 동안의 회포를 풀며 다시 원만한 가정을 이루게 되었다. 모친도 죽었던 자식 다시 본 듯, 부인도 잃었던 낭군 다시 본 듯 잠시도 서로 떠날 마음이 없이 행복하게 살게 되었다.

마침내 과거 시험 날이 되어 혈룡이 대궐 안 과거장으로 들어가니, 팔도에서 글 잘한다는 선비들이 구름같이 모여 있었다.

글제를 살펴보니, '천하태평춘'이었다. 생각을 가다듬은 후에 용벼루에 먹을 갈아 조맹부의 필체로 단숨에 줄기차게 써 내려가 가장 먼저 올렸다. 전하께서 보시고는 글자마다 비점(批點)이요 글귀마다 관주(貫珠)로 꿰어진 글을 보고 칭찬하셨다.

"참으로 신묘하다. 이 글씨와 글 지은 사람은 범상치 않은 인물이다."

하시고, 알성급제(謁聖及第)14) 도장원(都壯元)으로 한림학사(翰林學士)를 제수하시고, 곧 어전입시(御前入侍) 하라는 분부를 내리셨다. 이한림이 입시하여 천은을 사례하자 전하께서 칭찬을 아끼지 않으셨다.

"충신의 자식은 충신이요, 소인의 자식은 자식이다. 용모를 살펴보니 용안호두(龍顔虎頭)요 목목지인(穆穆之人)이로다."

이한림은 어전에 엎드려,

"소신과 같이 무재 무능한 자를 이처럼 충신지자충신(忠臣之子忠臣)이라 하시오니 황공무지하오며, 또한 한림으로 제수하시니 더욱 황공하옵니다."

하고 수없이 치하하고 물러나와 집에 큰 잔치를 베풀고 향당과 친지를 청하여 경사를 축하하였다. 그리고 한편으로 생각하니,

'평양 감사 김진희의 불의 무도한 소행을 나만 당하였으랴. 무고한 백성들은 무슨 죄로 한 사람의 학정으로 평양 일도에서 어육(魚肉)이 된다는 말인가. 다시 생각해도 나라와 백성을 위하여 마땅히 성상께 여쭙지 않을 수 없다.'

그리고 진후 사실을 일일이 밀록(密錄)하여 임금께 바쳤다. 임금께서는 그 밀록을 받아보시고 수없이 탄식한 뒤에 봉서 세 장을 내리시며 친히 하교하셨다.

"첫 봉서는 새문 밖에 가서 열어보고, 둘째 봉서는 평양에 가서 열어보고, 셋째 봉서는 그 후에 열어보라."

---

14) 알성급제(謁聖及第) ― 조선 시대에 임금이 성균관 문묘에 참배한 뒤 보이는 과거 시험에 합격하던 일.

이한림은 사은숙배(謝恩肅拜)하고 즉시 나와 모친과 처자에게 하직 인사를 하였다. 새문 밖에 나가서 첫째 봉서를 뜯어보니,

'평안도 암행어사 이혈룡'이라는 사령장15)과 마패가 들어 있었다. 이 한림은 수의를 입고 마패를 찬 후에 평안도로 향했다. 수일 만에 평양에 당도하니 산도 전에 보던 산이요, 물도 전에 보던 물로 예전과 다름이 없었다.

'연광정도 대동강도 잘 있었느냐.'

무이산 십이봉은 구름 밖에 솟아 있고, 좌우 산천을 살펴보니 온갖 화초가 만발하고 세류 청강의 버들가지에 황금 같은 꾀꼬리는 춘흥을 못 이겨 화류 중에 왕래하고 있었다.

'나는 그 동안 서울 가서 어머니와 아내를 만나 보고 다시 내려왔다. 대동강 위의 일엽편주 나를 싣고 만경창파 두둥실 떠서 가는 배야, 내가 온 줄 모르고서 어디 가서 매었느냐. 산수도 새롭구나. 푸른 하늘 저 구름은 내가 오는 모습을 보고 뭉실뭉실 피어 있고, 범피창랑(泛彼滄浪) 백구들은 무심함도 무심하다. 나를 어이 모르느냐. 강물은 은은하여 산을 둘러 있고 출림비조(出林飛鳥) 저 물새는 농춘화답(弄春和答) 쌍을 지어 쌍쌍이 날아들고, 녹의홍상 기생들은 오락가락 번화하고, 갑제천문(甲第千門) 좌우에 즐비하니 천문만호(千門萬戶) 이 아닌가.'

암행어사 이혈룡은 역졸을 단속하여 각처로 보낸 후에, 둘째 봉서를 열어보았다.

'암행어사는 평양 감영에 출두하여 감사를 봉고 파직하라'는 지령이 들어 있었다.

어사는 다시 역졸을 단속해 놓고 옥단춘의 집을 찾아가서 대문 밖을 살펴보았다. 침침 칠야 깊은 밤에 옥단춘은 이혈룡을 서울로 보낸 후에

---

15) 사령장(辭令狀) ― 관직을 임명·해임하는 뜻을 적어 본인에게 주는 문서.

김감사에게는 칭병(稱病)하고, 연광정 잔치에서 물러난 후에 새로 정든 낭군이 그리워서 노래를 지어 부르고 있었다.

"오늘 올까 내일 올까, 오늘이나 소식 올까 내일이나 편지 올까, 주야 장천 문 밖에 나가서 기다려도 소식이 아주 끊겨 독수공방 빈 방에 게 발 물어 던진 듯이 홀로 앉아 생각하니 임의 생각 절로 나네. 임의 음성이 귀에 쟁쟁하고 옥 같은 임의 모습이 눈에 아른거리네."

이때는 춘삼월 호시절이었다. 봄꽃은 만발하고 황금 같은 꾀꼬리는 버들 가지에 날아 들었다. 좌우 산천을 둘러보니 꽃은 피어서 산은 온통 꽃으로 뒤덮였고 나뭇잎들은 피어서 온통 푸르르니 그야말로 첩첩산중 빛이 고왔다. 이러한 경치를 구경하자니 임 생각이 절로 나서 거문고를 내어 섬섬옥수 넌지시 들어 새 줄을 메워 골라 잡고 거문고를 연주하며 노래를 또 지어 불렀다.

"임아 임아 낭군님아, 전생의 연분으로 청실 홍실 맺은 사이는 아니지만, 눈정으로 맺은 정이 남과는 유달라서 밥상을 당겨 놓고 임의 생각 문득 나면, 한술 밥도 전혀 못 먹겠소. 그러나 낭군님은 이처럼 타는 내 간장을 모르는가. 어이 그리 더디 오시나. 나를 찾아오는 도중, 배가 고파 빨래하는 여인을 만나 주린 배를 채우든가. 홍문연(鴻門宴) 높은 잔치에 가서 패공(沛公)16)을 구하든가. 계명산(鷄鳴山) 추야월에 장량(張良)의 옥퉁소 소리로 팔천 제자 헤어져 못 오는가. 항우의 어린 고집 범증(范增)의 말 안 듣고 팔천 제자 다 간 후에 우미인(虞美人)과의 이별을 구경하는가. 아아, 천리마 타고 오실 임의 행차 어이 이리 느리신고. 임아 임아 서방님아, 과거에 낙방해서 무안하여 못 오시나. 아니면 과거는 하였지만 조정의 내직으로 계셔서 못 오시는가. 일신이 귀히 되어 나

---

16) 패공(沛公) — 한고조(漢高祖)가 제위에 오르기 전의 칭호. 패(沛)에서 기병(起兵)하였으므로 이름.

를 아주 잊으셨나. 설마 사람이 생겨서 나를 잊었을까. 편지 한 장 없는 것은 인편이 없음인가. 과거를 보았으면 급제도 했을 텐데, 운이 나빠 낙방거자(落榜擧子) 되었나. 아아 어찌 이리 소식이 없는가 오시는 길 묘연한가. 무정하신 낭군님아, 침침 칠야 야삼경에 홀로 앉았으니 임이 올까 누운들 잠이 오나, 눈물만 오락가락 한숨으로 벗을 삼고 생각하는 이는 임뿐이라."

한탄을 노래삼아 거문고를 타고 있을 때, 험상궂게 면장한 암행어사 이혈룡이 중문 안에 들어가니 어험 하는 기침 소리에 백두루미가 놀라서 짧은 목을 길게 늘여서 끼룩끼룩 울어댔다. 옥단춘이 밤중의 인기척에 깜짝 놀라서 거문고를 내려놓고 문을 열었다.

"거 누구시오? 이 밤중에 누가 와서 나를 찾으시오? 기산 영수 맑은 물의 소부(巢父)와 허유(許由)가 나를 찾는 게요? 채석강 이태백이 달 보자고 나를 찾나요? 산중처사 도연명(陶淵明)이 술 먹자고 나를 찾나요? 상산사호 네 노인이 바둑 두자 나를 찾나요? 남양 초당의 와룡 선생이 병서(兵書)를 의논하자고 나를 찾는가? 밀양 읍의 운심이가 놀이 가자 나를 찾는가? 당나라의 양귀비가 꽃밭에 물 주자고 나를 찾는가? 봉래산(蓬萊山) 박처사가 옥저 불자 나를 찾는가? 누가 와서 나를 찾는가? 서울 가신 서방님이 편지 보내 나를 찾는가?"

갖은 푸념을 하면서 이리 저리 살펴보니, 어떤 거무스레한 사람 형용이 뜰가에 웅크리고 앉아 있는 것이 아닌가. 옥단춘이 찔끔 겁이 나서,

"웬 사람이 이 어둔 밤중에 주인 몰래 남의 집에 들어와서 엿보느냐. 비록 조선이 작다한들 동방예의지국인데, 아무리 무식해도 남녀가 유별 하거늘 밤중에 남의 내정에 들어왔으니 이런 불측한 행실이 어디 있느냐. 네가 분명 도적이 아니냐?"

하고 옥단춘은 노복을 부르면서 도적을 잡으라고 호통을 쳤다. 그래도

그 사람은 태연스레 꼼짝 않고 앉아 있으므로 옥단춘은 의아하게 여겼다. 도적놈 같으면 응당 달아날 텐데 그러지도 않고 의연히 앉아 있으니 괴이하지 않을 수 없었다. 등불을 켜 들고 나가서 보니 웬 사람이 고개를 푹 숙이고 말없이 앉아 있었다. 옥단춘이 조심스레 말하였다.

"어떤 사람이기에 여기에 왔소?"

하며 아무리 물어도 대답이 없었다. 그리하여 옥단춘은 무색도 하고 화도 나서 그 사람을 왈칵 떠다 밀었다. 그제서야 그 사람이 고개를 들고 입을 열었다.

"춘아, 한양 낭군 이혈룡이 이제야 왔네. 그 동안 평안히 잘 지내었는가?"

옥단춘이 깜짝 놀라서 손을 잡고 말하였다.

"한양 갔던 낭군님이 지금에야 돌아왔네. 어서 방으로 들어가시지요."

옥단춘은 이혈룡의 거지 신세를 보고 기가 막히는 모양이었다.

"아니 서방님, 이것이 웬일이오? 장원 급제는 못했을망정 모습조차 왜 이 꼴이 되었소. 내 집이 누구 집이라고 그렇게 속이고 놀라게 하오. 저는 서방님 가신 후로 일각이 여삼추(如三秋)로 독수공방에 게 발 물어 던진 듯이 홀로 앉아 수심으로 세월을 보내면서, 오늘 오실까 내일 오실까 주야장천 바랐는데, 한번 가신 후로 소식이 영영 끊겼으니 어찌 그리 무심하오이까?"

원망하면서도 계집종 매월에게 목욕물을 데우라고 재촉하였다. 혈룡을 목욕시킨 뒤에, 섬섬옥수로 빗을 잡고 만수산발(滿首散髮) 헝큰 머리를 어리설설 빗겨서 항라(亢羅) 상투를 짜주고 산호동곳, 호박풍잠, 석류동곳, 옥동곳을 멋있게 꽂아 주었다. 그리고 자개함롱 반닫이를 열고 유려한 새 의관을 찾아내어 삼백돌 통영갓이며 외동뜨기 망건이며, 쥐꼬리 당줄에, 공단싸개 호박풍잠과 관자까지 모두 달아 씌우고, 봄철 새

의관으로 깨끗이 갈아입히고, 서방님 얼굴을 다시 보니 어찌 반갑지 않으랴.

"임아 임아 낭군님아. 이처럼 좋은 얼굴, 어쩌면 그 지경이 되어 왔소."

옥단춘이 이렇게 말하자 이혈룡이 대꾸하였다.

"서울 본집에 올라가 보니, 수십 명의 권솔을 거느리고 가세가 풍부하여 흡족하게 지내므로 그 연고를 물었더니, 나 모르게 그대가 많은 재물을 보내어 호의호식하며 지내는 것을 비로소 짐작하고 그대의 은혜가 백골난망인 것을 알았네. 가족들도 모두 자네의 호의를 고맙게 여기고 잘 지냈지만, 그전에 곤궁할 때에 수천 냥 빚을 얻어 썼더니, 그 빚쟁이들이 졸부가 되었다는 소문을 듣고 몰려들어서 성화같이 빚 독촉을 하지 않겠나. 그러니 양반의 체면으로 갚아 주지 않을 수 없어서 가정 기물을 모조리 팔아도 부족해서 또다시 파산하고 과거도 보지 못하였으니, 참으로 춘이를 볼 낯이 없네. 이런 민망한 소리 하기 싫어서 오지 않으려 하였으나 그러면 배은망덕이 될 듯하여 오기는 하였네. 그러나 안 되는 놈은 자빠져도 코가 깨진다고, 오는 도중 주막에서 자다가 도적에게 노자와 의복을 모두 빼앗기고 거지 꼴이 되었으니 춘이 보기가 무안하여 선뜻 들어오지 못하고 뜰에서 망설이고 있었으니, 이런 사정 알아주게."

옥단춘이 말을 받았다.

"원, 서방님도 사람이 일생을 살아가다 보면 무슨 일을 안 당하겠습니까. 그런 근심 걱정일랑 아예 하지 마세요. 과거를 못 보신 것은 역시 운수입니다. 다음에 또 보실 수가 있으니 그것도 낙망하실 것 없나이다. 저희 집에 서방님 드릴 옷이 없겠어요, 밥이 없겠어요. 그만한 일에 장부가 근심하면 큰일을 어찌 하시리까."

하고 위로하니 옥단춘의 그 깊은 정을 측량할 수 없었다.

이튿날 옥단춘은 혈룡에게 뜻밖의 말을 하였다.

"오늘은 평양 감사가 봄놀이로 대동강 연광정에서 잔치를 한다는 영이 내렸습니다. 제가 아직 기생의 몸이기 때문에 감사의 영을 거역하고 안 나갈 수 없으니 서방님은 잠시 용서하시고 집에 계시면 속히 돌아오겠습니다."

하는 당부를 남기고 옥단춘은 대동강 연광정으로 향했다.

그 뒤에 이혈룡도 집을 나와서 비밀 수배한 역졸을 단속하고 연광정의 광경을 보려고 내려갔다.

이때 평양 감사 김진희는 평안도 내 각 읍의 수령을 모두 청하여 성대한 잔치를 벌였는데, 그 기구가 호화찬란하고 진수성찬의 배반(杯盤)이 낭자하였다. 이때는 춘삼월 호시절이었다. 연광정의 주위는 봄빛이 모두 익어서 백화 만발하여 온통 꽃동산이요, 잎은 피어서 온통 청산으로 변해 있었다. 맑은 강가의 버들가지엔 황금 같은 꾀꼬리가 날아들고 두견새, 접동새, 온갖 새들은 쌍쌍이 모여드는데, 말 잘하는 앵무새, 춤 잘 추는 학두루미, 요지 연못에 소식 전하던 청조새, 만첩 강산에 홀로 앉아서 슬피 우는 두견새는 청천명월 깊은 밤에 이리 가며 뻐꾹, 저리 가며 뻐꾹뻐꾹 우는 소리가 몹시도 처량하였다. 그 소리에 어사또는 심란하였다. 구경하는 사람들도 녹의홍상으로 곱게 입고 오락가락 다니면서 춘흥을 못이겨 춤도 추고 노래도 따라 하며 놀았다. 이리저리 구경을 다한 암행어사 이혈룡은 남루한 의관과는 달리 의기는 양양하였다.

역졸들과 약속한 시각이 다가오자 이혈룡은 그 남루한 행색으로 성큼성큼 연광정 대상(臺上)으로 올라가려 했다. 그러자 당황한 나졸들이 와르르 달려와서 덜미를 잡아 끌어내며 호통을 치며 구박을 했다.

"이 정신 나간 놈아, 이 자리가 어느 안전이라고 함부로 올라가려 하느냐!"

그러자 어사또는 헌 파립과 헌 의복이 모두 찢어져서 알몸이 보이게 되었다. 이에 화가 오를 대로 오른 이혈룡은 김감사의 이름을 큰소리로 불렀다.

"너 이놈 김진희야, 나 이혈룡을 모른단 말이냐?"

하고 호통을 쳤다. 이 소리에 옥단춘이 깜짝 놀라 살펴보니 음성은 혈룡 서방의 음성이나 의복이 달랐다. 이혈룡의 말을 김감사가 듣고 크게 노하여 이혈룡을 잡아들이라는 소리가 천지를 진동할 듯하였다. 김감사의 영을 받은 나졸들이 와르르 달려들어 이혈룡의 풀어진 상투를 휘휘 감아 쥐고 뺨도 때리고 등도 밀치고 재빠르게 잡아들여 층계 밑에 꿇어 앉혔다.

김감사가 호령하였다.

"너 이놈 이혈룡아, 네가 죽지 않고 살아서 왔구나. 이번에는 어디 견디어 보아라!"

그러자 이혈룡이 대답하였다.

"내 신세가 비록 이러하나 나도 양반의 자식이다. 이놈 진희야 들어 보아라. 내가 지난번에 너를 친구라고 찾아왔다가 영문에서 통기도 못하고 근근이 지내다가, 이 연광정에서 네가 놀고 있는 것을 보고 반가워 너를 찾았으나 너는 나를 미친놈으로 몰아 대동강의 사공을 불러서 배에 태워 강물에 던져서 죽이지 않았느냐. 내 물귀신 된 원혼으로 오늘 또다시 보려고 왔다."

혈룡의 귀신이 원수를 갚으러 왔다는 말에 김감사는 깜짝 놀라 좌우 비장을 노려 보며 물었다.

"어찌된 일이냐?"

그러자 비장이,

"죽은 원혼이 어찌 왔겠습니까? 아무래도 거짓인 것 같습니다. 지난 번 그 사공들을 불러 문초하여 보시는 것이 좋을까 합니다."

하고 사공들을 빨리 잡아들이라는 영을 내렸다. 나졸들이 영을 받고 나가서 사공들을 불러서 말했다.

"야단났다, 야단났어. 너희 사공놈들 야단났다. 어서 빨리 들어가자."

나졸들은 사공들의 덜미를 잡고 연광정 밑으로 갔다.

"사공들을 잡아들였습니다."

나졸들의 복명하는 소리가 천지에 진동하였다. 이 광경을 보고 있던 옥단춘이는 사공이 매에 못 이겨 사실대로 불어대면 자기가 죄를 당할 것은 고사하고 서방님에게 화가 돌아갈 것을 생각하며 전신을 벌벌 떨고 서 있었다. 김감사는 형방을 불러서 형구(刑具)를 차려 놓고 추상 같은 엄명을 내렸다.

"그놈들을 매로 쳐서 진실을 밝혀내라."

형방조차 겁을 내고 뱃사공들을 문초하였다.

"이놈들 들어보아라. 저번에 너희들은 저기 저 양반을 명령대로 물에 던져 죽였느냐? 바른 대로 고하라!"

사공들은 악착 같은 악형에 못 이기고 여차여차하였다고 사실대로 실토하고 말았다. 김감사는 대번에 형방마저 잡아내고 다른 형방에게,

"저 이혈룡은 목을 베어 죽여도 죄가 남을 놈인데, 아까 형방놈은 내 앞에서 저놈을 양반이라고 불러서 존대하였으니, 그 형방 놈도 혈룡 놈과 죄가 같다!"

하고 먼저 형방을 잡아 꿇리고도 분을 이기지 못하여 책상을 치면서 호통을 쳤다.

"그리고 전부터 내 수청을 거역한 요망스러운 기생 옥단춘년도 잡아내라!"

좌우 나졸이 일시에 달려들어서 소복 단장한 채로 앉아 있는 옥단춘의 분결 같은 손목을 덥석 잡아서 끌어내리니 연광정은 뒤집힐 듯이 살벌한 형장으로 일변하였다. 옥단춘은 평생에 이런 봉변을 만나 보지 않다가 오늘 이런 일을 당하자 수족을 벌벌 떨면서 이혈룡을 돌아보고 원망하였다.

　"여보시오 낭군님, 이것이 웬일이오. 내가 그처럼 집에 계시라고 신신당부하였는데 정말 귀신이라도 씌운 것입니까? 무슨 살매가 들려서 죽을 곳을 찾아왔소? 내 집의 재물만으로도 호의호식하며 지낼 텐데 어찌하여 여기 와서 이 지경이 된단 말이오? 애고 애고 우리 낭군, 애고 애고 우리 낭군, 어찌하여야 살 수 있소? 요전번에 죽을 목숨 살려서 백년해로 언약하고 즐겁게 살려 했더니, 일년이 채 못 되어 이런 죽음을 당하다니. 애고 애고 우리 낭군 애속하고 원통하오. 나는 지금 죽더라도 원통할 것 없건마는, 낭군님은 대장부로 태어나서 공명 한 번 못해 보고 억울하게 황천객이 되면 얼마나 원통한 일이오. 아아, 낭군 팔자나 내 팔자나 전생에 무슨 죄를 지어 이다지도 험악한가요. 사주 팔자가 이럴진대 누구를 원망하겠소. 죽어도 같이 죽고 살아도 같이 살 우리이니 지금 죽더라도 후세에 다시 만나 이승에서 못다 한 우리 정을 백년 해로 다시 살아 봅시다. 임아 임아, 우리 낭군, 어찌하여야 살아날까. 너무나 원통해서 저승에서 만난다고 한들 지금 한 번 죽으면 모든 것이 허사로다."

하며 통곡하였다. 이런 옥단춘의 모습에 슬퍼하고 불쌍히 여기지 않는 사람이 없었다. 그러나 이혈룡은 태연한 말로 옥단춘에게 다짐하였다.

　"너무 슬피 울지 마라. 네 울음 한 마디에 내 간장 다 녹는다. 내가 죽고 너 살거든 내 원수를 네가 갚고, 네가 죽고 내가 살면 네 원수를 내가 갚아 주마."

이때 김감사가 사공들에게 분부하여 호령하였다.

"저 두 연놈을 한 배에 싣고 내가 보는 앞에서 대동강 깊은 물에 던져 버려라!"

추상같이 호령하니 사공들이 영을 받들고 물러나오자 김감사는 또 영을 내렸다.

"북소리가 세 번 들리거든 그 연놈을 함께 죽여라!"

그리고 나서 아까 이혈룡을 양반이라고 부른 형방에게 또다시 호령하니, 그 형리가 엎드려 애걸하였다.

"제 잘못은 사또 앞에서 죽어 마땅하오나 다시는 그런 죄를 짓지 않겠으니 한 번만 용서하여 주십시오."

김감사는 겨우 분을 풀고 그 형방을 용서하였다. 그러나 이때 아직 신분을 밝히지 않은 암행어사 이혈룡은 사공들에게 묶여서 배에 실려 오르고 있었다.

이혈룡이 탄식하며 말했다.

"붕우유신(朋友有信) 쓸데없고, 결의형제도 쓸데없다. 전에는 너와 내가 생사를 같이 하자고 태산처럼 맺었더니, 살리기는 고사하고 죄 없이 죽이기를 일삼으니 무심하고 야속하다. 오륜을 박대하면 앙화가 자손에 까지 미치리라."

이혈룡은 대동강의 맑은 물을 바라보며 큰소리로 계속 한탄하였다.

"대동강 맑은 물아, 너와 내가 무슨 원수로 한 번 죽기도 억울한데 두 번이나 죽이려고 이 모양을 시키느냐. 정말로 죽게 되면 가련하고 원통하다."

이때에 옥단춘이 이혈룡의 손을 부여잡고 만경창파 바라보며 애통해 하였다.

"원통하고 가련하다. 죄 없는 목숨 천명을 못다 살고 어복중의 원혼

되니, 명천은 감동하시어 무죄한 이 인생을 제발 덕분 살려 주소서."

하고 하늘에 호소할 때, 물에 던지기를 재촉하는 북소리가 한 번 울렸다. 옥단춘은 더욱 기가 막혔다.

"애고 애고 이 일을 어찌할까. 임아 임아 낭군님아, 어떻게 하면 산단 말이오?"

하고 울부짖자 이혈룡이 옥단춘을 달랬다.

"울지 마라 울지 마라, 죄 없으면 사느니라. 울지 말고 정신을 바짝 차려라."

이때 북소리가 두 번 울렸다. 옥단춘이 자지러지게 놀라면서,

"임아 임아 서방님아, 이제는 죽는구려. 살려 주오 살려 주오. 무죄한 이 소첩을 제발 덕분 살려 주오. 신령님께 맹세하니 저는 아무 죄도 없습니다."

바로 그때 세 번 북소리가 들렸다. 그러자 사공들이 황급히 재촉하였다.

"어서 물에 들어가소. 잠시라도 지체하면 우리 목숨 잃을 테니 어서 물로 들어가소."

하고 성화같이 독촉하였다. 옥단춘이 넋을 잃고 사공들에게 애걸하였다.

"여보 사공님들 들어보소. 당신들도 사람인데 죄 없는 우리를 왜 그리 죽이려 하오. 나만 자결할 테니, 우리 낭군 살려 주오."

그러자 사공들이 대답하였다.

"아무리 야속해도 감사님 명령이 엄격하니 살릴 묘책이 없소이다. 어서 바삐 조처하소."

옥단춘은 눈물을 흘리며 이혈룡과 작별 인사를 나눈 후, 두 눈을 꼭 감고 치마를 걷어 올려서 머리끝까지 뒤집어쓰고 이를 박박 갈면서,

"에그머니 나 죽는다!"

한 마디 지르고는 물로 풍덩 뛰어들려고 하는 순간, 이혈룡이 깜짝 놀라서 옥단춘의 손을 부여 잡았다.

"춘아 춘아, 죽어도 같이 죽고 살아도 같이 살자."

하고 잡아서 옆에 앉히고 저쪽 연광정을 흘겨 보면서 소리를 질렀다.

"서리 역졸들아!"

천지를 진동하는 소리와 함께 난데 없는 역졸들이 벌떼처럼 달려들며, 달과 같은 마패를 일월같이 치켜들고 우레와 같은 큰소리를 벽력같이 질렀다.

"암행어사 출두요! 암행어사 출두요!"

두세 번 외치는 소리가 연광정과 대동강을 뒤엎을 듯하였다. 그리고는,

"저기 가는 뱃사공아, 거기 타신 어사또님 놀라시지 않도록 고이 고이 잘 모셔라!"

이때 암행어사 이혈룡이 비로소 배 안에서 일어서며 사공에게 호령하였다.

"이 배를 빨리 연광정으로 돌려 대라!"

사공들이 귀신에 홀린 듯이 어찌할 바를 모르고 허둥지둥 배를 몰아 연광정 밑으로 대었다. 옥단춘은 그제야 정신을 차리고 원망스런 목소리로 푸념했다.

"임아 임아, 암행어사 서방님아, 이것이 꿈인가요 생시인가요. 만일 꿈이라면 행여 깰까 걱정이오."

어사또가 옥단춘을 위로하며 여유있게 말하였다.

"사람은 죽을 지경에 빠진 후에도 살아나는 법인데, 너 이런 재미 보았느냐."

옥단춘이 비로소 마음을 턱 놓고 재담으로 대꾸하였다.

"구중궁궐 아녀자가 어디 가서 이런 재미를 보겠습니까?"

어사또 출두하여 연광정에 좌정하고 사방을 살펴보니, 오는 놈 가는 놈이 모두 넋을 잃고 역졸에게 맞은 놈은 유혈이 낭자하였다. 눈 빠진 놈, 코 깨진 놈, 머리 깨진 놈, 팔 부러진 놈, 다리 부러진 놈, 엎드러진 놈, 자빠진 놈이 오락가락 무수했다. 그중에서 각 읍의 수령들은 불의의 변을 당하고 겁내는 거동이 가관이었다. 칼집 쥐고 오줌 싸고, 안장 없는 말을 타고, 개울로 빠져 들고, 또 어떤 수령은 말을 거꾸로 타기도 하고, 동서를 분별치 못하여 이리저리 갈팡질팡 도망을 쳤다. 오다가 혼을 잃고, 가다가 넋을 잃고 한참 이렇듯 요란한데, 평양 감사 김진희의 거동이 가장 볼 만하였다.

김감사는 수령들과 기생들을 거느리고 의기양양 노닐다가, '암행어사 출두' 소리에 다급하여 혼비백산 달아나는데, 연광정 누다락의 마루 끝에서 떨어져 삼혼칠백(三魂七魄) 간 데 없고, 왼쪽 눈에 동자 부처 벌써 떠나 멀리 가고, 오른 눈의 동자 부처는 이제야 떠나려고 파랑보에 짐을 싸고 신들메 하느라고 와싹바싹 야단이었다. 이때에 비장들이 달려들어 구해 내자, 어사또가 분부하였다.

"비장을 잡아내라."

하고 추상같이 호령하니, 좌우 나졸이 달려 들어서 비장들을 결박하여 끌어들였다.

"너희들은 들어라! 남의 막하에 있어 관장이 악한 정사를 하면 바른 길로 권할 것이지 도리어 악한 짓을 권하니, 무죄한 백성이 어찌 편히 살며 양반이 어찌 도의를 지킬 수 있겠느냐!"

하고 어사또가 호통을 쳤다. 형벌제구와 숙정패(肅靜牌)를 내어놓고, 팔십 명 나졸 중에서 날랜 놈 십여 명을 골라서 형장을 잡게 하고 엄하게 호령하였다.

"너희들 매질에 사정을 두면 죽을 줄 알아라."

대상의 호령이 지엄하니 그 누가 거역할 수 있겠는가. 곤장 육십 대씩 때려서 큰칼을 씌워 옥에 가두고, 김감사를 마지막으로 다스렸다. 서리 나졸과 역졸들이 호령을 받들어 물러나와 감사의 상투를 거머잡고 끌어 내면서,

"평양 감사 김진희 잡아왔습니다."

하는 소리가 천지에 진동하였다. 어사또는 감사를 즉시 봉고파직하였다.

이혈룡은 옛일을 생각하니 슬픈 생각도 솟아나고 분한 마음 또한 측량할 수 없었다. 그러나 엄명받은 나졸들은 형구를 갖추어 형틀 위에 김감사를 달아 매었다. 그리고 팔십 명의 나졸과 서리 역졸이 좌우로 나열하여 어사또의 영을 기다렸다. 형장 든 놈, 곤장 든 놈, 태장 든 놈이 각각 서로 골라 들고 팔을 걷어 올리고 명령을 기다리고 있었다.

"여봐라 김진희야! 나를 자세히 보아라. 이혈룡을 아직도 모르느냐. 천하에 몹쓸 김진희야, 너와 내가 예전에 사생 동거를 맹세하고 공부할 적에, 성은 서로 다를지라도 대대로 친구의 두 집안이요, 그 정의를 생각하면 동태동골인들 어찌 그보다 더 하겠는가? 그 시절에 우리가 맹세하기를 네가 먼저 귀하게 되면 나를 살게 해 주고, 내가 먼저 귀하게 되면 너를 살게 해 달라고 네 입으로 맹세했지 내가 먼저 하자 했더냐. 마침 네가 먼저 등과하여 평양 감사로 갔다는 소문을 듣고 옛일을 생각하여 태산같이 맺은 언약이 있었기에 혹여나 도와 줄까 하여 너를 찾아 평양까지 왔다. 그러나 너에게 통자도 못하고 여러 날을 묵다가 노자도 떨어지고 여관 주인도 나가라고 박대하여 이리저리 방황하다가 배고픔이 심해서 입은 옷을 벗어 팔아서 밥을 사먹으니 이도 한때뿐이었다. 거지꼴로 문전걸식 다닐 때, 네가 마침 대동강가에서 큰 잔치를 벌이며 논다는 소문을 듣고, 그날 너를 만나 볼 수 있을까 하고 근근이 틈을 타

서 네가노는 근처를 찾았었다. 음식과 술이 푸짐하고 풍악이 굉장할 때 굶주린 내 구미가 얼마나 동했겠느냐. 네가 그때 먹고 남아 버리는 음식이라도 조금만 주었으면 너도 좋고 나도 좋았을 것을…… 너는 나를 모른 체하고 미친놈으로 몰아 배에 실어다가 대동강 물 속에 넣어 죽이라 하니 그 무슨 까닭이냐. 이 천하에 몹쓸 김진희 놈아! 바른대로 고하여라!"

추상같이 호령하니, 좌우 나졸들이 벌떼같이 달려들어 육칠월 번개같이 투드락 탁탁 한참을 쳤다. 그러자 김감사가 울며 애걸복걸하였다.

"애고 애고, 어사또님 제발 적선하시어 살려 주십시오. 제가 죽을 죄를 지을 때가 되어 귀신이 시켜서 그랬사오니, 죽고 사는 것은 어사또 처분입니다. 죽을 죄를 지은 놈이 무슨 말씀을 하오리까."

어사또가 듣고 있다가 또다시 호령하였다.

"네 이놈, 나뿐 아니라 죄 없는 옥단춘까지 나와 함께 죽이려 한 것은 또 무슨 까닭이냐. 네 죄를 생각하면 도저히 살려둘 수가 없다."

어사또는 사공을 불러 분부하였다.

"너희들, 이놈을 예전에 나에게 했던 것처럼 배에 싣고 나가 대동강 깊은 물에 던져 버려라!"

하니 사공들이 어사또의 영을 듣고 김진희를 끌어다 배에 싣고 만경창파 물 위로 둥둥 떠나갈 적에, 어사또가 어진 마음으로 다시 생각하고 불쌍히 여겨서,

"저놈의 죄는 죽여도 부족하지만, 옛정을 생각하니 차마 죽일 수가 없구나."

하고 나졸 한 놈을 급히 불러서 분부하였다.

"너는 급히 배에 가서 그 놈을 물 속에 한참 넣었다가 거의 죽게 되었을 때에 다시 건져서 배에 싣고 오너라."

그 나졸이 어사또의 영을 받고 강을 향하여 달려갈 때에, 별안간 뇌성 벽력이 일어나더니 김진희에게 벼락을 쳐서 눈 깜짝하는 사이에 김진희 는 시신도 없이 사라졌다. 나졸과 사공들이 돌아와서 그 연유를 아뢰니, 어사또는 김진희가 죽었다는 말을 듣고 옛일을 생각하여 슬피 통곡하였 다. 그 후에 김진희의 처자와 노비와 비장 등 여덟 명을 불러들여서 일 렀다.

"나는 진희를 차마 죽이지는 못하고 정배하려 하였더니 하늘이 괘씸 히 여기시고 천벌을 내려 죽였으니 내 원망은 하지 말라. 그리고 각기 노지를 후하게 주어 집으로 돌려 보내라."

평양성 안의 모든 백성들이 포악하던 김감사의 천벌을 통쾌하게 여기 지 않는 이가 없었다. 어사또가 김진희의 파직과 천벌의 경우를 상세히 기록하여 나라에 보고하자, 전하께서 들으시고 어사또의 처사를 칭찬하 셨다.

이때에 어사또가 전하께서 주신 셋째 봉서를 열어보니, '암행어사 겸 평양 감사 이혈룡'이라는 사령장이 들어 있었다. 이혈룡이 크게 기뻐하 고 천은에 배사하고 평양 감사로 도임하였다. 도임 후에 육방을 점고하 고 각 읍 수령을 연명하고 잔치를 베풀어 옥단춘의 은혜에 치사하였다. 뱃사공들에게 금은을 각각 만 냥씩 주니 사공들이 황송해서 머리를 숙 여 감사해 했다.

그날부터 어진 마음으로 치민치정을 잘 하였으므로 거리거리에 송덕 비(頌德碑)가 여기저기 세워졌다. 이감사는 만인산(萬人傘)[17]을 받고, 선정을 찬양하는 백성들의 노래가 천지를 진동할 듯하였다.

---

17) 만인산(萬人傘) ─ 선정을 베푼 원에게 그 고을 백성이 덕을 기리기 위하여 주 던 물건. 일산(日傘)과 비슷한 모양으로 비단으로 꾸민 것.

전하께서 이 소문을 들으시고 크게 기뻐하여서 곧 승차하여 우의정으로 봉하시고, 대부인을 충정부인으로 봉하시고, 부인 김씨를 정렬부인으로 봉하시고, 옥단춘을 정덕부인으로 봉하셨다. 이로써 이혈룡이 일시에 부귀공명하고 국태민안(國泰民安)하니, 위엄과 세도가 나라에서 으뜸이었다. 이에 만인이 칭찬하고 부러워하였으며 그 높은 명성이 자손 대대로 빛났다.

《옥단춘전》 바로 읽기

권순긍(세명대 교수, 문학평론가)

적극적이고 진취적인 여성 형상

<옥단춘전(玉丹春傳)>은 여러 가지 면에서 <춘향전(春香傳)>과 유사한 작품이다. 우선 남녀 주인공의 신분이 양반집 자제인 이혈룡과 기생인 옥단춘으로 설정되어 있다.

줄거리를 간략하게 정리하면 이렇다.

평양감사 김진희와 이혈룡은 죽마고우로서 누구든지 벼슬을 먼저하면 서로 돕기로 약속한 사이다. 김진희가 과거에 먼저 급제하고 평양감사가 되자, 이혈룡은 그를 찾아 갔지만 냉대만 받고 친구인 김진희에 의해 죽을 위험에 처하게 되었다. 이때 그 자리에 있던 기생 옥단춘은 뱃사공을 돈으로 매수하여 이혈룡을 살리고 자신의 집에서 기거하게 한다. 그 뒤 서울로 돌아온 이혈룡은 옥단춘의 도움으로 가난한 신세를 면하고 풍족하게 살아가게 된다. 옥단춘의 권고로 과거에 응시한 이혈룡은 장원급제를 하게 되고 평안도 암행어사로 제수된다. 걸인복색으로 평양에 내려가 옥단춘을 만나 보고, 이튿날 평양감사의 잔치 자리에 참석한다. 평양감사의 이름을 부르고 잡혀나와 옥단춘과 같이 한 배에 실려 죽을 처지에 이르게 되자 암행어사 출도를 외치고 상황은 역전된다. 이혈룡은 감사를 처단하려 하나 친구의 정을 생각하고 용서해 주었으나 갑자기 하늘에서 번개가 치더니 감사를 없애 버렸다. 그 뒤 이혈룡은 평양감사가 되어 어진 정치를 펼치고 우의정까지 올랐으며 옥단춘은 정경부인이 되어 부귀영화를 누렸다.

　이상의 줄거리를 통해 알 수 있듯이 양반 자제인 이혈룡과 기생인 옥단춘의 사랑을 중심으로 하여 이야기를 엮어가고 있어 <춘향전>의 작품 전개와 유사하다고 할 수 있다. 일종의 모방작인 셈이다. <춘향전>과 다른 점이 있다면 변학도의 자리에 친구인 김진희가 있다는 것이다. 자연 탐관오리에 대한 징치의 의미보다는 의리를 저버린 친구에 대한 징벌의 의미가 크다. 이 때문에 <춘향전>에 비해 사회성이나 역사성이 약화되고 대신 통속성이 강화되어 있다.
　다음으로는 <옥단춘전>의 문체가 문어투가 아닌 판소리식의 율문체로 되어 있다는 점을 들 수 있다. 한 부분을 보자.

　어사또 연광정에 좌정하고 출또 구경 살펴보니 오는 놈 가는 놈 모두 넋을 잃고 역졸에게 맞은 놈들 유혈이 낭자하다. 눈 빠진 놈 코 깨진 놈 두상 깨고 팔 부러진 놈 엎드려진 놈 자빠진 놈 오락가락 무수하다. 그중에 각 읍 수령들은 불의지변을 당하여 겁낸 거동 기구하다. 칼 집 쥐고 오줌 누고 안장 없는 말을 타고 개울로 들어가고 또 어떤 수령은 말을 거꾸로 타고 동서를 분별치 못하여 이리저리 이랴 말 저랴 말 지향없이 도망하니 오다가 혼을 잃고 가다가 넋을 잃고 한참 이리 요란할제……

　완연히 <춘향전>의 암행어사 출도 대목을 모방하고 있음을 알 수 있다. 게다가 주인공의 이름이 이몽룡과 이혈룡, 춘향과 옥단춘 등 유사한 점을 보여 <춘향전>과 "한 쌍의 자매편"으로 평가된다.
　하지만 여주인공 옥단춘이 보다 적극적이고 진취적인 형상을 보여 주목된다. 걸인 행색으로 평양감사를 찾아온 이혈룡의 진가를 알아보고 뱃사공에게 돈을 주어 그를 살리게 한 점이나, 그 동안 모아두었던 돈으로 이혈룡에게 집을 사주고 살림을 장만케하여 풍족하게 살 수 있도록 배려한 점 등은 수동적이고 순종적인 중세의 여성상에서 훨씬 발전됐음을 보여 준다. 더욱이 걸인 차림으로 찾아온 이혈룡에게 "일생 살자면 무슨 일을 아니 보오리까"라며 변함없이 대해 주는 옥단춘의 모습에서 인간에 대한 신의와 동시에 사태를 적극적으로 헤쳐 나가는 당당한 여성상을 만나 보게 된다.

옥단춘은 분명 지혜로우면서도 경영자적인 모습을 보여 준다. 우리 고소설에서 드물게 보이는 적극적이고 진취적인 여상상인 바, 자신의 처지에 대해 수동적이고 속수무책인 이혈룡에 비해서 훨씬 앞서 있는 셈이다. 이 점 봉건 해체기에 여성들이 점차 각성되어 가던 실정을 반영한 것이다.

반면 이혈룡의 형상은 몰락한 양반의 처지를 보여 주고 있다. 이 작품이 창작되었던 19세기는 세도 정치의 횡포로 인하여 소수의 양반들에게 권력과 재부가 집중되던 시기였다. 이혈룡은 몰락 양반으로 세도정치의 피해자인 셈이다.

한편 김진희의 형상 속에는 비도덕적이며 비인간적인 모든 것이 집중되어 있다. 친구와의 우정을 저버리고 권세를 휘둘러 그를 죽이려한 것이나, 나중 그가 살아 있음을 알고도 그를 살린 옥단춘과 같이 다시 죽이려 한 것은 한 인간이 얼마나 포악할 수 있나를 극명하게 보여 준다. 결국 작품의 끝에 가서 비록 비현실적이기는 하지만 탐욕스럽고 횡포무도한 김진희는 벼락을 맞고 죽게 된다. 피해자인 친구 이혈룡이 용서해 주었지만 하늘이 심판을 내린 것이다.

<옥단춘전>은 이렇게 생동감 있는 인물을 등장시켜 19세기의 현실을 비교적 실감 있게 묘사한 작품으로 근대소설로 접근해 가고 있는 소설사의 경향을 보여 주고 있다.

혜원 세계문학 시리즈

잊고 사는 것들,
잃어버린 것들에 대해
새롭게 의미를 부여하고
젊은이들의 순수한 마음에 오래도록
풍부한 자양분이 될 세계의 명작들!

✱계속 간행됩니다✱

Hye Won World Best

Hye Won World Best